U0095764

中介与日常生活批判

——卢卡奇文化哲学研究

赵司空·著

上海社会科学院出版社

序

何 萍

　　赵司空的《中介与日常生活批判——卢卡奇文化哲学研究》是在她博士论文的基础上修改而成的。在这本书即将出版之际，她请我作序。我想就此机会谈一谈我自己对卢卡奇哲学研究的一点看法。

　　20世纪80年代，在西方马克思主义传入中国之初，卢卡奇哲学曾经是我国学术界研究的热点。当时，所有研究西方马克思主义的著作都要重点论述卢卡奇的哲学思想，卢卡奇本人著作的翻译和有关他哲学思想研究的专著也大多在这一时期产生出来。可是，从90年代中期开始，卢卡奇哲学的研究逐渐冷了下来。这是由两个原因造成的：其一，中国学者研究西方资本主义国家的马克思主义哲学的兴趣发生了转移，那些与现代性批判、全球化、生态批判相关的思潮和派别，如法兰克福学派、法国马克思主义哲学、英美马克思主义哲学等备受重视，成为研究的热点，而早期西方马克思主义哲学家的思想不再是研究的重心，卢卡奇的哲学研究也自然地冷了下来；其二，卢卡奇哲学思想研究本身没有大的理论突破。一个哲学家的哲学在历史上遭到冷遇，通常有两种情况：一种是这个哲学家的哲学思想本身已经过时了；一种是这个哲学家的哲学思想的价值还未被人发现。由于有这两种情况，任何研究者，要对一个遭到冷遇的哲学家进行重新研究，都必须首先判断该哲学家属于哪一种情况：如果属于前一种情况，那么，这种研究就是没有意义和价值的，就应该放弃；如果属于后一种情况，那么，就要对这个哲学家的哲学思想价值作重新分析和判断。这种重新分析和判断本身就是对该哲学家的哲学思想研究的一种理论突破，而这种理论突破必然带来对该哲学家的哲学思想的新发现和新一轮研究。葛兰西哲学的研究就属于后者。在20世纪80年代，葛兰西和卢卡奇同样是以西方马克思主义鼻祖、主体性哲学家的身份进入中国学者的研究视野的，也都随着中国学者研究兴趣的转移而受到冷遇。但是，自新世纪开始，我国学者在研究拉克劳、墨菲等后马克思主义哲学家的思想中发现了葛兰西的霸权理论对于当代民主政治建设的意义，这时，葛兰西不再以一个主体性哲学家的身份进入中国学者的研究视野，而是以一个现代性批判哲学家的身份进入中国学者的视野。中国学者也由此而开展了对葛兰西哲学的新一轮研究。相比之下，卢卡奇哲学的研究却没有取得这种突破，在大多数研究者眼中，卢卡奇依然是一个主体性哲学家、意识形态的哲学家。正是这样，卢卡奇哲学的研究并没有像葛兰西那样，在近年内得到复兴，而是作为"过时"的哲学被搁置起来。在这种情况下，要开展卢卡奇哲学的研究，首先有一个重新审视卢卡奇哲学思想价值的问题。这里所说的思想价值，不是指他的主体性思想，而是指他的哲学思想有与现代性批判相关的内容。审视这一问题本身就是对卢卡奇哲学思想的重新开掘，是对原有的卢卡奇哲学思想定位的一种理论突破。那么，卢卡奇作为一个具有现代性批判思想的哲学家如何可能？我们应该从什么视角切入这一问题的研究呢？在这里，我想从我2009年参加在柏林举行的国际罗莎·卢森堡研讨会的一次讨论谈起。

2009年1月15日是罗莎·卢森堡遇害90周年的纪念日。为了纪念罗莎·卢森堡，深化她的思想研究，国际罗莎·卢森堡协会、罗莎·卢森堡基金会在德国柏林联合举办罗莎·卢森堡国际学术讨论会。在会上，我以"罗莎·卢森堡的历史辩证法"为题，分析了罗莎·卢森堡的总体性辩证法思想。在我发言后，米歇尔·科瑞克（Michael R. Krätke）教授（原阿姆斯特丹大学教授，现英国兰开斯特大学教授）向我提出了一个问题："你认为，罗莎·卢森堡的总体性辩证法与卢卡奇的总体性辩证法有什么区别？"我认为，这个问题提得非常好，因为它涉及如何评价罗莎·卢森堡和卢卡奇有关当代世界历史发展和社会主义民主制度建设等一些最基本的观点，而两者之间的差别恰好可以启发我们思考我国正面临的社会主义民主制度建设中的一些基本问题和基本思路。这一点，只要我们比较一下罗莎·卢森堡与卢卡奇的总体性概念的同一和差别就清楚了。

　　在我看来，卢卡奇的总体性辩证法无疑是对罗莎·卢森堡总体性辩证法的继承，但是，这只是就方法论而言的；如果从理论的角度看，他们的总体性辩证法则存在着巨大的差异。罗莎·卢森堡的总体性辩证法是她用于分析帝国主义时代资本积累的理论，是一种基于经济的发展过程来说明资本主义和社会主义政治、军事和文化的理论，而卢卡奇的总体性辩证法是他用于分析无产阶级意识形态的理论，是一种基于无产阶级革命的主动性和能动性来说明资本主义和社会主义政治、军事和文化的理论。这两种理论差别的最深刻之处在于，他们两人对待工人所进行的日常斗争和建立社会主义民主制度方式的态度截然不同：罗莎·卢森堡虽然赞成无产阶级革命，但是，她不相信单一的革命就能够完成建立社会主义民主制度的任务。在她看来，革命是一个阶级为了实现经济形态变革的目的而发动的政治行动，这一行动的完成只是为社会主义民主制度的建立打下了基础，并不等于社会主义民主制度就自动地建立起来了。社会主义民主制度的建立还需要有一个过程。这个过程由社会主义的性质所决定，只能通过人民群众日常的、自发的斗争和政治参与活动来完成。其中，人民群众日常的、自发的斗争是人民群众自己训练自己，不断提高自己的阶级意识的活动，而人民群众的政治参与活动则是活跃社会主义民主政治生活的保证，因而它本身就是社会主义民主制度的内容之一，亦是社会主义民主制度建立的一个部分、一个必要的环节。在这里，她把人民群众的自发斗争和政治参与看得比少数政治家的活动重要得多。正是从这一观点出发，她反对布尔维克以人民群众没有觉悟为由而解散杜马的行为，反对简单地运用革命的方式来建立社会主义民主制度。她认为，如果没有人民群众的政治参与，社会主义民主制度的建立就会成为少数政治家的活动，社会主义民主也会最终被窒息。应该说，这一观点是她从经济的角度分析帝国主义现象和社会主义实现问题的必然结论，因而，也是她的总体性辩证法思想的集中表现。与罗莎·卢森堡不同，卢卡奇因为受到列宁思想的影响，强调无产阶级革命的自觉性，他认为，社会主义民主制度是不可能从工人的自发斗争中产生出来的，因为工人的自发斗争只能产生出"虚假意识"，绝不能形成无产阶级的阶级意识；而无产阶级的阶级意识,本质上是无产阶级对于社会主义的自觉意识,亦是无产阶级斗争的目标,如果没有无产阶级的阶级意识,社会主义的民主制度是根本建立不起来的,而无产阶级的阶级意识又只能通过革命来完成。在这里,卢卡奇把改造工人阶级的自发意识,建立工人阶级的自觉意识作为革命的内容之一,从而把社会主义制度的建立归于革命的问题。这一观点无疑是与他从政治上、从阶级意识的批判上思考社会主义实践问题所得出的结论,因而,是他的总体性辩证法思想的集中表现。罗莎·卢森堡和卢卡奇之间的这种深刻的差别,实质上提出了20世纪马克思主义哲学面对的社会主义实践的一个最基本的问题:社会主义民主制度的本质和建立的方式,具体地说,就是革命在社会主义民主制度中的作用问题,革命与日常生活的关系问题。自罗莎·卢森堡和卢卡奇之后,这一问题的思考在东西方马克思主义哲学家那里从来就没有间断过,法国马克思主义哲学家和东欧新马克思主义哲学家所建立的日常生活批判理论分别代表了西欧资本主义国家和东欧社会主义国家的马克思主义者对这一理论问题的解答,中国学者在20世纪90年代兴起对日常生活批判理论的研究也折射了对这一问题的思考。直到今天,如何建立社会主义民主制度,依然是中国人面临的重大的理论和实践问题。从这个角度看,卢卡奇不仅是一个主体性的哲学家,也是提出日常生活批判理论的先驱。在我国的理论研究中,他的主体性理论被搁置起来了,但是,他的日常生活批判理论却以遮蔽的形式存在于我国的马克思主义哲学研究之中。如果我们能够从这一角度来理解卢卡奇其人和其哲学思想,那么,卢卡奇哲学研究的价值就呈现出来了,卢卡奇哲学研究的思路也由此而完全打开了。

赵司空就是沿着日常生活批判理论这一思路开展卢卡奇哲学思想研究的。赵司空原是我的硕士生和博士生。她的本科也是在武汉大学哲学系就读的。她大学学习和生活的十年正是我国走向全面市场经济建设的年代,也是中国人的日常生活发生巨大变化的时代。受到这个时代的影响,赵司空和她的同龄人一样,关心日常生活的问题,但是,由于受到哲学的熏陶,她又不像和她同龄的许多人那样,只是沉溺于日常生活之中,而是力图超越日常生活,从哲学的角度去反思和批判日常生活。她的硕士论文写的是中国知识分子问题，力图从分析中国知识分子的社会性格和个性特征入手来反思中国的日常生活。在写作硕士学位论文的过程中，她深感自己在日常生活理论研究方面的不足，于是，在攻读博士学位阶段，她把全部的研究重心都放在列菲弗尔和赫勒的日常生活批判理论方面，并从这一研究中上溯到卢卡奇的日常生活批判理论。这就形成了她从日常生活批判理论的视角清理和研究卢卡奇哲学的思路。她最后把博士论文的选题定为卢卡奇的日常生活批判理论，而不定在列菲弗尔或赫勒的日常生活批判理论上，也没有定在日常生活批判理论的总体研究上，主要出于两个方面的考虑：第一是出于博士论文写作的要求。博士论文的选题易小不易大，小才能写得深，大容易流于疏浅。因此，把选题定在日常生活批判理论总体的研究上显然是不适合的；第二是出于日常生活批判理论研究本身的需要。列菲弗尔、赫勒的日常生活批判理论固然重要，但是，他们理论中的许多问题、思想都是从卢卡奇那儿开始的，准确地说，是对卢卡奇日常生活批判理论的批判和超越。由于存在着这样一种理论渊源关系，先研究卢卡奇的日常生活批判理论，应该是一种合理的选择。可见，选择卢卡奇的日常生活批判理论作为博士论文选题，对于赵司空来说，不仅是她研究卢卡奇哲学的一个突破，也是她研究日常生活批判理论的一个起点。正是这样，在博士论文完成后，她进入复旦大学哲学学院做博士后，继续开展日常生活批判理论的研究。在复旦大学期间，她在她的合作导师陈学明和俞吾金教授的悉心指导下，专攻东欧新马克思主义哲学，发现了东欧新马克思主义在抛弃了卢卡奇的宏观革命概念的同时，也使微观的日常生活批判陷入了理论的困境，这就是她在本书中反复强调的，使日常生活的批判丧失了社会主义的目标，从而引发了东欧新一代的马克思主义者对卢卡奇哲学的关注。这就使她的哲学研究上升到一个新的高度，而当她把这一成果融入本书之中时，就形成了对卢卡奇日常生活批判理论的多视角研究。概括起来，这一研究包括四个方面的内容：一是对卢卡奇日常生活批判理论起源的研究。在这个部分，她把卢卡奇哲学置于19世纪末至20世纪初人类思想变革的激荡中加以考察，揭示了卢卡奇哲学的基本理路和主要问题；二是对卢卡奇日常生活批判理论的内在结构及其思想进行深入的解剖,较为系统地展开了卢卡奇日常生活批判理论的内容;三是联系布达佩斯学派的日常生活理论和中国知识分子的个性和社会批判,揭示了卢卡奇日常生活批判研究的理论意义和现实意义;四是从当代东欧新马克思主义哲学复兴的视角,揭示了卢卡奇哲学的当代价值,从而论证了卢卡奇哲学研究的必要性和迫切性。这四个方面构成了卢卡奇哲学研究的历史线索,既揭示了卢卡奇的哲学思想在马克思主义哲学发展史上的独特地位,也深化了卢卡奇哲学的内在结构和思想的研究。尤其是,她以文化哲学为研究范式,以中介范畴为主线,论述了卢卡奇哲学的批判性特征和日常生活理论的内在结构,无论是在研究的框架上,还是在研究的内容上,都更新了卢卡奇哲学思想的研究。当然,正如任何新课题的研究都需要一个完善的过程一样,这本书中的各个理论部分都还有待进一步的研究。但是,我认为,赵司空能够在当前普遍浮躁的社会环境下潜心学术,经过多年的努力探索,在卢卡奇哲学的研究中找到自己理论研究的生长点,这是难能可贵的。我相信,凡是这本书的读者都会有此同感,同时,希望学术界的前辈对这本书多多提出批评和建设性的意见,使一个青年学子能够在当前十分困难的学术环境下得到健康的发展。

2010 年 4 月于武昌珞珈山

目 录 CONTENTS

导　　论

一、卢卡奇日常生活理论的背景

19世纪末20世纪初,许多西方学者的研究视野不约而同地由外在自然转向了日常生活世界,这与自笛卡尔以来的西方理性主义的危机息息相关。理性主义在打破中世纪的黑暗,重新张扬人性方面起到了积极作用。但是,理性主义所崇尚的科学主义精神却在历史的发展中日益膨胀,并带来了一系列的危机。科学主义精神确立的是人与自然的关系,它一方面带来了巨大的物质财富;另一方面却也带来了人性的危机,即物质世界与价值、意义世界发生了严重的冲突。并且,这个冲突是无法在理性主义思维内部得到解决的。只有突破理性思维,将研究的视野由外在的自然界转向人的生活世界才能为之寻找到出路。于是,日常生活理论便在这样的背景下应运而生了。

由此可见,解构近代理性主义哲学是这一时期不同思想家创造日常生活理论的共同背景。具体而言,日常生活理论对近代理性主义哲学的解构体现在以下三个方面:首先,确立了新的研究对象,即由自然世界转向了人类生存世界;其次,由认识论转向本体论。近代理性主义哲学确立的是认识论的思维模式,主体与客体是相分离的。并且,在分离的基础上,主体通过认识客体,以达到获取知识和控制客体为目的,在这种关系中,主体对客体的关系是占有和索取。同时,客体作为外在于主体的存在,又反过来成为控制人的物。而本体论思维模式则打破了主体与客体的分离,在人的创造性中实现主—客体的结合,或者说,本体论用创造取代了认识。当然,本体论并不否认认识的功能,而是使认识从属于人的生存,在生存论的框架下来谈论认识问题;最后,本体论思维模式下的创造与批判相伴相生。本体论既追求生存论关怀,更是在批判中实现这种生存论关怀,并以此确立起积极的文化哲学传统。

在近代哲学向现代哲学转型的大背景下,西方学者与东方学者提出了各自的日常生活理论。但他们提出日常生活理论的背景和出发点是不同的:西方学者的日常生活理论是从西方哲学自身的历史和逻辑演进中生长出来的,一方面体现了西方哲学面临新的社会问题时的思考;另一方面也是西方认识论发展必然面临的困境,以及对困境作出选择的结果。而中国的日常生活理论则具有另外两大特点:一方面,中国的日常生活理论研究更多地建立在对西方思想介绍和评价的基础上;另一方面,也是具有时代敏感性的学者对中国在市场经济条件下出现的新的社会问题的反思。造成这种差异的主要原因就在于:从实践上看,日常生活世界主要表现为私人的世界,它与经济的发展程度具有直接的关系。在古代社会,经济水平低下,个人问题并没有凸显出来,只是到了近代工业社会,市民社会确立了个体的地位,日常生活问题才真正作为一个哲学课题被提出来。在这一标准的指导下,我们就会发现,西方社会早就进入了发达资本主义阶段,日常生活问题更早凸显出来,而中国则处于由传统农业国向工业国的转型过程中,其日常生活问题并没有完全暴露出来;从理论传统上看,西方哲学具有明显的阶段性,即古代的本体论阶段,近代的认识论阶段,以及现代重新回到对本体论的研究上。当然,现代的本体论研究是在生存论的意义上展开的,而不再是古代素朴的本体论。日常生活理论正是出现在第三个阶段,即生存论转向的当代。鉴于西方日常生活理论不论从实践上还是从理论上看都更为成熟,所以,我将主要以西方的日常生活理论作为分析的对象。

西方学者的日常生活理论虽然都发生在共同的大背景之下,但是,不同学者的日常生活理论却是不相同的,它们分别遵从着不同哲学家自身的哲学逻辑。总的来说,已有的日常生活理论可以分为三类:第一类将日常生活世界看作是价值和意义的源泉,实现了科学世界向生活世界的复归,但是却并未建立起批判生活世界的向度。这一类以胡塞尔的日常生活理论为代表;第二类将日常生活世界看作是全面异化的存在,是需要批判的世界,但是却以孤立的个体作为目的,其批判的结果必然陷入自我体验和唯心主义的陷阱。这一类以海德格尔的日常生活理论为代表;第三类将中介引入日常生活批判之中,将日常生活理论与资本主义社会的现实批判有机地结合起来了。这一类主要以列菲弗尔和葛兰西的日常生活理论为代表。

1. 回归生活世界:胡塞尔

胡塞尔将与科学世界相对的世界称为生活世界,认为生活世界是前科学的世界。胡塞尔认为,科学世界出现了危机,所以,我们要重新回到这个前科学的世界。其中,科学危机并不是指理论成果和实践成果的危机,而是指意义的危机。产生意义危机的原因在于:理性主义在对中世纪的批判中得以复兴,其复兴的动力在于对人的生命价值的重新重视,但是,理性主义的哲学却以建立完备的理论体系为目标,它要求达到最高程度的普遍性和清晰性,而过度追求普遍性与清晰性的结果却是实证科学的出现。实证科学排斥一切形而上学问题,只研究纯粹的事实世界;排斥形而上学就是排斥一切意义问题。在胡塞尔看来,理性主义精神中的人文主义精神在实证主义精神中被扫除殆尽。对理性主义的批判并不意味着胡塞尔要抛弃理性主义走向存在主义,相反,他认为实证主义是狭隘的理性主义,存在主义则是非理性主义,他要做的工作只是用完全的理性主义来取代残缺不全的理性主义而已。具体而言,"胡塞尔认为实证主义导致欧洲的人性危机,而存在主义则从另一方面加深这种危机。这主要表现在存在主义背弃理性主义。胡塞尔批判实证主义的科学观是残缺不全的科学观。实证主义认为理性的方法只适用于自然界,实证主义在原则上排斥了一个在我们的时代的人面对命运攸关的根本变革所必须立即作出回答的问题:探讨整个人生有无意义。但是实证主义仍然是一种理性主义,不过是一种狭隘的理性主义,即一种局限于自然科学的研究方面的理性主义。存在主义确实关心人生的意义问题,但是它却用一种非理性主义的方法来研究人生的意义。存在主义反对实证主义,是用一种非理性主义来反对一种理性主义。而胡塞尔的现象学反对实证主义,是用一种完全的理性主义来反对残缺不全的理性主义"。①

由此可见,理性主义精神立足生活世界而复兴,又以远离生活世界而告失败。为了重新确立哲学的任务,胡塞尔主张回到科学研究的起点,即前科学的世界——生活世界。这表明胡塞尔通过回到生活世界,将价值、意义这些文化哲学课题纳入了他的哲学视野之中,但是,胡塞尔哲学的目的是为理性寻找意义立足点,生活世界就是这一立足点,胡塞尔把生活世界看作"在意识上为我们存在的有效的世界",②这就决定了批判日常生活世界不是胡塞尔哲学的任务。

2. 个体批判与日常生活批判:海德格尔

显然,海德格尔的存在主义范式下的日常生活理论与胡塞尔的日常生活理论具有实质性的差别,就如同胡塞尔所批判的,他认为存在主义是一种非理性主义,这并不是他所主张的,即便在寻求生活意义的情况下,他也是反对存在主义的非理性主义的。那么,海德格尔的日常生活理论的基本观点是什么呢? 与胡塞尔不同,海德格尔不再把日常生活世界看作是意义和价值的源泉,相反,他认为日常生活世界是全面异化的、需要批判的存在。

海德格尔的日常生活理论以存在概念作为切入点。他强调存在而不是存在者,强调动态的存在,而非现成的存在物。"我"是能够对存在的一般意义提问的存在者,是一个与存在的意义最贴近的存在者,即"此在"。此在的本质在于它是存在,而不是存在者,他的本质是在存在的过程中显现的,而不是预先给定的。并且,每个人都是一个"我",都是此在。日常生活中的此在就是"常人",他的生存状态是沉沦。沉沦体现在闲谈、好奇和两可之中。"此在首先总已从它自身脱落、即从本真的能自己存在脱落而沉沦于'世界'。杂然共在是靠闲谈,好奇与两可来引导的,而沉沦于'世界'就意指混迹在这种杂然共在之中。我们

① 胡塞尔:《欧洲科学危机和超验现象学》,张庆熊译,上海译文出版社 1988 年版,译者的话第 11 页。

② 胡塞尔:《欧洲科学的危机与超越论的现象学》,王炳文译,商务印书馆 2001 年版,第 131 页。

曾称为此在之非本真状态的东西,现在通过对沉沦的阐释而获得了更细致的规定"。①在这种沉沦状态中,常人失去了能够为自己的行为负责任的个体性,成为异己力量的附庸。最为严重的是,闲谈、好奇与两可三者紧密合作,互相补充,构造出一个封闭的世界。在这个世界中,常人自得自满,以为自己生活在一个真实的世界。常人就在这样的封闭世界中沉沦,并且无法自拔。这就是常人的异化。异化本身也不是现成的存在者,它是生存着的状态。要克服这种异化状态,使此在摆脱常人状态,回归本真的存在,就要诗意地栖居。在海德格尔那里,诗意地栖居就是对日常生活的批判。但是,什么是诗意地栖居,如何达到诗意地栖居？ 在海德格尔那里,诗意地栖居其实就是对现实生活的逃避,从现实社会回到个人的精神世界,回到乌托邦的理想王国。

由此可见,海德格尔的日常生活理论以常人作为主体,试图寻求克服主体异化的途径,但是,他却局限于个体,并由此陷入了悲观主义情调。

3. 中介的提出与现实批判性的建立:列菲弗尔与葛兰西

与胡塞尔和海德格尔不同,列菲弗尔与葛兰西在批判资本主义社会的传统中提出了他们的日常生活理论。因此,列菲弗尔和葛兰西的日常生活理论从诞生之日起就具有历史性和现实批判性,它既摆脱了现象学的平面化束缚,也摆脱了纯粹个体性的局限。

批判性的日常生活理论与中介范畴的提出息息相关。需要强调的是,中介应该从两个层面来理解:第一,中介是一种立体的、批判性的思维方式;第二,这种思维方式往往具有现实的载体。在列菲弗尔那里,未被资本主义社会同化的少数派群体成为批判资本主义社会的重要中介,而葛兰西则把文化领导权作为重要的中介形式。

具体而言,列菲弗尔从既然状态和应然状态两个层面来界定日常生活。在他看来,一方面,日常生活是人的感性存在方式,是总体的人

---

① 海德格尔:《存在与时间》,生活·读书·新知三联书店1987年版,第213页。

的总体的生活方式,这是日常生活的应然状态;另一方面,日常生活又是乏味、阴暗、同样行为的重复,这是日常生活的既然状态。日常生活批判的意义就在于突破既然状态达到应然状态。列菲弗尔的日常生活批判始终围绕着这两条主线展开。应然作为可能性存在,提供了日常生活批判的目标,既然状态是批判的对象,是需要具体分析的存在。在列菲弗尔那里,资本主义社会的日常生活世界便是应该被超越的既然状态。批判资本主义社会的日常生活世界,努力实现日常生活世界的总体性目标,这是列菲弗尔日常生活批判的归宿。正如列菲弗尔所说,"日常生活批判——批判的且积极的——必须为真正的人道主义扫清道路,这种人道主义因为了解人类而信任人类"。①

列菲弗尔认为现代资本主义社会就是被控制消费的官僚社会,现代性的弊端突出表现在消费意识的垄断、社会现实的"去意义化"(即社会越来越倾向于无意义化)倾向,而日常生活所体现出的保守性与重复性则为这些现代化弊端提供了土壤,保证了它们的生存。"日常生活与现代性相互彰显与掩饰,赋予对方合法性并彼此平衡共处"。②现代社会以符号世界取代真实世界,形成了对人们的控制,这样的社会是恐怖的社会。日常生活中的人们习惯于接受既存的事实,人们的视线范围不超过既存现象的领域,体现为日常生活的直接性幻觉。但是,事实却是:日常生活的直接性掩盖了表象之后的深层含义。然而,"恐怖主义坚持这一幻觉,坚持批判思想的零点",③以此取消批判和反思。现代世界的日常生活就被这样一种文化顺从主义的氛围所笼罩。要实现日常生活世界的总体性,就必须超越日常生活的直接性和惰性特征。

如何超越直接性和惰性特征呢?这便需要借助中介的批判功能。在列菲弗尔那里,能够行使批判功能的中介就是个体无产者,他们包括妇女、青年学生、知识分子等少数派。因为,资产阶级同化了工人

---

① H. Lefebvre, *Critique of Everyday Life*, Volume 1, Verso, 1991, p. 252.

②③ H. Lefebvre, *Everyday Life in the Modern World*, The Athlone Press, 2000, pp. 25, 187.

阶级,却未同化以上社会群体。这些个体无产者"意识到无产阶级作为阶级存在,意识到它的社会存在,并因而意识到作为整体的社会和它的行动,所以,也就意识到了它的政治未来,并已经超越了无产者的环境"。①

列菲弗尔将日常生活批判与个体解放相结合,无疑构成了卢卡奇晚年日常生活研究的重要理论背景。葛兰西的日常生活理论则构成卢卡奇日常生活研究更早的理论背景。

当葛兰西将市民社会、社会民众、自发性、常识等作为其哲学的核心范畴时,他已经将研究的视角转向了日常生活世界。下面,我就将以葛兰西的市民社会理论为例来分析他的日常生活理论。

葛兰西提出市民社会理论,是因为他认为夺取对市民社会的领导权是在发达资本主义国家实现社会主义革命胜利的唯一途径。领导权构成市民社会批判的重要中介。葛兰西认为,领导权是对文化意识形态的控制。统治阶级不仅要运用统治(政权)统治国家,而且要用文化的意识形态掌握市民社会,使被统治者和其他集团认可统治集团的文化体系。在整个社会结构中,领导权具有独立性,既可为统治集团也能为非统治集团把握。若统治集团无法把握领导权,只有以国家机器实施强权,这样便脱离了群众,出现了权威危机。同样,如果非统治集团能掌握领导权,进而便可获取统治权。所以,是否拥有领导权是判断一个社会集团是否有广泛社会基础,所选择的制度是否具有合法性的标准。

由此可见,通过提出领导权这一中介范畴,葛兰西为市民社会批判及无产阶级革命的胜利指出了一条文化批判的出路。

葛兰西的日常生活理论构成马克思主义文化哲学转向的重要环节。卢卡奇既与葛兰西一样,是马克思主义文化哲学转向的开创者之一,同时又将这种文化哲学转向进一步发展、深化。深化的途径就是进一步在中介与日常生活批判的张力中创造马克思主义文化哲学在当代的形态。

---

① H. Lefebvre, *Critique of Everyday Life*, Volume 1, Verso, 1991, p. 143.

二、中介:卢卡奇日常生活理论的核心

卢卡奇与葛兰西一样,思考着共同的时代课题,提出了共同的中介性思维,建构了共同的文化哲学批判传统。遗憾的是,葛兰西英年早逝,没有机会见证社会—历史在20世纪中叶的发展与变革,因此,他没能亲自概括20世纪中叶的社会—历史特点,发展自己的日常生活理论。与之相比,卢卡奇的日常生活批判则凸显出了独特的价值:既包含了卢卡奇自身哲学逻辑的发展,也体现了由葛兰西和卢卡奇共同开创的马克思主义文化哲学转向在20世纪中叶的发展。

具体而言,卢卡奇日常生活理论的独特价值体现在,它经历了由20世纪20—30年代向50—70年代的发展,不仅体现了西方马克思主义哲学第一阶段的特点,而且也体现了西方马克思主义哲学第二阶段的特点,记载了西方马克思主义哲学在20世纪上半叶以及中叶的发展历程。

20世纪20—30年代,以卢卡奇、葛兰西等为代表的西方马克思主义者由宏观革命转向意识革命,强调意识对现存世界的批判功能。此时,卢卡奇的日常生活批判也以意识批判为核心,强调的是意识批判在日常生活革命中的作用。卢卡奇认为,人们生活于其中的日常生活世界就是商品世界,它以直接性为特征。无产阶级与资产阶级面对着同一个商品世界,资产阶级是这个世界的受益者,它极力维护现存秩序,但是,无产阶级却是这个世界的受害者,为了生存,它必须反抗商品世界的直接性,追求总体性,要求进行无产阶级革命。无产阶级革命的前提就是唤起无产阶级的革命意识,并将意识革命转化为现实的革命,最终达到对商品世界的现实批判。这便是20—30年代卢卡奇日常生活批判的任务。

20世纪50—70年代,卢卡奇日常生活批判的任务发生了转变。苏共二十大批判了斯大林的非人道主义和个人崇拜,促使各国马克思主义者开始批判教条主义,创造适合本民族发展的马克思主义哲学。同时,科学技术革命也引起了新的社会后果,社会结构发生了变化,白

领阶层扩大,蓝领阶层缩小,工人的待遇得到提高,社会进入相对稳定的阶段,革命几乎不可能。这时,无产阶级面临的是新的社会问题,即整个社会均被平面化,经济成了衡量一切的标准,情感、道德、文化等都被纳入经济层面。面对新的社会问题,各国的马克思主义者纷纷以个体存在作为哲学研究对象,由意识革命转向了个体研究。卢卡奇日常生活批判的核心也由意识革命转向了对个体生命价值的研究。个性与社会性等范畴取代阶级革命等范畴,成为晚年卢卡奇日常生活理论的核心范畴。

由此可见,卢卡奇的日常生活理论记载了西方马克思主义哲学在20世纪上半叶以及中叶的发展历程和文化批判转向。

总体性是卢卡奇日常生活批判所要达到的目标,而中介则是通往总体性的途径。在这里,我们需要对总体性作两个层面的解释:一方面,总体性就是一种存在方式。在这层意义上,中介的功能在于使总体性的生存状态得以实现;另一方面,总体性本身也是一种思维方式。总体性作为思维方式,其实也就是一种中介性思维方式,这是包含有矛盾的思维方式,因而也就确定了一种过程性思维。具有中介的总体性永远都是一个过程。需要强调的是,中介性思维所确立的过程性绝不是否定总体性目标的存在,相反,在总体性目标的指引下的过程性思维才是中介性思维的宗旨。因此,中介在卢卡奇的哲学中不是孤立存在的,而是与总体性并存的,或者说,中介与总体性使卢卡奇的文化哲学批判成为可能。

同时,总体性与中介在卢卡奇的日常生活批判中具有不同的功能和地位。在卢卡奇的日常生活批判中,总体性构成中介批判的一个环节,这就决定了我的研究任务如下:我所要解决的问题并不是总体性是否存在的问题,而是总体性如何实现的问题。

梅扎罗斯(I. Mészáros)曾经敏锐地意识到卢卡奇中介范畴的理论价值。他在《超越资本》和《卢卡奇的辩证法概念》中均集中地论述了卢卡奇的中介范畴,并且把中介范畴作为卢卡奇哲学的核心范畴。梅扎罗斯批评卢卡奇的中介理论未能将政治批判性坚持到底。这一评价反映出两方面的问题:一方面梅扎罗斯从卢卡奇的中介范畴中认识到中介与现实批判的关系;另一方面,他却没能正确地评价卢卡奇中介范畴在意识层面的批判功能。因为,梅扎罗斯认为,在卢卡奇那里,中介仅仅被界定为"中介意识",①而这种"'中介范畴'本身根本无力产生出所要求的物质变化"。②

梅扎罗斯认为,卢卡奇的中介功能是在与总体性的关系中表现出来的。在他看来,卢卡奇第一次成功地提出"总体性"概念,即"具体的总体性"是在《历史与阶级意识》中。具体的总体性是与中介相结合的总体性,因而摆脱了抽象性束缚。首先,中介决定总体性存在的意义。总体是由局部的总体构成的,局部的总体是通向更高总体的中介。在梅扎罗斯那里,中介意味着具体的行动或具体行动的可能性。他认为,中介对于总体的意义,就像平等对于自由的意义一样。"没有'中介'的'社会总体'就像'没有平等的自由':是一个抽象的——并且空洞的——假设"。③具有如此功能的中介不是抽象的中介,而是具体的中介。所以,正是具体的中介决定了总体性存在的意义。梅扎罗斯认为,早年卢卡奇的总体性具有乌托邦的乡愁情结,它是缺乏中介的总体,因此也是静止的总体观。在《历史与阶级意识》中,正是中介赋予总体性以本质。但是,梅扎罗斯却认为,卢卡奇仍然未能彻底地解决中介的具体性问题。

概而言之,在梅扎罗斯那里,具体中介的含义如下:第一,具体的中介不是一个学术问题,而是现实斗争的问题,是现实生活的具体环节。所以,具体的中介使马克思主义哲学与黑格尔哲学区别开来。当卢卡奇离开具体性来谈论中介时,便暗示着他的批判性减弱。这注定卢卡奇去黑格尔处寻找解决具体中介问题的答案无功而返;第二,中介概念政治维度的抽象特征决定卢卡奇的中介具有具体与抽象的矛盾。为什么卢卡奇在高度重视中介的重要性之后还会在一些特定的联系中出现非辩证的转移呢?"要回答这一问题,必须力争理解他的中介概念的政

①② I.梅扎罗斯:《超越资本——关于一种过渡理论》(上册),中国人民大学出版社2003年版,第463、459页。

③ Mészáros, István, *Lukács' Concept of Dialectic*, London: The Merlin Press Ltd., 1972, p.63.

治维度的抽象特征"。①梅扎罗斯认为，卢卡奇对有效的政治中介进行了现实的瓦解，面对斯大林的政策，政党也失去了作为批判中介的功能。基于此，梅扎罗斯这样评价卢卡奇的中介—总体性思想：第一，消解了政治实践的现实中介力量，卢卡奇最终回到了伦理的乌托邦主义；第二，卢卡奇未将具体中介思想贯彻到底，政治领域中介的抽象性也影响了认识论、本体论领域的中介；第三，卢卡奇中介思想矛盾的原因在于，当时现实的社会—政治中介力量的缺乏极大地影响了卢卡奇的观点，削弱了他的现实的—政治的批判。即具体的历史条件——例如斯大林主义的影响、法西斯主义的影响——制约了卢卡奇中介理论的成就；第四，因为卢卡奇的二元性是将日常生活的事件与社会主义的人类总目标相结合，所以，这种对社会主义的远大目标决定了卢卡奇即使在偏离了具体中介的思路中，也仍然为马克思主义理论的发展作出了巨大贡献。

　　梅扎罗斯对卢卡奇中介范畴的评价反映了他自己激进的民主主义思想。正如他在文中所说："换句话说，任务就是激进的民主和对所有社会结构的重建，而不是对已有的统治集团进行重新组装。"②同时，梅扎罗斯的研究也反映出，他并没有看到：新时代要求中介范畴行使意识形态批判的功能，中介范畴只有与日常生活批判相结合才能发挥它的现实功能，这就决定了卢卡奇的中介批判不再是政治批判，而是文化批判。对政治批判的淡化正体现了卢卡奇哲学通过中介范畴实现了文化哲学转向。当梅扎罗斯认识到卢卡奇中介的政治批判功能减弱时，也恰好是从反面反映出他未能理解卢卡奇哲学的文化哲学本性。

　　相比较梅扎罗斯，国内研究卢卡奇中介范畴的理论则主要侧重于卢卡奇中介理论中来自黑格尔的唯心主义因素，并因此批判卢卡奇中介范畴的不足。

　　如果我们不局限于卢卡奇与黑格尔哲学之间的关系，也不局限于对中介的政治功能判断，而是从文化哲学传统这一视角来把握卢卡奇

---

　　①② Mészáros, István, *Lukács' Concept of Dialectic*, London: The Merlin Press Ltd., 1972, pp. 79, 91.

中介范畴的价值的话，那么就能在中介与日常生活批判的关系中确立起中介范畴的文化批判功能。

中介范畴的提出对卢卡奇哲学而言并不是偶然的，它具有内在的逻辑必然性。首先，中介确立起一种批判性思维模式，这种思维模式对日常生活来说是必不可少的。日常生活的直接性需要中介的批判功能来克服；只有运用中介性思维，才能实现总体性的生存方式。其次，中介思想在卢卡奇的理论背景中早已存在。卢卡奇哲学深受黑格尔、列宁、布洛赫、马克思等哲学家的影响。以上四者从认识论和本体论两个层面为卢卡奇的中介范畴提供了丰富的理论资源，使卢卡奇的中介批判成为可能。其中，中介的认识论意义从属于本体论意义，或者说，不论是认识论中介还是本体论中介，它们都以总体性的生存方式作为最终的目标。因此，卢卡奇的中介范畴并不仅仅是黑格尔中介范畴的延续；黑格尔的认识论中介只是卢卡奇中介范畴的一个环节而已。在归根结底的意义上，卢卡奇的中介是生存论意义上的，并且是文化哲学意义上的生存本体论。

笔者将在本书第一章具体论述中介的认识论和本体论两个来源，在此只提纲挈领地阐述卢卡奇中介范畴的含义：一方面是对中介功能的理解；另一方面是对中介形式的理解。

其一，对中介功能的理解。中介的功能就是批判日常生活的直接性，建立起总体性的思维以及生存方式。在卢卡奇看来，直接性思维模式被上升为资本主义社会的意识形态，渗透到资本主义社会的日常生活之中，成为无处不在的意识，统治着资本主义社会中人们的思想和心灵。直接性思维模式作为意识形态具有两大特征：非历史性和非批判性。所谓非历史性是指，直接性思维分割了现象与本质，并以现象作为既定的、永恒存在的领域，由此，直接性思维通过将人们的视野和思维局限在现象领域，从而掩盖了事物的本质。这种思维模式将资本主义永恒化，从而掩盖了资本主义社会的历史性。这又决定了直接性思维模式的非批判性。因为，直接性思维既然将资本主义社会永恒化为既定的存在形式，那么，它就不可能对资本主义社会具有批判性，而只能为资本主义社会作辩护。与之相反，中介性思维却在批判直接性思维

模式的基础上确立起历史性和批判性。

首先,中介性思维打破了现象与本质二分的思维模式,力图超越现象的限制,走进现象后面的本质之中。其次,中介性思维与直接性思维的关系并不是非此即彼的。中介性思维将直接性思维纳入自身之中,使直接性成为自身的一个环节,这才是真正的辩证的方法。再次,中介性思维坚持历史主义原则。中介性思维是关于辩证法的思维。卢卡奇认为,马克思主义的辩证法区别于黑格尔的辩证法:黑格尔的辩证法虽然也讲历史主义原则,但是,他的历史主义却是概念的历史主义,马克思主义的辩证法则由概念进入到社会现实,是以实践为基础的历史主义,因此是现实的历史主义,或者说,中介性思维所坚持的历史主义是社会—历史的历史主义。最后,中介性思维是批判性的思维。卢卡奇作为一个马克思主义革命家和理论家,他的理论从来都是为无产阶级的革命实践服务的,从来都不是为了理论而理论,他的中介性思维同样也是他批判资本主义社会的武器。卢卡奇认为,直接性思维作为资本主义社会的辩护理论,只有用中介性思维才能超越。中介性思维拒绝将资本主义社会看作是既定的社会存在,反对将其看作是永恒的实体,而是用历史主义的眼光来看待它。这样,资本主义社会便有着产生、发展,以及灭亡的过程。简而言之,卢卡奇的中介理论绝不是无的放矢,不是书斋里的学问,而是社会斗争与革命的武器。

其二,对中介形式的理解。中介功能的发挥是依存不同的中介形式的,并且,卢卡奇的中介形式随着其理论重点的变化而发生着变化。青年卢卡奇(即写作《历史与阶级意识》时期的卢卡奇)认为最核心的中介形式是阶级意识。其原因就在于:青年卢卡奇所批判的日常生活是指商品社会。商品社会以物化形式统治着各个阶级,其中,资产阶级是受益者,因此极力维护日常生活的物化形式,但是,无产阶级在物化的日常生活中则是人格分裂的,他的生存已经受到了威胁,因此,无产阶级要获得生存权就必须批判物化的日常生活结构。在资本主义社会,物化不仅以一种物的形式表现出来,而且更是一种意识形态,深入到了所有阶级的心灵和思想,因此,要克服物化的日常生活结构,实现无产阶级的总体性生存方式,就必须首先进行意识形态批判,唤醒无产阶级的革命意识。此时的卢卡奇强调的不是个人的意识,而是阶级的意识,因为他认为,只有作为阶级的整体才具有总体性本性。所以,青年卢卡奇所强调的中介形式是阶级意识。到了晚年,卢卡奇的研究重点由意识革命转向了本体论研究。在意识革命时期,卢卡奇认识到无产阶级革命必须依靠作为整体的阶级,因此强调阶级意识。但是,到了晚年,随着科学的发展,新的社会问题出现,个性问题成了卢卡奇哲学的新范畴。卢卡奇对个性的考察并不是追问"个性是什么",而是追问"个性是如何形成的"。个性的形成其实就是关于人是如何形成的问题,因为,在卢卡奇看来,个性是与社会性相结合的,是真正的人性的表现形式。由此可见,个性范畴使卢卡奇的哲学问题变得更根本、更深刻,这就要求卢卡奇的中介范畴必然相应地发生改变。对个性的追问决定了中介的功能由早年的意识革命转向了对人性形成的研究,所以,科学和艺术,以及劳动和语言作为新的中介形式被纳入了晚年卢卡奇哲学的范畴。在卢卡奇看来,科学的功能并不是传统理性主义的,而是生存论意义上的;艺术不仅是对日常思维认识论的提高,更重要的是它超越了日常生活的直接性,提供了一种总体性的生存方式。艺术本身的形成又是一个历史的过程,正是在这一历史过程中,艺术的人化本质得以彰显;劳动和语言也成为使人成为人的最重要的中介形式。劳动是沟通人与自然关系的重要桥梁,而语言既沟通人与自然的关系,也沟通人与人之间的关系,是重要的中介形式。劳动和语言的作用决定了:要理解人性的形成必然绕不过对劳动和语言的考察。

同时,对中介功能和中介形式的理解也告诉我们,对卢卡奇的中介理论进行考察,必须坚持历史与逻辑相统一的原则,并且,两者统一于历史而不是统一于逻辑。既不能孤立地看待某一阶段的中介形式,也不能片面地对其中介作抽象的归纳。

三、研究思路与方法

(一) 研究思路

从早年到晚年,卢卡奇对日常生活的批判是在意识革命、日常思维和本体论三个层面展开的。中介贯穿于这三个层面。在意识革命层面，中介是指无产阶级的自我意识，它确立起一种批判性的思维方式。在日常思维层面，中介是指科学和艺术，它们分别从认识和生存两个层面确立起一种文化哲学思维。在本体论层面，中介是指一系列现实的活动，包括劳动、语言、经济、评价，等等，它们通过现实的改造活动为人类构造出一种新的合类性的生存方式。

同时，这三个层面又具有内在的逻辑一贯性，是卢卡奇哲学思想的一步步深化：卢卡奇通过"自我意识"回到了马克思。这是卢卡奇越过认识论、逻辑学，直接进入到对人的生存问题的思考。在这里，卢卡奇的自我意识就是阶级意识，而阶级意识在卢卡奇那里从一开始就是作为文化哲学的命题存在的。不过，在这一时期，卢卡奇的文化哲学形态还处于一种自发状态，或者说，这一时期的卢卡奇并没有自觉地进行文化哲学的构造，而是以阶级革命作为主要的使命，文化哲学的理论在此时从属于革命的需要。但是，到了晚年，尤其是在经过反复的批评与自我批评之后，卢卡奇进入了自觉地构造文化哲学的阶段。这种转向既与现实的政治环境相关，也与他自始至终对人的文化生命的关怀相关。自觉的文化哲学构造分为两个层面，即思维构造和本体论构造。其中，科学和艺术作为克服日常思维直接性的中介，构成思维层面的主要因素。而本体论层面的中介则主要是指现实的人类活动本身，它们使得卢卡奇的日常生活批判从意识和思维领域走向人类活动本身、从自我意识走向类生活的产物，并最终完成了文化哲学的建构。

据此，本书的具体章节分列如下：

第一章卢卡奇中介范畴的哲学资源。

中介范畴经历了认识论→本体论→文化哲学的演变，其中，黑格尔的辩证法为卢卡奇的中介性思维提供了动力；列宁从认识论的角度研究了中介范畴的理论意义，确立了中介辩证法的认识论功能；布洛赫与马克思则确立了中介的本体论功能，其中，布洛赫的中介本体就是"希望"，他通过意识来阐发本体论思想，确立辩证法的本体论，探讨以未来为核心的人的存在的本体论，并由此提出了希望的辩证法。马克思则通过"实践"这一最现实的中介环节，研究了人的生命创造活动。卢卡奇既吸收了辩证法的批判性,又吸收了本体论中介的文化创造性,确立了自己的文化中介。作为文化哲学范畴的中介类型不仅包括生产劳动,也包括语言、科学、艺术等人类文化活动,它们的功能就是批判资本主义社会压抑人的直接性,实现人的合类性。

第二章中介与意识革命。

研究中介使日常生活批判在意识层面成为可能。

首先,商品世界就是卢卡奇所批判的日常生活世界,它的直接性特征体现在物化的社会结构中。卢卡奇对物化的研究不是为了分析商品,而是为了分析阶级意识概念,这是卢卡奇日常生活批判的前提。

其次,无产阶级的阶级意识是无产阶级的自我意识,它的结构表现为虚假意识与真实意识之间的辩证关系。无产阶级意识通过中介性思维以及政党这一现实的载体确立起批判功能。

第三章中介与日常思维。

研究中介使日常生活批判在思维层面成为可能。

中介使文化哲学思维的构造成为可能,其中,科学和艺术作为两种重要的中介形式,行使着文化批判的功能。科学和艺术构成日常思维发展的两个向度,它们分别从认识与生存两个角度批判日常思维的直接性。科学中介的功能在于从认识论的角度体现生存论关怀。在这里,科学的功能并不是传统理性主义的,而是生存论意义上的。而艺术不仅是对日常思维认识论的提高,更重要的是它超越日常生活的直接性,创造了一种总体性的生存方式。不过,这种总体性的生存方式只是思维层面的,还未走向现实生活本体。

第四章中介与社会存在本体论。

分析中介使日常生活批判在社会存在本体论层面成为可能。这是卢卡奇超越阶级意识、思维活动,从人类历史活动本身去探讨克服日常生活的直接性,实现人的总体性存在的问题。

社会存在本体论的核心是个性的形成问题。人不是个体的人,而是个性与社会性相统一的人,这是社会存在本体论的核心。

第一,社会存在本体论的提出及其方法论原则。社会存在本体在卢卡奇哲学中是作为文化本体而存在的,它是日常生活本体论批判的目标。但是,社会存在本体论的研究却非常薄弱,甚至可以说,近代哲学忽视了社会存在本体。所以,卢卡奇首先要做的工作就是考察社会存在本体论的历史,建立起社会存在本体论研究的哲学方法论。

第二,日常生活是自然存在与社会存在之间的中介。日常生活在《关于社会存在的本体论》中不仅是指作为物化存在的商品世界,而是具有了更广的含义,即它构成了自然存在与社会存在之间的中介,从商品领域扩展到了人的文化生活整体。本书的研究并不停留于理解日常生活是什么,而是通过日常生活批判达到对社会存在辩证法的研究,即研究个性是如何形成的。在个性形成的过程中,中介活动作为主要范畴成为本书考察的重点。

第三,分析社会存在的辩证法,即中介与合类性的关系。合类性是指个性与社会性的统一,这是卢卡奇日常生活批判的最终目的与归宿,而中介使日常生活批判以及合类性的实现成为可能。

第四,分析语言本体的文化哲学本性。因为,在卢卡奇的中介本体中,语言中介不仅确立自然与社会之间的关系,而且也确立了人与人之间的关系,所以具有非常重要的功能,需要作专门的讨论。

第五章日常生活的内在矛盾及其走向。

从早年到晚年,卢卡奇的日常生活理论从商品世界批判,经过日常思维批判到社会存在本体论批判,形成了卢卡奇批判理论的三个核心环节。其中,日常生活本身作为通向总体性的中介,既是人类生命的归宿,又是批判的对象,中介使日常生活批判成为可能。从阶级意识到科学、艺术,以及劳动和语言,中介逐渐从理论到行动,从阶级主体到人类主体,一方面使卢卡奇的文化哲学形成了一个完整的体系;另一方面则决定了卢卡奇的文化哲学永远是面向未来的发展过程。

由此可见,卢卡奇的日常生活理论向我们揭示了:日常生活是不完美的、有缺陷的,它充满着内在矛盾,因此,日常生活的发展必须始终面向自身,通过批判而达到自身的完美,为人类提供一个美好的家园。

日常生活的内在矛盾决定了日常生活批判永远具有现实意义。在卢卡奇之后,日常生活批判的走向可以从两个方面来看:一方面,从理论的继承与发展上来看,布达佩斯学派,尤其是赫勒继承和发展了卢卡奇的日常生活理论，将对个性的追求坚持到底；另一方面，从现实行动的层面来看，中国社会的日常生活批判构成卢卡奇日常生活理论在当代东方社会的具体运用。本书选取知识分子这一特殊的主体作为研究的对象。

（二）研究方法

否定性方法是卢卡奇哲学所遵从的方法。卢卡奇把《历史与阶级意识》明确规定为是"关于马克思主义辩证法的研究"，其辩证法的核心就是否定性，以否定性思维来批判商品世界的直接性和对人性的压抑。到了晚年，卢卡奇则更是从人类思维和社会存在本体论的角度对日常生活进行否定性研究。在这里，笔者遵从卢卡奇的叙述方法，也将否定性作为研究方法。

所谓否定性的研究方法是指：日常生活作为本书的研究对象，它是直接性的存在，我们只有对它展开否定性的研究，才能达到批判和重建的目的。这里需要强调的是，否定并不是拒绝和排斥，而是在否定中创造。因此，否定性的研究方法决定了我们的研究视野是面向未来的，而不是面向过去的；我们的研究以积极的建设为目的，而不是以破坏和悲观厌世为目的。

否定性方法的运用对象是日常生活，因此，否定性的方法具有社会—历史性，这就与黑格尔的逻辑否定性区别开来。否定的结果在于达到总体性。总体性在这里具有两个层面的含义，即总体性的思维方式和总体性的生命存在形式。

概而言之，作为西方马克思主义的创始人之一，卢卡奇推动了马克思主义哲学在当代的文化批判转向。国内外关于卢卡奇哲学思想的研究成果也非常多，但是，这些研究大都割裂了早、晚期卢卡奇，高度评价《历史与阶级意识》对马克思主义哲学的贡献，却贬低《关于社会存在的本体论》，即使有的学者肯定后者，也主要是肯定晚年卢卡奇的本体论思想实现了对马克思主义唯物主义正统的复归，这仍然是以外在的标准来判断具有自身逻辑一贯性的卢卡奇哲学思想，是不可能把握卢卡奇哲学思想的实质的。所以,如何正确评价卢卡奇的哲学思想,如何把握卢卡奇哲学思想的一贯性,以及如何揭示卢卡奇哲学思想对马克思主义哲学文化批判转向的价值都是摆在我们面前的问题,等待我们去探索、研究。其中,以中介与日常生活批判为突破口,是从整体上把握卢卡奇哲学思想的有效途径之一。

第一章

卢卡奇中介范畴的哲学资源

走向马克思主义之前的卢卡奇专注于精神、伦理生活,直到成为一名马克思主义者,他才真正从内省性的伦理走向了现实生活,这种现实生活是伴随着革命行动的,其转折点就是《历史与阶级意识》。直到此时,中介范畴才真正作为革命的力量进入卢卡奇哲学并成为其关键要素。同时,卢卡奇中介范畴的提出不是偶然的,也不是一蹴而就的。他的中介范畴是在继承和发展前人理论的基础上提出来的。这其中包括对罗莎·卢森堡、黑格尔、列宁、布洛赫和马克思思想的批判继承,本章将逐一分析卢卡奇与这些思想家之间的关系,以说明他的中介范畴的性质和特点。

第一节 卢卡奇对罗莎·卢森堡哲学的继承与
批判:中介与日常生活关系的确立

在卢卡奇那里,中介范畴的提出与日常生活批判直接相关,而确立中介与日常生活之间的关系又是卢卡奇对卢森堡哲学的批判继承。卢卡奇曾经说过,"我读过罗莎·卢森堡战前的著作①——这对我产生了强烈的和持久的影响"。②那么,卢森堡对卢卡奇产生的强烈而持久的影响是什么呢? 这种影响主要包括以下两个方面的内容:一是总体性

---

① 首先指《社会改良还是革命?》、《罢工、政党和工会》、《资本积累》和《俄国社会民主党的组织问题》,其中已经包含了卢森堡的总体性思想和自发性理论。

② 杜章智编:《卢卡奇自传》,社会科学文献出版社1986年版,第213页。

方法,在这一点上,卢卡奇与卢森堡的立场是一致的;二是自发性理论,在这一点上,卢卡奇批评了卢森堡对群众自发性的过度强调,而主张组织在群众自发性运动中的作用。其中,关于总体性方法,尽管卢卡奇与卢森堡在立场上是一致的,即坚持总体性方法,但是两者仍然有着关键的差别,即卢森堡的总体性方法确立起空间的辩证法,以市场这一经济因素作为中介;卢卡奇则在空间之外发展了时间维度,确立起社会—历史的辩证法,并以阶级意识作为中介。自发性理论对卢卡奇的影响同样是双重的:一方面,自发性理论确立了日常生活研究的微观视角,这被卢卡奇所继承;另一方面,自发性理论过度强调群众运动的自发性原则,这是被卢卡奇所批判的。自发性理论从否定的意义上促使卢卡奇中介理论的提出。

一、总体性方法与中介范畴的确立

卢卡奇高度评价卢森堡的《资本积累论》,肯定这本书是马克思主义的再生在理论上由此开始的两部基本著作之一(另一部著作是列宁的《国家与革命》),他说:"整个《资本论》恰恰就这个问题而言是一部未竟之作,这部著作正好在这个问题必须展开的地方中止了;与此相适应,罗莎·卢森堡只不过根据马克思的思想把他的未竟之作思考到底,并按照他的精神对它作了补充而已。"①《资本积累论》之所以得到卢卡奇的高度肯定,就在于它所表达的总体性观点,换言之,卢卡奇肯定《资本积累论》就是肯定卢森堡的总体性理论。

卢森堡在《资本积累论》中指出了马克思的资本主义扩大再生产图式的矛盾,即这一图式解释的是纯粹资本主义条件下的扩大再生产,也就是在只有资本家与工人所构成的社会里的扩大再生产,这种纯粹的资本主义生产方式的假设只在理论上成立,事实上并不成立,由此,马克思的扩大再生产图式不能说明资本积累过程实际上如何进行,以及在历史上是如何完成的。要突破这种再生产图式,必须引进除资本家

---

① 卢卡奇:《历史与阶级意识》,商务印书馆1992年版,第81页。

和工人之外的第三者,即非资本主义的社会阶层。

非资本主义的社会阶层在两个层面行使功能,一方面是为资本主义的扩大再生产提供市场,这是剩余价值得以实现的必要条件,即资本家需要把商品卖给非资本主义阶层,使之变成货币。另一方面是为资本主义的扩大再生产提供必需的物质要素,主要包括劳动力和土地。关于劳动力,由于工人的自然繁殖无法满足资本积累的要求,因此必须在非资本主义阶层寻找新的劳动力;土地则是生产资料的主要来源,同时,资本家占有土地还能够将农民从土地上驱逐出来,以成为新的雇佣劳动力,因此,土地在资本主义扩大再生产中有着非常重要的作用。

在将非资本主义的社会阶层纳入资本主义扩大再生产图式中后,就产生了一个新的辩证法和一个悖论。新的辩证法是以空间为中介的辩证法,即国内市场与国外市场的辩证法:不同国家的资本主义行为之间的关系是属于国内市场的,而同一国家内资本主义与非资本主义阶层的关系则属于国外市场。悖论则是资本主义生产方式无限扩展的不可能性,也就是以空间为中介导致的资本主义的必然灭亡。

资本没有非资本主义形态的帮助,不可能进行积累,但同时它也不能容忍非资本主义形态与它自己并存下去。只有使非资本主义形态不断地和加速地解体,才能使资本积累成为可能。

因此,马克思的积累图式所假设的前提,仅仅代表积累运动的客观历史倾向及其在逻辑上的结论。积累过程普遍地企图以简单商品经济代替自然经济,以资本主义经济代替简单商品经济,它的最终目的是努力想使资本主义生产方式在一切国家和一切部门获得唯一的、普遍的统治地位。

然而,这里开始碰到了进退维谷的境况。一旦这最后结果达到了——当然,这只是在理论上如此,实际上不会发生——积累即将停止。剩余价值的实现与资本化,变成不可解决的问题。一旦现实符合马克思的扩大再生产图式的时候,那就是表示它的终结,即积累运动的历史到达了它的顶点,资本主义的生产已经到了终局。对于资本而言,积累的停顿意味着资本主义生产力的扩大发展的停止,同时,也意味着资本主义崩溃的客观历史必然性。这就是资本主义在其历史生命上的最后阶段——帝国主义——所表现的矛盾行动的道理。①

因此，卢森堡以空间为中介确立了总体性方法，同时又以空间为中介推导出了资本主义的必然灭亡趋势。卢卡奇同样以资本主义批判为目的引入了总体性方法。卢森堡说过，"他(马克思——引者注)的理论中最有价值的唯物主义的辩证的历史观却只表现为一种研究方法、一些天才的指导思想，它们使人有可能展望一个崭新的世界，开辟独立活动的无限远景，激励我们的思想大胆地飞进尚未研究的领域"。②卢卡奇同样把马克思主义的正统理解为方法，"正统马克思主义并不意味着无批判地接受马克思研究的结果。它不是对这个或那个论点的'信仰'，也不是对某本'圣'书的注解。恰恰相反，马克思主义问题中的正统仅仅是指方法"。③此方法就是指总体性方法。

具体而言，卢卡奇从以下几个方面来理解卢森堡的总体性方法：

首先，卢卡奇认为，卢森堡的《资本积累论》是对《资本论》的发展。《资本论》仅仅基于资本家和工人这两个孤立的系统来考察资本主义，而卢森堡则从总体上考察资本主义，不仅考察资本主义社会，而且考察非资本主义社会。卢卡奇赞同卢森堡的研究思路，认为卢森堡走完了马克思未走完的路。

其次，卢卡奇认为，卢森堡将资本积累的问题变成了积累的条件问题。他说，《资本积累论》中有决定意义的一章就是《积累的诸历史条件》，"在罗莎·卢森堡那里，对积累能力的怀疑摆脱了绝对主义形式。问题变成积累条件的历史问题，并因此确信，无限制的积累是不可能的。积累由于被放在其整个社会环境中来看待而成为辩证的。它发展成为整个资本主义制度的辩证法"。④这样，卢森堡指出无限积累的不可能性，这便将总体性的方法扩展为整个资本主义发展的辩证法问题。

---

① 卢森堡：《资本积累论》，生活·读书·新知三联书店 1959 年版，第 333 页。

② 《卢森堡文选》(上卷)，人民出版社 1984 年版，第 472 页。

③④ 卢卡奇：《历史与阶级意识》，商务印书馆 1992 年版，第 47—48、87—88 页。

最后，卢卡奇认为，卢森堡不仅将积累的方法运用于经济方面，而且运用于伦理方面。总体性方法在伦理方面的运用表现在理论与实践的统一中。卢卡奇认为，资产阶级的伦理学是内在的，理论与实践是分离的，它是"完全向内的行动，即试图在世界的唯一剩下不受约束的地方，即在人本身上改变世界(伦理学)。但是，由于世界的机械化必然使其主体、即人本身一同机械化，这种伦理学也就始终是抽象的，即使同与世界隔离开来的人的总体相比，它也只是规范性的，而不是真正能动的、能创造对象的。它始终只具有规定和要求的性质"。①与之相反，无产阶级的伦理学则必须是理论与实践相统一的，这正是卢森堡总体性方法所提供的伦理学。"这种阶级意识(以行动为目的的、在先进政党领导下的阶级意识——引者注)是无产阶级的'伦理学'，是无产阶级的理论和实践的统一，是无产阶级解放斗争的经济必然性辩证地变为自由的地方"。②理论与实践的统一构成卢卡奇总体性方法的核心。在卢卡奇看来，理论与实践的统一不是平面的、简单的统一，而是必须通过中介的统一。在这里，卢卡奇所强调的中介就是无产阶级的阶级意识，它是理论转化为行动的前提和必要保证。

在卢卡奇的眼里，卢森堡的总体性方法具有两大特征：其一，总体性方法是辩证的总体性，它包含着辩证法精神和中介性思维，正如卢卡奇自己所说，"她(卢森堡——引者注)令人信服地证明了，历史是以辩证的方式前进的"；③其二，总体性是经济的总体性，是资本主义与非资本主义之间的、空间的辩证法，空间的辩证法以市场这一经济因素作为中介。卢卡奇吸收了总体性方法所确立起的辩证法精神和中介性思维，同时，卢卡奇又把卢森堡的经济的总体性上升为说明阶级意识的范畴，从而提出了他的社会一历史的中介。社会一历史的中介具有两层含义：其一，中介是人的社会一历史的活动；其二，社会一历史的中介是阶级意识，它确立起当下革命与长远革命之间的辩证关系。

源于此，我们说在对总体性的强调上，卢卡奇与卢森堡达到了立场

---

①②③　卢卡奇：《历史与阶级意识》，商务印书馆1992年版，第90、95、366页。

上的一致,但是这种一致是有差异的一致。这种差异就体现在卢森堡的总体性建立在空间中介的基础上,这种中介是与资本主义生产方式的规律相一致的,而由此导致的资本主义的必然灭亡也是这一规律必然导致的结果。但是,卢卡奇的总体性则建立在无产阶级的阶级意识中介上,这一中介是能动的、自觉的,与由规律所决定的空间中介具有质的区别。

由此可见,卢卡奇不仅仅是继承和发掘了卢森堡的总体性思想,而且,卢卡奇从一开始就超越了卢森堡,这体现在卢卡奇从一开始就比卢森堡更为强调意识中介在总体性中的作用。卢卡奇说:"更重要的是需要发现理论和掌握群众的方法中那些把理论、把辩证方法变为革命工具的环节和规定性。"①"环节"和"规定性"正是卢卡奇所强调的意识中介。也正是在对意识中介的强调上,卢卡奇坚持了"卢森堡资本积累理论中最有价值的东西,就是她的历史主义方法",而卢森堡本人却"没有把她的历史主义方法贯彻到底"。②

二、自发性理论与日常生活世界的凸显

卢森堡对空间中介的强调是与自发性理论联系在一起的,而卢卡奇对空间中介的突破是以批判自发性理论为出发点的。卢森堡的自发性理论对卢卡奇哲学的影响是双重的:一方面,自发性理论强调群众的自发性作用,群众的自发性发生在日常生活之中,这就决定了卢森堡的研究视角由宏观政治革命转向了微观意识革命;另一方面,在实际的革命过程中,卢森堡却又过度强调群众自发性革命的意义,把资本主义生产方式的消亡看作"只是一个漫长的过程",而不是理解为"一场有意识进行的顽强的战斗"。③以上两点正是卢卡奇辩证地思考卢森堡自发性理论的出发点,也是日常生活与意识中介相结合的研究思路的确立

---

① 卢卡奇:《历史与阶级意识》,商务印书馆1992年版,第48页。

② 何萍:《罗莎·卢森堡的〈资本积累论〉与中国》,《马克思主义研究》2005年第6期。

③ 卢卡奇:《历史与阶级意识》,商务印书馆1992年版,第370页。

过程。

不过，需要强调的是，卢森堡的自发性理论是有一个大前提的，即反对第二国际修正主义的社会改良，主张社会革命。在这一点上，卢卡奇与卢森堡的立场是一致的。卢森堡指出，科学社会主义认为资本主义发展的三个后果是：资本主义经济的不断增长着的无政府状态；生产过程的社会化为未来的社会制度创造了前提条件；无产阶级的组织和阶级觉悟。伯恩斯坦否认了第一个后果，即认为资本主义的发展不是走向了普遍的经济危机，而是肯定资本主义具有非常强的自我调适能力，而其调适的主要手段就包括信用、改良了的交通工具和企业主的联合组织，等等。但是，卢森堡认为这种调适论是空想，她逐一批判了以上三要素，并且从生产力与市场的不可解决的矛盾出发，指出资本主义的调适不可能是无限的。"一般地说，资本主义生产能够使自己'适应'交换这个假设，以下述的两者之一为前提：或者是，世界市场可以不受限制地扩大以至无穷无尽，或者是，相反，生产力的增长受着阻碍，以致它不会超出市场的框子。前者在物理上不可能，后者与事实违反，技术革命正在一切生产部门一步紧接着一步地前进，每天在唤起新的生产力"。①同时，她还指出了议会民主制的形式与内容的矛盾。

从形式上说，议会制度要国家机构表现整个社会的利益。但是，另一方面，它所表现的仍然不过是资本主义社会，资产阶级的利益起决定作用的社会。因此，就形式说是民主的组织，变成了就内容说是统治阶级利益的工具。有一个事实最明显地表现了这种情况，只要民主一有否定阶级性质、变成实际的人民利益的工具的倾向，民主形式本身就会被资产阶级和它的国家代表所牺牲。面对这种情况，争取社会民主党在议会中的多数这种思想，是完全在资产阶级自由主义精神中作出的一个计算，只算了民主的形式的一面，但是完全没有注意到它的另外一面、它的实在内容。议会制度，就整个来说，不是象伯恩斯坦所假想的那样，是一个逐渐渗透

---

① 卢森堡：《社会改良还是社会革命?》，生活·读书·新知三联书店1958年版，第13页。

到资本主义社会中去的直接的社会主义因素，相反，它是资产阶级阶级国家的一种特殊手段，这种手段使资本主义的对立趋于成熟和成长。①

所以，不论是从资本主义社会的经济结构上来说，还是从政治制度上看，社会改良都是应该遭到批判的。但是，"在同机会主义者划清界限的问题上，她就不了解不仅必须从思想上而且必须从组织上同他们划清界限"。②如何对待组织的问题也就是卢卡奇与卢森堡分道扬镳的地方。

概而言之，卢卡奇肯定了自发性理论所带来的微观革命转向，同时，他又批判了卢森堡对自发性理论的过度重视，而是高度重视无产阶级的阶级意识在革命中不可替代的巨大作用。正是在这层意义上，卢卡奇确立了中介与日常生活批判之间不可分割的关系，他认为，"最终目标不是在某处等待着离开运动和通向运动的道路的无产阶级的'未来国家'。它不是在日常斗争的紧张中能愉快地被忘怀，只有在与日常操劳呈鲜明对照的星期日布道时才能被记起的情况。它也不是用来规范'现实'过程的一种'义务'、'观念'。应当说最终目标是与总体(即被视为过程的社会整体)的关系，由于这种关系斗争的各个环节才获得它的革命意义。每一个朴实的平凡的环节都有这种关系，不过只有意识才能把它变成为现实的东西，因而只有用说明它和总体的关系的办法才能使日常斗争具有现实性"。③并且，意识使日常斗争具有现实性不是一件一劳永逸的事情，而恰恰是一个永不停息的历史过程，是"一场反复进行的反对资产阶级意识形态对无产阶级思想的无形影响的斗争"。④这就决定了：意识革命与日常生活的关系是一个永不停息的历史过程；在意识中介与日常斗争的关系问题上，必须坚持彻底的历史主义方法。由此可见，卢卡奇必然辩证地对待自发性理论。

---

①② 卢森堡：《社会改良还是社会革命?》，生活·读书·新知三联书店1958年版，第26页，出版者说明。

③④ 卢卡奇：《历史与阶级意识》，商务印书馆1992年版，第73、75页。

首先,肯定群众自发性的意义。

卢卡奇认识到,当卢森堡把研究的视角转向群众自发性斗争时,就是将研究的视角转向了微观的日常生活领域。正是在这层意义上,卢卡奇肯定卢森堡的自发性理论。

卢森堡认为,"革命不是'制造的',伟大的人民运动不是按照党的机关从口袋中拿出的技术方案发动起来的。一些小的密谋集团能够准备在一个确定的日期和钟点进行一场暴乱,能够在必要的时刻把'开火'的信号发给他们的几打拥护者。伟大历史时刻的群众运动是不能用这样的原始方式来领导的。在一些情况下,'准备充分的'群众罢工恰好会在党执行委员会发出'信号'的时候,可悲地无法发动起来,或者刚一开始就一败涂地。是否真正举行这种或那种形式的大规模的群众集会和群众行动,这取决于许多经济的、政治的和精神的因素,取决于当时的阶级对立的紧张程度、群众的觉悟程度、群众的斗争情绪的成熟情况,这都是难以预料的,是任何政党都不能人为地制造的"。①这表明卢森堡非常重视群众运动的作用。在重视群众这一点上,卢卡奇与卢森堡是一致的,表现在他对商品世界中无产阶级命运的关注之中。

卢卡奇认为,无产阶级在商品世界中的命运是悲惨的,现实生活没有留给他们任何幻想的空间,无产阶级如果不进行革命就只有灭亡。所以,无产阶级群众就成为主要的斗争力量。而革命要想获得成功,就必须切合群众的日常愿望。正如卢卡奇所说,"他们(群众——引者注)需要亲眼看到哪个社会真的符合他们的利益,才能在内心里从旧的制度下解放出来。如果这些看法适合于每一次从一种社会制度到另一种社会制度的革命过渡的话,那么它们对于社会革命比对于主要是政治的革命更加适合得多。政治革命只不过批准一种在经济现实中至少已部分实现了的社会经济状况。这种革命用暴力来取消旧的、现在感到是'不公平的'法律制度,而代之以新的'正确的'、'公平的'法律。对生活的社会环境没有任何彻底的改造……然而,社会革命正是要改变这一环境。任

_____

① 《卢森堡文选》(下卷),人民出版社1990年版,第452页。

何这种变化都深深触痛一般人的本能,使他认为这是对生活本身的灾难性威胁,是象洪水或地震那样的盲目自然力"。①这段话表明,卢卡奇无疑与卢森堡一样,通过强调群众运动,从而突出了社会革命(而不是政治革命)、微观革命的重要性。然而,卢卡奇却非常重视无产阶级意识的觉醒,他认为,唤醒无产阶级意识是进行革命的前提和保障;政党正是将无产阶级意识凝结成强大斗争力量的重要组织形式。与之相反,政党的作用却被卢森堡忽视了。卢森堡过度重视群众自发性的作用。

其次,批判过度强调自发性理论,确立无产阶级意识的中介功能。

卢卡奇批判卢森堡对自发性的过度强调,从而确立了他的无产阶级意识中介的价值。在卢卡奇那里,无产阶级的意识形态载体就是无产阶级政党或组织,因为,卢卡奇非常强调:无产阶级的意识形态不是某一个无产者的意识,而是作为阶级的意识,只有阶级意识才具有总体性。

正如我们前面所讲到的,卢森堡和卢卡奇一样反对第二国际修正主义观点,认为尽管资本主义的灭亡是历史发展的必然,但是资本主义并不会自动地走向社会主义,因此必须依靠无产阶级的革命推动力。在这里,卢卡奇指出卢森堡自发的群众运动无法达成资本主义向社会主义的过渡,而如果放在现实的环境中,这种自发性理论甚至演变为一种虚假的欺骗。

> 既然无产阶级对危机的反应纯粹按照资本主义经济的"规律"进行,既然这些反应至多表明为自发的群众行动,它们从根本上来讲就表现出与革命以前时期的运动在许多方面相似的结构。这些反应自发地爆发(一个运动的自发性只是它由纯经济规律决定这一事实的主观的、群众心理上的表现),几乎毫无例外地是作为对资产阶级在经济上的、有时也是政治上的进攻的自卫,作为对资产阶级为危机寻求"纯经济"解决办法的自卫。然而,当它们的直接目标达到了或者看来不可能达到了,这种爆发就同样自发地停止,逐渐消失。因此,看来好象是它们完成了自己的"自然的"进程。②

―――――――――――

① ② 卢卡奇:《历史与阶级意识》,商务印书馆1992年版,第345—346、398页。

不仅如此,在现实的环境中,这种现象甚至带有了无法掩盖的欺骗性。在卢卡奇看来,克服自发性群众运动欺骗性的唯一途径就是发挥组织的作用,也就是发挥无产阶级政党的意识形态领导作用。无产阶级政党的意识形态作用具有两方面的特点:一方面,无产阶级政党的意识形态不仅具有否定性、批判性的功能,更具有积极方面的、建设性的功能;另一方面,无产阶级政党的意识形态作用不仅是情感层面的,更是组织层面的。所以,虽然卢森堡也强调阶级意识的作用,但是,她所强调的阶级意识却与卢卡奇所强调的阶级意识具有不同的层面。

关于第一个方面的分歧,突出反映在卢卡奇与卢森堡对暴力作用的不同理解上。卢卡奇认为,卢森堡并不否认暴力的必要性,"然而,这种对暴力作用的承认只涉及消极方面,即扫除障碍;它与社会建设本身没有任何关系"。①从扫除障碍的层面上看,仅仅强调革命的自发性就足够了,但是,如果从建设层面来看,自发性就远远不够。能够从宏观层面自觉地思考社会建设问题的只有无产阶级政党或者组织。

当然,卢森堡并不否认组织的作用,但是,她只是从情感的层面来看待组织的意识形态功能,未能将组织的意识形态作用提高到政治领导的高度,这是卢卡奇与卢森堡的第二个分歧。

卢森堡强调自发性并不等于彻底否定阶级意识的作用,相反,卢森堡也强调阶级意识的革命意义。她说:"工会斗争和政治斗争的伟大社会主义意义在于它们使工人阶级的认识和意识社会主义化。"②但是,这种认识带给工人的不是有组织形式的阶级意识,而是情感、激情……"它(工人运动——引者注)通过这种认识看到了最终胜利的绝对保证,他从这种认识不仅汲取了激情,而且也汲取了耐心,行动的力量和坚持的勇气"。③然而,卢森堡却只是在情感的激发、革命的鼓动等层面来强调阶级意识的作用,却否定党作为组织者的作用。卢卡奇正是从这层意义上与卢森堡发生了分歧,并将阶级意识的中介作用坚持到底。

---

① 卢卡奇:《历史与阶级意识》,商务印书馆 1992 年版,第 366 页。
②③ 《卢森堡文选》(上卷),人民出版社 1984 年版,第 103、481 页。

卢卡奇明确地说："她(卢森堡——引者注)忽略了无产阶级革命政党动员一切在当时革命的力量、尽可能明确和有力地加强革命阵线来对付反革命的必要性。"①"似乎她是这样设想的,即经济发展会给无产阶级带来充分的意识形态成熟性,无产阶级只需采摘这种发展的果实,暴力实际上只需要用来排除它发展道路上的'政治'障碍。"②相反,卢卡奇则指出组织的明确而积极的参与具有重要的意义。他说:"社会主义决不会'自动地'、由经济发展的自然规律性产生出来。"③无产阶级政党必须行使积极的意识形态作用。并且,它不仅在经济革命胜利之后发挥意识形态的作用,而且促使革命的发生,即在经济革命胜利之前就发挥着积极的意识形态作用。这一切都依靠无产阶级政党意识的积极参与。

卢森堡之所以过度强调自发性理论,忽视组织的积极参与,这与她的历史决定论思想有着密切的关系。

卢森堡将非资本主义国家纳入了她的总体性哲学之中,但是,她对非资本主义国家的研究却是立足于资本主义国家的,或者说,她坚持的是西方中心论的历史决定论。"因此,她始终只能在一个平面上,直线式地描述东西方国家之间的关系,只能看到西方资本主义是如何通过资本积累而创造出一个世界性的资本主义体系的,东方非资本主义国家被卷入世界资本主义体系的必然性,而看不到东方国家的民族独立对于改变东西方国家关系,推动世界历史进步的积极意义"。"她开辟了世界历史中的东方研究视野,却始终只把东方国家当作是西方国家本质的表现去描述"。④而政党的积极参与作用恰恰是当时东方俄国的突出问题,所以,对政党作用的忽视与卢森堡的资本主义世界中心论有着不可分割的联系。卢卡奇则克服了这种西方中心论的思维方式,站在世界无产阶级的立场来思考无产阶级的生存与解放问题。

总体而言,对卢森堡的总体性理论、自发性理论的分析构成卢卡奇

---

① ② ③ 卢卡奇:《历史与阶级意识》,商务印书馆1992年版,第365、367、371页。

④ 何萍:《罗莎·卢森堡的〈资本积累论〉与中国》,《马克思主义研究》2005年第6期。

哲学转向微观领域、日常生活世界的起点:一方面,确立起社会—历史的中介性思维;另一方面,对意识批判的对象进行定位,即定位于日常生活世界。这两个向度决定了卢卡奇哲学的走向。

以卢森堡哲学作为起点,卢卡奇从更广阔和深厚的哲学传统中吸收其中介理论的哲学资源。概而言之,这一哲学资源主要来自黑格尔、列宁、布洛赫和马克思。其中,黑格尔的辩证法精神贯彻卢卡奇思想的始终;列宁从认识论的角度研究了中介范畴的理论意义,确立了主体的意识批判功能;布洛赫与马克思则确立了中介的本体论功能,其中,布洛赫的中介本体就是"希望",他通过意识来阐发本体论思想,确立辩证法的本体论,探讨以未来为核心的人的存在的本体论,并由此提出了希望的辩证法。马克思则通过"实践"这一最现实的中介环节,研究了人的生命创造活动。卢卡奇既吸收了辩证法的批判性,又吸收了本体论中介的文化创造性,确立了自己的文化中介。作为文化哲学范畴的中介类型不仅包括生产劳动,也包括语言、科学、艺术等人类文化活动,它们的功能就是批判资本主义社会压抑人的直接性,实现人的合类性。

这里需要从两个方面来厘清认识论中介与本体论中介分别对于文化哲学的意义。一方面,认识论范畴的中介以捍卫理性认识能力体现着文化哲学本性。理性认识能力虽然在发展的过程中遇到了无法解决的难题,但是,从古代人与自然的直接合一到近代理性主义的发展却标志着人类主体意识的建立和认识能力的提高,这标志着人类通过理性认识能力与动物相区别,并以此在新的层面创造了属于人的本性。理性认识能力的提高表现为主—客体二分思维的建立。主—客体关系的建立是近代认识论转向的产物。在古代社会,人与自然混沌一体,人就是自然,而自然也被赋予了人性,泛神论正是这种古代思维的体现。在这种人、自然不分的状态下,人类所具有的只是纯粹的直观思维,主体意识还未上升到哲学的高度,因此主—客体的关系也没有作为哲学问题被提出来。随着人类社会的发展,人类的理性思维逐渐发展并成熟起来,主—客体的关系也才作为哲学范畴被提出来。理性思维的成熟标志着人类认识能力的提高,标志着主体性意识的建立,这本身就是人类文化发展新阶段的产物。但是,理性思维的发展很快就碰到了难题,这一难题就是自在之物问题。自在之物是主—客体二分的必然产物。能否有效地解决自在之物问题,决定着人类认识能力的限度问题,决定着人类理性文化的限度问题。中介范畴的提出就是为了在认识论框架下解决自在之物问题,为了捍卫人类理性认识能力的无限性。因为,中介解决自在之物难题的途径就是通过批判性思维打破主—客体二分的思维模式,建立主—客体的统一。正是在这个层次上,中介的文化哲学功能表现为对理性创造性的捍卫和巩固。

当然,人类文化发展的历程证明仅仅局限于认识论框架无法解决自在之物的难题,因此也无法真正捍卫理性认识能力的无限性。中介的文化哲学功能必须深入到生存论层面,才能继续得到发展。所以,认识论范畴的中介与本体论范畴的中介并不属于同一个层次,它们的关系不是并列的。认识论中介从属于本体论中介,即认识论从属于生存论,前者只有与生存论相结合,才能真正将其文化哲学功能坚持到底。因此,这就必然有了本体论层面的中介范畴。

另一方面,中介作为本体论范畴创造着人类新的生存方式。中介由认识论发展到本体论,既是现代本体论转向的产物,同时也是中介自身逻辑发展的必然。如上所述,认识论中介在行使其文化哲学功能时遇到了自在之物的理论难题,这一难题无法在认识论框架内解决,所以,中介自身的哲学使命也要求哲学传统的转换,要求直接面对人类的生存论问题。中介对于生存论不是外在的因素,而是生存论自身发展的内在机制。即缺乏中介的生存论根本就不可能存在。中介决定着人类文化生命创造的方式,使新的生存方式的创造成为可能。因为,中介不是对已有生存论方式的消极接受,而是批判和否定。正是批判和否定赋予创造以生命力。不同的中介形式决定着不同的生命创造方式。

下面,笔者就将从辩证法、认识论中介与本体论中介来详细分析卢卡奇中介范畴的哲学资源,并以此为基础勾勒出卢卡奇中介范畴的特点。

第二节 辩证法的精神与认识论中介：
主体意识批判功能的确立

对主体意识批判功能的强调贯穿于卢卡奇哲学思想的始终，正是在这层意义上，辩证法的精神与认识论中介成为卢卡奇哲学的关键环节之一。考察卢卡奇哲学，我们就会发现，黑格尔的辩证法精神与列宁的认识论中介对卢卡奇产生的影响是重大而深远的。黑格尔的辩证法精神与列宁的认识论中介强调主体的意识批判功能，不同之处则在于：黑格尔辩证法的批判性原则终结于绝对精神，无法将主体的意识批判功能坚持到底，而列宁恰好在现实批判中把主体的自我批判性原则坚持到底。黑格尔主要通过他的自我意识学说深刻地影响了卢卡奇的中介理论，而列宁则通过理论与革命相结合的研究路向影响了卢卡奇，并促使卢卡奇将黑格尔的辩证法精神贯穿到现实革命中去，奠定了理论与实践相结合的研究路向。

一、黑格尔：自我意识的批判

黑格尔对卢卡奇哲学的影响是异常深远的。即使在晚年，卢卡奇仍然对黑格尔哲学给予极高的评价。1969 年 12 月，卢卡奇在答《七日》周刊记者问时说："我并不特别赞赏今天的资产阶级哲学，我必须甚至承认，我认为黑格尔是最后一个伟大的资产阶级思想家。"①大约1970 年下半年，卢卡奇在接受《新左派评论》杂志记者的专访时又一次说："不管怎么说，在西方只有三个别人无法比拟的真正伟大的思想家：亚历士多德、黑格尔和马克思。"②卢卡奇在晚年的这两段话告诉我们：黑格尔哲学在卢卡奇哲学创造中具有异常重要的价值。

黑格尔哲学与卢卡奇哲学的密切关系早已引起学术界的关注，每一个研究卢卡奇哲学的人几乎都不能回避卢卡奇哲学与黑格尔哲学

①② 杜章智编：《卢卡奇自传》，社会科学文献出版社 1986 年版，第 275、305 页。

的关系。例如,里希特海姆在为卢卡奇写的传记中明确地说:"卢卡奇实质上遵从的是黑格尔的观点、方法。"①帕金森也这样说:"马克思声称自己是'黑格尔的门徒',由此回击对这位伟大思想家的普遍反对。卢卡奇以相应的方式在 20 年代主张,应当通过强调马克思主义的黑格尔方面去对付修正主义和重建正统性。"②总而言之,学术界普遍认为,卢卡奇就是一个黑格尔主义的马克思主义者。这些现象反映了黑格尔哲学对卢卡奇哲学不可替代的影响,但是,究竟以什么作为切入点来理解黑格尔哲学和卢卡奇哲学的关系呢? 不同学者的观点则是不相同的。一般而言,可以划分为以下两类:其一,认为黑格尔的辩证法精神指引卢卡奇突破第二国际庸俗马克思主义的束缚。例如,麦克莱伦、帕金森等都坚持这一观点;其二,认为黑格尔的唯心主义思想妨碍了卢卡奇的马克思主义正统。例如,前苏联学者别索洛夫等人说:"由于把黑格尔的辩证方法和马克思的辩证方法等同起来,《历史与阶级意识》按其基本的哲学立场和结论来看,在许多原理中带有唯心主义性质。"③

其实,卢卡奇在其早年的美学著作中就已经走向了黑格尔,正如他自己在 1962 年给《小说理论》写的序言中说:"我们已经指出,《小说理论》的作者已经是一名黑格尔主义者了……据我所知,《小说理论》是'精神科学'学派中第一部将黑格尔哲学的发现具体运用到美学问题上的著作……但是《小说理论》的作者并不是一位排他的或正统的黑格尔主义者。"④这里的黑格尔精神主要指的是黑格尔的世界精神的辩证运动。此时的卢卡奇感知到的是一个破碎的世界,世界精神是已经破碎的世界的镜像,这是一个总体的镜像。这说明了两个问题:其一,对文化生命的关切在卢卡奇走向马克思主义之前就已经存在;其二,这种文

---

① 盖欧尔格·里希特海姆:《卢卡奇》,中国社会科学出版社 1989 年版,第 1 页。

② G. H. R. 帕金森:《格奥尔格·卢卡奇》,上海人民出版社 1999 年版,第 51 页。

③ Б. Н. 别索诺夫、И. С. 纳尔斯基、М. В. 雅科夫列夫:《关于卢卡契的哲学观点》,载张伯霖等编译:《关于卢卡契哲学、美学思想论文选译》,中国社会科学出版社 1985 年版,第 10 页。

④ Georg Lukács, *The Theory of The Novel*, London: Merlin Press, 1971, p. 15.

化生命的关切是"左"的伦理与"右"的认识论/本体论结合在一起的。面临第一次世界大战,早期的卢卡奇追问"谁将把我们从西方文明中拯救出来?"①但是当时的他并未寻找到答案,直到 1917 年十月革命。晚年的卢卡奇把他自己早年时期的《小说理论》看作是一种乌托邦诉求,但是这种乌托邦诉求却在积极地寻找一种普遍的辩证法,"这是历史地建筑在美学范畴和历史之间,找到较之于他(写作《小说理论》时的卢卡奇——引者注)在黑格尔那里发现的更为紧密的联系;他力图理智地理解变化中的永恒,理解本质在持久合法性范围中的内在变化。但他的方法在许多方面——包括在许多非常重要的关联上——都还很抽象,脱离了具体的社会历史现实"。②这种辩证法后来转变为总体性的辩证法,转变为行动与总体目标之间的辩证法。普遍的辩证法与总体性的辩证法有着实质的差别,即理论与实践的差别,正如卢卡奇自己所说的,他早期的世界观是"左"的伦理与"右"的认识论/本体论的结合,即面向激进革命的左派伦理与对现实的传统守旧理解的结合。直到走向了马克思主义,"左"的伦理才与"左"的认识论/本体论结合在一起,也就是才真正由内心的激进热情走向了现实的激进革命。

对世界精神的突破,完成"左"的伦理与"左"的认识论/本体论的结合是在《历史与阶级意识》中达到的,但是总体性的辩证思维却被保留了下来,就如同马克思从黑格尔那里继承的东西一样,这一总体性的辩证思维是通过自我意识中介而达到的。

卢卡奇继承黑格尔中介理论的自我否定性、自我批判性原则,并从而确立了他的无产阶级自我意识理论。卢卡奇说:"黑格尔在上面提到的对中介作了规定以后,曾这样谈到自我意识的一个阶段:'因此,在它经历了必须弄明白自己的真理的过程以后,意识对它自己来说也成了一个谜。在它看来,它的行为的结果不是它的行为本身;对它来讲,它的经历不是对自在地存在着的事物的经历。这种变化不仅是同样的内容和本质的形式上的变化。同样的内容和本质一方面被设想为意识的

---

①② Georg Lukács, *The Theory of The Novel*, London: Merlin Press, 1971, pp. 11, 16.

内容和本质,另一方面又被设想为它自身的对象或被直观到的本质。因此,抽象的必然性只适用于消极的、未被把握的普遍性的力,这种力把个性打了个粉碎。'"①通过引用黑格尔的这段话,卢卡奇所要表达的就是:必须唤起无产阶级的自我意识,因为,历史的发展"迫切需要这种中介"。②在卢卡奇那里,无产阶级意识就是对无产阶级的自我意识,无产阶级本身是不完满的,是需要批判的对象。无产阶级在对自我的意识中确立起自我批判原则,并以此为中介,将自我批判与无产阶级革命相结合,实现理论与实践的统一。

概而言之,黑格尔强调自我意识的批判功能,他认为,认识主体自身是充满矛盾的,是不完满的,它对客体的认识过程也就是内在矛盾的展现过程。黑格尔将欲望作为自我意识的出发点,而自我意识就是人本身,自我意识的扬弃就是人自身认识自己的过程,不过这一切都发生在精神领域罢了。黑格尔将欲望作为个体生命的源泉,它证明了个体的不完满性。在欲望的张扬过程中,个体与个体之间发生了关系,这一关系表现为主人与奴隶的斗争。主—奴斗争是现实斗争的逻辑化和理性化。逻辑化与理性化成就了自我意识的自由,这就是自我意识的归宿。从自我意识运动的简单勾勒中,我们就会发现,内在矛盾性是黑格尔自我意识学说的出发点,也正是内在矛盾性决定了主体的意识批判不是对他物的批判,而是自我意识的批判,批判的目的是为了达到自由。但是,自由却是逻辑的、理性的,是以消解矛盾为前提的。因此,从矛盾出发,以无矛盾结束,这就是黑格尔自我意识学说的悖论。

造成这一悖论的原因就在于黑格尔哲学与现实生活关系的暧昧性:一方面,在哲学体系中,黑格尔大谈现实生活,认为真正的自由意识必然是以现实生活为内容的,但是,生活却被黑格尔概念化。黑格尔哲学不敢真正走进现实生活。所以,沿着关于欲望与生命、主—奴意识以及自由意识的实现这条思维路线,黑格尔在概念的框架内为资本主义社会的阶级斗争作出了辩证的分析。但是,在最终目的上,黑格尔的哲学以获取绝对知识为目的,生命的过程成了获取绝对知识的手段,主—

---

①② 卢卡奇:《历史与阶级意识》,商务印书馆 1992 年版,第 240、240 页。

奴意识的斗争最终以自由意识的实现而消解,而自由意识只不过成了获取知识的自由,是认识的自由。由此可见,黑格尔哲学的认识论基调决定了他的辩证法思想最终也将失去批判性,成为概念的游戏。

具体而言,自我意识确立起关系,包括自己与自己的关系、自己与他者的关系。这一切都是在理性欲望的驱使下达到的。黑格尔将欲望分为动物式的欲望和理性的欲望,并且认为,只有理性的欲望才能行使生命创造的功能。动物式的欲望是饮食、性欲等本能需求,这是促使动物活动及维持、繁衍其生命的动力。动物式的欲望是动物与人所共同拥有的,因此,无法使人与动物相区别。同时,动物式的欲望表现为一种纯粹的个体性,是没有关系的孤立个体。理性的欲望却是在自我意识中获得知识,是对知识的欲望,是具有普遍性的欲望,正如黑格尔所言,"自我意识就是欲望一般"。①这种具有普遍性的欲望是动物所不具有,专属于人的。因此,理性的欲望构成自我意识的驱动力。②在这里,理性的欲望具有两层含义:其一,欲望的主体是个人,但欲望并不是孤立的个人的行为。个体的欲望包含着关系;其二,欲望的对象具有普遍性。这就决定了,自我意识从一开始就在个体与普遍的张力中运动。个体与普遍的张力体现为主体与客体的同一。

自我意识的对象是意识本身,因此,自我意识在作为主体的同时又是客体。主体与客体的分离在自我意识中达到了同一,也是自身的同一。主体与客体的这种同一被黑格尔看作是生命。生命以意识为主体,又以意识为对象,生命就在自我意识的对象化与返回到自身的过程中得以发展和延续。于是,生命就成为认识论的生命。

自我意识以意识为对象,反过来,站在作为对象的意识角度来看,这个意识又是另一个自我意识,既然一个自我意识所指向的对象是另一个自我意识,于是,两个自我意识便发生了交流与互动。自我意识要确定自己的存在,必须通过扬弃同样是作为自我意识而存在的对方,所

---

① 黑格尔:《精神现象学》(上卷),商务印书馆 1979 年版,第 116—117 页。

② 关于"欲望"的分析参阅科耶夫:《黑格尔导读》,译林出版社 2005 年版;高全喜:《自我意识论》,学林出版社 1990 年版。

以,自我意识的互动便发生在这种对对方的扬弃以及对自我的确认过程中。这种扬弃与确认的过程表现为合作与斗争。

合作体现在自我意识的双重性上,即自己与自己关系的确立。自我意识是自在自为的,自为性使自我意识走到自身之外,一方面,自我意识丧失了自身,因为它发现自己成为了他者,对于同样具有自我意识的他者而言,它在自身中看到的也是对方,所以也丧失了作为他者的自身;另一方面,自我意识在他者中看到了自己,即看到了自己的对象化,他者同样也从对方中看到了自己。不论从哪一种视角出发,自我意识都必须扬弃其对象化,达到对自身的回归,在这一过程中,自在的自我得到了丰富和提升。

同时,自我与他者的分离也导致了对立与斗争的关系,在这一关系中,双方争取彼此的相互承认,换言之,自我与他者都为承认而斗争。在斗争的过程中,新的关系——主—奴关系——得以确立。黑格尔说:"每一方都是对方的中项,每一方都通过对方作为中项的这种中介作用自己同它自己相结合、相联系;并且每一方对它自己和对它的对方都是直接地自为存在着的东西,同时只由于这种中介过程,它才这样自为地存在着。它们承认它们自己,因为它们彼此相互地承认着它们自己。"[1]这个相互承认的过程并不是自在的共存,而是斗争中的相持。斗争的结果就是形成了主—奴关系。主—奴关系相互依赖:既相互压制,又需要从对方中获得自身生命的确认。

主人是自我意识中具有独立性的一方,主人与奴隶的关系不是孤立存在的,而是发生在主人—奴隶—物的三方关系中,在这三方关系中,奴隶是主人与物发生关系的中介。通过奴隶中介,主人可以享受物;如果没有了奴隶中介,主人就不能直接与物发生关系。转换为现实的生活现象,即主人作为主人地位的确立表现在他不需要参加劳动就可以享受劳动果实,因为有奴隶直接参与劳动创造果实。在这种关系中,对于主人而言,物只具有非独立性,主人只与物的非独立性发生关系;对于奴隶而言,他在主人面前就是非独立的存在,物对于他是独立

---

① 黑格尔:《精神现象学》(上卷),商务印书馆1979年版,第124页。

的,或者说,主人把物的独立性一面让渡给了奴隶。由此,奴隶成为主人与物的双重奴隶:一方面,奴隶受劳动的制约;另一方面,奴隶的劳动成果又被主人所攫取。在这双重的压制之下,奴隶的生活是心怀恐惧的,这种恐惧并不是某种具体的恐惧,而是一种生存状态,弥漫于奴隶的整个生命之中。"这种奴隶的意识并不是在这一或那一瞬间害怕这个或那个灾难,而是对于他的整个存在怀着恐惧,因为他曾经感受过死的恐惧、对绝对主人的恐惧。死的恐惧在他的经验中曾经浸透进他的内在灵魂,曾经震撼过他整个躯体,并且一切固定规章命令都使得他发抖"。①极端的恐惧恰恰是重生的希望,即奴隶在彻底的否定中达到了肯定,使其自在自为的存在成为可能。

恐惧从否定方面肯定了奴隶生命存在的价值,劳动则从肯定方面肯定了奴隶生命存在的价值。奴隶是主人与劳动对象即与物之间的中介,在与主人的关系中,奴隶感觉是不自由的,奴隶成了物,成了自在的物,但是,在劳动中,奴隶则找到了实现自己价值的途径。一方面,主人不直接与物发生关系,而是通过奴隶的劳动享受物给他带来的结果,在这层意义上,主人是独立的、自由的,奴隶被主人所束缚,为主人进行生产,因而是不自由的;但是,另一方面,由于主人与物的关系是间接的,因此,物对于主人而言就只是自在的存在,不能与主人发生互动的关系,相反,奴隶与物的关系则是主动的、互动的,在劳动中,奴隶获得了创造性。"他用劳动来取消自然的存在"。②因此,在与物的关系中,主人与奴隶发生了颠倒,主人变成了奴隶,奴隶则变成了主人。

在这里,我们应该从两个层面来理解黑格尔关于劳动赋予奴隶自由的观点:一方面,黑格尔无疑将劳动的价值抽象化了。因为,在资本主义社会中,劳动带给人的并不是创造的乐趣,而是沉重的负担,这是马克思及其后来者进行了专门批判的课题;但是,另一方面,我们又不能完全否定黑格尔对于劳动的理解。因为,当劳动摆脱了异化特征后,毕竟是人类本性的体现。对于奴隶而言,恐惧与劳动共同作用于奴隶

---

① ②　黑格尔:《精神现象学》(上卷),商务印书馆 1979 年版,第 129—130、130 页。

的自我意识：首先，恐惧使奴隶整个身心受到了感染，以否定的方式为奴隶的生命指出了方向；其次，劳动使恐惧外化，使奴隶意识外在化。如果没有劳动，恐惧永远都只能浸透在奴隶内心里，无法得到外化，因而也无法得到解决。然而，黑格尔所讲的劳动、外化等仅仅是概念范畴的演绎，因此，在封闭的逻辑体系中，奴隶的生命创造最终也归于概念的逻辑发展。

同时，黑格尔又认为，主人与奴隶的关系仍然是基于个体欲望的关系，它还未达到自由的境界。只有当自我意识的双方具有普遍性时，当自我意识将整个世界纳入自身之中，实现世界在自我意识中的统一时，自我意识才实现了认识的自由，成为自由意识。自由是普遍的自由，理性赋予自由以普遍性，因此，自我意识最终在理性中达到了普遍自由，成为融个体自由与普遍自由于一体的自由意识，这是黑格尔自我意识哲学的归宿。但是，这种自由意识却是一种悖论，即理性自由的悖论：一方面，理性使自由在认识论中成为可能；另一方面，理性以体系结束，同时也宣告了自由的结束，这是黑格尔自由哲学必然面临的命运。

从以上分析中我们可以看出，黑格尔的自我意识中介具有以下三个方面的主要特征，并且，正是这三个方面的特征影响着卢卡奇的中介理论：

其一，自我意识的双方是斗争的关系。黑格尔将自我意识的双方看作是主人与奴隶的关系，它的本性是斗争的敌我关系，是压制与被压制的关系。这在卢卡奇那里就反映为无产阶级与资产阶级的斗争。

其二，自我意识的双方不是个体性的，而是具有普遍性。黑格尔认为，仅仅将自我意识的双方看作是孤立的个体还处在认识的低级阶段，只有自我意识双方具有普遍性时，认识才发展到了更高的阶段。这种思想也被卢卡奇所吸收，他反复强调，无产阶级与资产阶级的关系决不是孤立的无产者与资产者之间的关系，而是阶级之间的关系，因为，在卢卡奇看来，只有阶级才具有总体性和普遍性。

其三，黑格尔的自我意识批判遵循的是历史主义原则。在黑格尔那里，自我意识的批判性随着主体内在矛盾的对象化和回归而自我演绎，这是一个历史的过程。卢卡奇同样将无产阶级自我意识的运动理解为一个历史的过程,所不同的是,黑格尔的历史主义是逻辑框架内的历史主义,并终结于绝对精神,而卢卡奇的中介则立足于现实生活,在现实批判性中将历史主义原则坚持到底。

在此需要强调两点:第一,卢卡奇决不是对黑格尔历史主义原则的简单接受,相反,卢卡奇将历史主义原则坚持到底,并从而超越了黑格尔逻辑的历史主义;第二,自我意识包含着丰富的精神生命的内涵,这也正是早年卢卡奇如此重视黑格尔,并且自称为"黑格尔主义者"的原因。但无论如何,自我意识在欲望驱动下的自我演绎展示了深刻的辩证法内涵,这成为卢卡奇中介思维的重要来源之一。

如果说黑格尔自我意识的辩证法终止于绝对精神,那么列宁则将辩证法的革命精神贯彻到底了。卢卡奇通过继承列宁的辩证法精神,从而超越了黑格尔的主体批判功能。或者说,在走向现实生活的过程中,列宁的认识论中介为卢卡奇提供了有力的理论借鉴。

二、列宁:反映论与主体能动性的辩证统一

黑格尔的自我意识中介确立起一种思辨的张力,在主体欲望中张扬了人的认识能力,但是,思辨的张力最终却被扼杀在逻辑体系中。因此,中介如果要将其批判性原则贯彻到底,就必须从思辨走向现实生活。列宁的中介范畴正是以此作为自身哲学的使命。而卢卡奇当时所面临的正是无产阶级现实革命的问题,所以,为黑格尔的辩证法找到现实的立足点,将理论思辨推进到现实生活世界,既成为卢卡奇所要解决的理论问题,也成为他必须解决的现实问题。因此,由黑格尔的自我意识走向列宁的中介就成了卢卡奇必然遵循的研究路向。

同样,卢卡奇辩证法与列宁辩证法之间的关系也早已引起学术界的兴趣,其中,具有代表性的是凯文·安德森①的理论。他认为,早在《历史与阶级意识》时期,列宁辩证法与卢卡奇辩证法就已经建立起

---

① 美国学者,杜娜叶夫斯卡娅的学生,黑格尔、列宁以及卢卡奇的辩证法思想研究专家。

了联系,当时主要是以黑格尔的辩证法为纽带的,因为两者共同回到了黑格尔辩证法;不过,列宁辩证法对卢卡奇辩证法直接产生影响则要到卢卡奇读到《哲学笔记》之后。而《哲学笔记》对卢卡奇的影响则是复杂和矛盾的,即"其他的理论家经常强调列宁在 1914 年与旧唯物主义的断裂,卢卡奇则不同,他为我们提供了关于列宁辩证法的不同理解:机械唯物主义与黑格尔的马克思主义的并存"。①在这里,凯文·安德森为我们指出了列宁对卢卡奇产生影响的两个方面:一方面是他的反映论思想;另一方面是他的辩证法精神,或者说是对主体能动性的强调。本书赞同凯文·安德森对卢卡奇与列宁辩证法关系的理解,正是反映论与主体能动性的结合构成列宁辩证法对卢卡奇中介思想的影响。不过,在这里需要强调一点:反映论与主体能动性的作用并不是等同的。

列宁的辩证法的确强调反映论,强调对客观规律的认识,但是,仅仅看到这一层面是远远不够的。列宁强调反映论,并不是为了外在对象,同样,他强调客观规律也不是为了客观规律,而是为了强调主体的认识能动性,强调主体认识对象、把握客观规律的可能性,并从而为革命找到现实的动力。列宁说:"一切 vermittelt＝都是经过中介,连成一体,通过过渡而联系的。"②中介在列宁哲学中的使命就是认识事物的普遍规律,为革命指定明确的方向。正是这一现实的使命感决定列宁的中介必然突破黑格尔的逻辑束缚,将批判性原则贯彻到底。总体而言,列宁的中介具有两方面的功能:一方面,透过现象认识本质,对普遍本质准确把握;另一方面,列宁非常强调认识主体的能动性。因而,中介又被赋予了确立思维主体能动性的功能。这正是卢卡奇从列宁辩证法中所汲取的理论养料。

列宁研究辩证法的主要动机在于:1905—1907 年间,俄国第一次民主革命失败后,工人运动陷入低潮,而第一次世界大战的爆发又使俄

----

① Kevin Anderson, *Lenin, Hegel, and Western Marxism*, University of Illinois Press, 1995, p. 184.

② 列宁:《哲学笔记》,人民出版社 1993 年版,第 85 页。

国进入了帝国主义与无产阶级的斗争时期,此时的俄国面临复杂的局面。布尔什维克党必须对其进行深刻的分析,对俄国革命和世界革命作出指导。所以,列宁的辩证法思想从诞生之日起就面临着解决实际斗争问题的重任。由此可见,列宁的辩证法不是书斋里的学问,而是斗争哲学。这也决定了列宁的辩证法从一开始就与现实革命相联系。因此,列宁辩证法必然具有以下个性特征:其一,辩证法以认识论为主线。列宁强调辩证法就是认识论,强调辩证法、逻辑学和认识论的统一。"辩证法**也就是**(黑格尔和)马克思主义的认识论"。①强调辩证法的认识论功能是因为,为了分析现实矛盾,列宁必须将辩证法作为认识世界的世界观和方法论,其二,强调辩证法的历史性。列宁反对将辩证法局限于概念中,认为要将辩证法植根于历史中,使辩证法成为人们不断变革现实,发展新理论的方法。辩证法不是僵死的,而是发展的,它本身具有反教条的特点。下面,本书将围绕这两个基本个性特征来展开对列宁辩证法的分析。

首先,列宁的辩证法以客观现实作为基础。辩证法具有客观实在性,这使辩证法与诡辩论相区别,同时,也与黑格尔的唯心主义辩证法相区别。对客观基础的强调决定列宁在现实基础的层面超越了黑格尔概念的辩证法。这与列宁现实革命的使命是相符合的。

其次,列宁的辩证法是关于普遍联系的学问。只有建立起了普遍联系,才能为革命找到行之有效的普遍规律。在普遍联系中认识事物的本质,揭示自然与社会规律,找到促使社会革命与发展的一般理论。"概念(认识)在存在中(在直接的现象中)揭露本质(因果、同一、差别等等规律)——整个人类认识(全部科学)的**一般进程**确实如此"。②在这一观点的指导下,列宁强调事物之间的普遍联系。

再次,事物的发展表现为螺旋式的上升。螺旋式的上升既指出了革命的方向,同时又指出了革命道路的矛盾性。这是列宁革命理论的一大特色。螺旋式上升表现为革命的目标是光明的,而道路则是曲折的,但是,更为重要的是,螺旋式上升的目标并不是外在强加给革命主

---

①② 列宁:《哲学笔记》,人民出版社 1993 年版,第 308、289 页。

体的,而是人类自身发展的内在结果。同样,革命的道路也是人类自身历史的内在逻辑环节。

最后,对立统一规律是列宁辩证法的核心。对立统一意味着对立的双方不是外在的两个实体,而是同一个过程的两个方面。对立统一规律意味着革命是历史主体内在矛盾发展的结果,而不是外在因素强迫使然。在革命中,历史主体使自己的内在力量外化,也就是使自身发生了向对立面的转化,同时,这种外化其实也就是对自身的完善化过程。因为,外化力量又反作用于活动主体,使其在更高的程度上实现了自身的发展。在归根结底的意义上,对立统一是对人自身的发展。这里的人不是抽象的人,也不是他人,而是自己,是每一个作为革命活动主体的人。

通过分析列宁的辩证法,本书认为,列宁辩证法对卢卡奇中介思想的影响主要体现在以下两个方面:

在宏观层面,我们可以从研究对象和研究目的来看两者的关系。从研究对象上来看,卢卡奇正是在与列宁相反的层面上来研究中介范畴的。列宁的中介追求普遍性的知识,而卢卡奇更强调具体性原则而非普遍性原则,是关于人的文化创造与自由问题,而非寻求规律性的问题。卢卡奇所研究的领域也是社会领域,而非自然领域,只是在社会领域考察人的文化创造与自由问题,但是,他却不是探求一个自然规律并以此作为人类必须遵循的原则。这反映出列宁和卢卡奇的研究对象具有宏观与微观之差别。这种差别是两者所处的不同时代背景以及相异的哲学使命决定的。列宁所处的现实环境是生产力落后的东方社会。东方社会革命面临着生产力低下的历史环境,因此,把握普遍规律是关系革命胜利与否的紧迫任务。"苏俄马克思主义者肯定马克思主义哲学中有一个独立于特殊性的一般理论。在他们看来,马克思主义哲学本质上是科学的理论,其科学性就在于它揭示了自然界和人类历史的一般规律。自然界的规律是独立于人类历史的客观存在,人类历史的一般规律是历史中'以铁的必然性发生作用'的力量,它贯穿于全部人类历史过程,适合于任何时代和一切民族的历史发展,表现为人类历史的一般……苏俄马克思主义者追寻马克思主义哲学与黑格尔逻辑学的辩证法之间的联系,以逻辑的方式构造一般唯物主义基本原理"。①然而,卢卡奇所面临的则是生产力相对发达的西方社会,在那里,政治革命成为不可能,革命必须由宏观转到微观。微观革命要求中介认识必然关注具体的、个性化的层面。但是,从研究方法与目的上来看,卢卡奇的中介范畴与列宁的辩证法却有着异曲同工之妙。两者研究中介的目的都是为了现实革命的需要,并且,他们都是在理论与实践相结合的意义上分析现实革命。卢卡奇曾经这样评价列宁,他说:"他(列宁——引者注)的理论力量在于,无论一个概念在哲学上是多么抽象,他总是考虑它在人类实践之中的现实涵义,同时,他的每一个行动总是基于对有关情况的具体分析之上,他总是要使他的分析能够与马克思主义的原则有机地、辩证地结合在一起。因此,就理论家和实践家这两个词最严格的意义而言,他既不是前者,也不是后者。他是一位深刻的实践思想家,一个热情地将理论变为实践的人,一个总是将注意力集中于理论变为实践、实践变为理论的关节点上的人。"②在《列宁——关于列宁思想统一性的研究》中,卢卡奇再次指出:**"革命的现实性:这是列宁思想的核心,是他与马克思的决定性联系。"③"列宁重新确立了马克思主义的纯洁性**……一方面,无论马克思还是列宁都不曾把无产阶级革命的现实性和它的目的,认为是在任何一定时刻都是能够轻易实现的东西。然而,另一方面,正是通过这种现实性,他们两人才取得评估当代一切问题的可靠的试金石。革命的现实性订下了整个时代的基调。"④从现实革命出发,列宁和卢卡奇的中介范畴都具有现实批判功能。同时,为了达到现实批判的目的,两者的中介都具有主观能动性。正是从现实批判的意义上来讲,列宁的中介范畴对卢卡奇的影响区别于黑格尔中介的影响。

在微观层面,卢卡奇对列宁中介理论的继承突出表现在对政党和组织功能的强调之中。卢卡奇认为,政党或组织通过意识形态来实现

---

① 何萍:《20世纪马克思主义哲学中的两种传统》,《哲学研究》2003年第8期。
② 卢卡奇:《历史与阶级意识》,商务印书馆1992年版,第29页。
③④ 卢卡奇:《列宁——关于列宁思想统一性的研究》,远流出版事业股份有限公司1991年版,第27、28页。

领导,构成了理论与实践之间的中介,它的作用是巨大的。因此,在卢森堡与列宁关于组织问题的分歧上,卢卡奇批评了卢森堡,他认为,"这一步(对组织因素的重视——引者注)在前几年、即在俄国社会民主党关于组织的论争中已经跨出了。罗莎·卢森堡很清楚地了解问题之所在,然而她在这个问题上站在落后的、阻碍发展的派别(孟什维克)一边"。①对孟什维克立场的反对表明卢卡奇是赞同列宁在组织问题上的观点的。同时,卢卡奇通过引用列宁在《关于俄共(布)中央政治报告的总结发言》中的话——"把政治问题和组织问题机械地分开是不行的",②更鲜明地表达了他赞同列宁强调主体意识的观点。在《列宁——关于列宁思想统一性的研究》中,卢卡奇再次说列宁是正确处理组织问题的"唯一重要领袖和理论家"。③另外,在对待民族问题上,卢森堡反对列宁的民族自治理论,而卢卡奇则赞同列宁的观点,他认为,帝国主义战争中仍然存在民族问题,殖民地和半殖民地的人民战争必然是民族问题,并肯定民族观念在战争中的作用。

通过以上分析,我们可以看出列宁的认识论中介无疑构成了卢卡奇中介理论的重要来源之一。

第三节 本体论中介:文化本体的确立

认识论框架下的中介确立起了主体意识的批判功能,但是,文化哲学传统必然要求中介由认识论转向本体论,因为,只有深入到本体,深入到人的生存本身,才能达到文化哲学的高度。中介所建构起来的本体论不是追问"人是什么",而是追问"人如何成为人",或者说,本体论中介就是关于如何创造新的人类生存方式的问题,它就是关于人的生存的辩证法。卢卡奇哲学的文化哲学本性促使他必然由认识论中介转向本体论中介。

①② 卢卡奇:《历史与阶级意识》,商务印书馆 1992 年版,第 389、385 页。

③ 卢卡奇:《列宁——关于列宁思想统一性的研究》,远流出版事业股份有限公司1991 年版,第 42 页。

在文化本体层面研究中介问题的代表人物是布洛赫和马克思。中介本体论在布洛赫那里表现为希望的辩证法,在马克思那里则是实践的辩证法。卢卡奇通过希望的辩证法回到了实践的辩证法。

一、希望的辩证法

布洛赫对卢卡奇的影响是终身的。"一种古典风格的(不是今天大学哲学家的那种模仿而无创造性的)哲学被布洛赫的人格证明是可行的,从而也成了我的生活道路……然而我怀疑,要是没有布洛赫的影响,我是不是也会找到我通向哲学的道路"。①布洛赫的哲学为卢卡奇哲学奠定了方向:朝向本体论的生命存在的哲学。生命存在在卢卡奇那里经历了深刻的变化。早年卢卡奇将生命存在诉诸浪漫主义,而在成为一名共产党员之后,卢卡奇关于生命存在的哲学已经异于早年的浪漫主义诉求,不再是局限于内在性的生命构造,而是追求生命存在的辩证法,追求生命存在的内在与外在的张力。所以,布洛赫对卢卡奇的影响不是抽象的、笼统的,而是可以追溯到希望的辩证法。

在布洛赫那里,希望的辩证法在未来与现在及过去的张力中展开,因此,历史主义原则成为理解希望辩证法的切入点。布洛赫历史主义原则的特点强调历史的断裂,非历史的连续。历史的断裂具有双重的功能:一方面,历史的断裂使绝对的可能性成为可能。绝对的可能性意味着绝对的创造性,意味着新的生存方式的可能性;另一方面,布洛赫在希望辩证法的演变过程中不知不觉滑向了绝对的未来主义,因此,历史的断裂导致对现实社会批判不够,反倒在某种程度上呈现为对现实存在的默许和接受。由此可见,布洛赫希望的辩证法从未来与现在及过去之辩证张力中出发,但是,结果却在绝对的未来主义中达到了一种未来直观,并以此割断了希望辩证法的历史张力。下面,本书就以历史主义原则作为切入点,详细探讨希望辩证法的演变过程,并揭示其特点

---

① 杜章智编:《卢卡奇自传》,社会科学文献出版社 1986 年版,第 24—25 页。

以及对卢卡奇中介范畴的影响。

历史主义原则在时间范畴中展开。时间是关于过去、现在与未来的历史之流,但是,在布洛赫看来,只有未来之维才是真实的,因为:其一,人们为未来而活,未来是人生的目的与动力;其二,过去的事情是因为人们有了面向未来的信念才被创造出来的,所以过去从属于未来;其三,现在不能被人真实地感知,因为人们只具有为未来而生的信念。所以,未来是核心之维度,甚至是唯一之维度。"未来之维包含人们恐惧及希望之物;对人的意愿而言,如果没有受到妨碍的话,它仅包含希望之物"。①所以,从一定意义上而言,希望是人生活的核心,而未来才是生活的意义。

布洛赫认为,冥想主义与历史主义原则是相背离的,因为冥想主义设定了一个既定的精神世界,这种精神世界是封闭的世界,以此剥夺了未来之维度,剥夺了历史主义创造的可能性。"古神话的和文雅的唯理论的智力类型均是冥想的唯心主义,因此,仅仅是消极的冥想主义,他们预先假定一个已经形成的封闭的世界,包括反映已形成之物的设计好的精神世界"。②在布洛赫看来,冥想不仅否定了希望的现实性,而且,冥想以存在物,以具体的希望形态来否定希望的历史主义本质。真正的历史主义原则是形成,而非实体。"只有作为有意识的理论—实践的知识才会遭遇形成,并在形成中得以确定,相反,冥想的知识只能根据定义参照已形成之物"。③布洛赫认为,超越了冥想主义束缚的第一人就是马克思。马克思之所以能够超越冥想主义,其原因就在于:首先,马克思以未来取代过去,将研究的视角定位于未来而非过去;其次,通往未来的方式是变化。变化打破了未来和过去之间的严格界限。过去是未来的可能性,而未来则是被中介了的过去。马克思的伟大之处就在于建立起了未来与过去之间的辩证法。

布洛赫准确地把握住了辩证法的精神实质,并且在这一辩证法精神的指导下,他将其历史主义原则表达为"尚未"。"尚未"意味着生活

---

① ② ③　Ernst Bloch, *The Principle of Hope*, volume one, The MIT Press, 1995, pp. 4, 8, 8.

永远没有固定的形态,永远都在流动的时间之流中,并且,"尚未"是面向未来的,是向未来而生的。"尚未"就是潜力,是将要实现的可能性。"我们如果要到布洛赫的生活中寻找一个常量的话,可以夸张一点说,那就是'尚未'(Noch-Nicht)。这是他哲学的核心思想,贯穿于他的一生,反之也反映了他的变动不居的流浪生活。他从不定居,从未像马丁·海德格尔那样离开柏林选择黑森林。乌托邦哲学家的生活不着边际。'家园'对他一直都是个问题"。①

"尚未"指出了希望的辩证法永远都是过程,从来都不是既定的事实。在"尚未"中,希望的辩证法自我演变,自我否定,创造着新的人类家园。布洛赫没有对新的人类家园给出经验主义的描绘,而是将其理解为一个敞开的过程。当然,在这个敞开的过程中,布洛赫仍然对其寄予了民主、自由的期望。"在真正的民主国家,一旦他在没有剥削和异化的情况下把握住了自己并建立起什么是属于他自己的,那么,世界上便产生了某种东西,它照亮了所有人的童年,照亮了至今仍没有人到达的家园"。②

新的人类家园是对当下社会的批判,即对资本主义社会的批判。布洛赫认识到,在资本主义社会,人们只是在忍受危机现象,而无力洞察它,更不用说改变它。资本主义社会是一个衰败的社会,但是这个衰败的社会却被认为是一个永恒的实存。"为了剥夺新生活,资产阶级使它的痛苦成为似乎是根本的,本体的"。③因此,要想改变人类的生存境遇,就必须坚持历史主义原则,面向未来而生。

然而,究竟如何反对资本主义社会?布洛赫没有给出回答。在这个问题上,他的历史主义原则的弊端就暴露出来了。如上所述,历史主义的断裂最终演变成为绝对的未来主义,绝对的未来主义对现实的批判是不够的,而仅仅是采取否定和漠视的态度。这反映在布洛

---

① 克劳斯·库菲尔德(Klaus Kufeld):《"思想意味着超越"——论布洛赫哲学的现实意义》,童庆炳主编:《文化与诗学》,上海人民出版社2004年版,第99页。

② Ernst Bloch, *The Principle of Hope*, volume three, The MIT Press, 1995, p. 1376.

③ Ernst Bloch, *The Principle of Hope*, volume one, The MIT Press, 1995, p. 4.

赫对待资本主义社会的态度上。他对资本主义社会的批判采取的是一种否定的态度,即用未来之维取代现实之维。这样,布洛赫并未直接面对资本主义社会进行批判,而是采取了回避现实的态度。所以,当布洛赫用绝对未来主义的历史主义原则来反思资本主义社会现实时,反倒在某种程度上起到了维护资本主义社会的效果。人类的生活永远都在现实之维,但是希望中介却将人类的生活永远定位于未来之维,所以,在现在与未来的永远交错中,人类却是接受了现实资本主义社会的一切弊端,而不是批判它。这种乌托邦的哲学倾向为卢卡奇哲学所抛弃。

同时,布洛赫历史主义原则所暴露出来的问题从反面向我们揭示了:辩证法对于资本主义社会的批判具有决定性的作用。要实现对资本主义社会的有力批判,必须将辩证法坚持到底。

布洛赫希望的辩证法之所以未能将批判性坚持到底,其根本的原因有两方面:一方面,这是布洛赫希望辩证法内在的逻辑矛盾所致。希望的辩证法确立起了一种未来哲学,这是建立批判哲学的前提,但是,希望作为一种意识本体,它架构起的是一种浪漫主义的乌托邦。浪漫主义的乌托邦最终由一种外在批判哲学退回到了对精神世界的构造,并失去了与社会现实的联系;另一方面,这也与布洛赫的个人气质有关。我们不能否认,任何一种哲学都凝结着哲学家的个性特征,布洛赫的希望哲学也不例外。布洛赫是一位热情洋溢的理想主义者,他的一生都为一种乌托邦的理想、激情所鼓舞。他从来都不寻求一种稳定的生活,而是在漂泊中体验一种绝对的过程性。这种个性特征决定了他的哲学思考是全面而复杂的,却不是最深刻的。因为,任何真正的批判哲学都必须深入到它所批判的对象中去,在真实的生活中,用理性主义的思考整合非理性主义的浪漫之情。

总体而言,布洛赫希望的辩证法从以下两个方面深刻影响了卢卡奇的中介本体:

其一,希望的辩证法是对人的生存论的关怀。在认识论框架中,辩证法的功能体现为认识论和逻辑学,但是,在本体论框架下,辩证法则表现为一种生存论关怀,是对人的生存世界的构造。

希望辩证法的生存论构造之所以可能,表现在希望自身的特点之中。具体而言就是,希望不仅是一种心理状态,而且是人的生存方式;不仅是一种情感,而且是必然转化为行动的情感。首先,希望是属于人的情感,在布洛赫看来,人与动物的区别正在于人是希望的动物。其次,希望是要求转化为行动的情感,因此,希望是形成过程(what is becoming),而非定在(what is)。希望的情感要求人将情感转化为积极的行动,"积极投身于人的形成过程",①而不是消极地接受人所被赋予的形态。希望之所以能够转化为行动,其原因就在于,希望具有认识功能,它是"一种具有认识功能的情感(a cognitive kind)",②情感的认识功能使它能够在认识的基础上使情感转化为行动。最后,相对于恐惧,希望是一种积极的情感,表现为外向性和积极性,以此区别于恐惧的内向性和消极性。

同时,希望的生存论关怀还表现在希望不是任意的幻想,而是具体的乌托邦。正如布洛赫自己所言,"与马尔库塞有关的是,虽然我俩都谈论乌托邦,但我们的立场是不同的,我的乌托邦是一种具体的乌托邦,而马尔库塞的乌托邦则不是。他是过火的理想主义者。我力求的是,从当下中可以看出的可能事物,在当下中所具有的可能事物"。③综观布洛赫哲学,具体性主要体现在两个方面:一方面,具体性体现为当下性和此时此地性,即乌托邦不是对遥不可及的事物的追求,乌托邦的行动就在当下。"乌托邦意识渴望探索遥远的事物,但是最终却以洞察所经历到的坏节这一近处的黑暗为目的,在这样的环节之中,任何事情都既是内驱力又被自身所遮蔽。换句话就是:为了准确地洞察最近的近处,我们需要最高倍的望远镜,那是关于无暇的乌托邦意识的。也就是说,最直接的直接性既是此时此地的居所,同时也是世界上所有难题的解答"。④"最后,人们想要成为此时此地的他自己,想要实现没有时空距离的完整人生"。⑤"真正的乌托邦理想显然不是无止境的奋斗,而

---

①②④⑤　Ernst Bloch, *The Principle of Hope*, volume one, The MIT Press, 1995, pp. 3, 12, 12, 16.

③　E. 布洛赫:《乌托邦是我们时代的哲学范畴》,《现代哲学》2005 年第 4 期。

是如下情形：它希望最终将关于此时此地的直接的，因而也不为它所拥有的本性变成被中介的、被阐明的和被完成的，并且是愉快而充分地完成之……关于结构的客观的希望形象（hope-images）必然朝向完成了的人类自身，即朝向家园，而周围的环境也被这些形象彻底地中介了"；①另一方面，具体性体现为一种现实可能性，表明一种积极、现实的世界观。"乌托邦不是一种神话，相反，如果它关涉我谈过的这一具体乌托邦，那么它就表明是一种客观而现实的可能性。它是一种斗争原理。它暗示新事物的未发现状态。如果历史地考察，它是某种社会力量，甚至在它本身很少被认识时，它也起某种作用"。②

希望辩证法所确立起来的生存论关怀同时也正是卢卡奇哲学的核心。卢卡奇始终关心无产阶级的生存与解放，早年，他试图为无产阶级的总体性生存方式寻找到一条有效的途径，晚年，他更是明确地以追求个性的实现为目的，将个性的实现与社会存在本体论相结合。

其二，希望的辩证法在未来与现在及过去之维度中展开，并以此确立起了一种批判主义的希望哲学。但是，绝对的未来主义取代现实生活导致批判主义未能坚持到底。绝对的未来主义是精神世界的未来主义，因此也就是主体主义的未来主义。希望强调主体，但是，希望主体却是极端的主体主义，它排斥了客体。这就决定了布洛赫的希望辩证法在批判现实生活的道路上不可能坚持到底。卢卡奇继承了希望辩证法的批判主义原则，却超越了绝对的未来主义。

"布洛赫研究德国古典哲学的最主要目的是为了在主体—客体的辩证统一中合理地建构起人的主体性，这也正是他的乌托邦精神论和希望哲学的主题与核心"。③然而，布洛赫难以逃脱的命运就是：由极端的主体主义走向了主观主义，最终局限在纯粹的主体中无法自拔，并从而与现实生活相脱离。

布洛赫绝对主体主义的思想集中体现在他关于可能性观点的解读

---

① Ernst Bloch, *The Principle of Hope*, volume one, The MIT Press, 1995, p. 16.

② E. 布洛赫：《乌托邦是我们时代的哲学范畴》，《现代哲学》2005 年第 4 期。

③ 衣俊卿等：《20 世纪的新马克思主义》，中央编译出版社 2001 年版，第 141 页。

中。布洛赫认为，希望的魅力就在于它是一种可能性，是关于未来美好生活的可能性。可能性分为科学的可能性和哲学的可能性，科学的可能性与必然性相区别，以对自然世界的说明作为其任务，但是，哲学的可能性则意味着创造性，意味着新的生存方式的可能性。"与偶然性有科学意义和哲学意义之分一样，可能性也有科学意义和哲学意义之分。科学意义的可能性是说明自然世界的因果联系概念，是由'一系列的条件、原因、根据等等'构成的'实在的可能性'。这种可能性是相对必然性的中介，因而也是'相对必然性的展现'。哲学意义的可能性是表达主体的想像、创造不受限制的'抽象的可能性'"。①希望哲学的可能性是哲学的可能性，是抽象的可能性，它意味着对新的生存方式的创造。但是，哲学可能性的创造以对客体的消解为前提，而不是以对客体的排斥为前提。消解意味着主体对客体的扬弃，而排斥则是主体对客体的轻率否定。然而，在布洛赫那里，可能性恰恰就是对客体的拒绝和排斥。布洛赫的可能性是只有主体的可能性。主体具有创造和面向未来的功能，却是在排斥客体的基础上完成这一功能的。或者说，布洛赫的希望本体是只有主体而无客体的本体，只有思想和情感，而无现实生活。这是布洛赫主体功能的缺失。

布洛赫彻底的可能性思想表现在他把物质看作是可能性。"物质作为一个开放的概念被思索得不够广，在客观现实的可能存在意义上来说，物质本身具有思辨特征，它既是其形态的萌芽，也是其形态的永恒视界"。②布洛赫这一思想的意义在于：坚持彻底的辩证法思想，拒绝僵化的物质观。其缺陷则在于：将可能性作为本体。可能性作为本体必然导向两种结局：一是坚持乐观主义的创造观，认为创造是人的本质，人必然处于永远的创造过程中；二是悲观的虚无主义，认为人类的创造没有可以立足的真实基础，创造永远都以虚无为结局。在纯粹主体主义思想的指导下，希望被限定为灵魂和内在的东西，它与客观的现

---

① 何萍：《马克思博士论文中的本体论问题》，《学术月刊》2002年第9期。

② 布洛赫：《唯物主义问题》，转引自童庆炳主编：《文化与诗学》，上海人民出版社2004年版，第105页。

实之物是相对立的。因此,希望最终也无法摆脱主观性和乌托邦本质。

概而言之,布洛赫陷入绝对未来主义的原因主要有两个:一是对纯粹个体主体的强调;二是对主体内在性的片面强调。卢卡奇在这两个方面克服了布洛赫希望辩证法的弊端,从而超越了他。早在《历史与阶级意识》中,卢卡奇就反对将意识理解为个别无产者的意识,强调必须是阶级的意识。在晚年思想中,卢卡奇更是强调个性必须是个性与社会性的统一,决不能理解为单个个体的特征。作为具有社会性的个体,他的解放和个性的获取不可能只限于内在的精神活动,而必须是现实的、对象化的活动。这就是晚年卢卡奇所强调的劳动、语言等中介本体所具有的功能。

摆脱了绝对未来主义的中介本体必然具有现实批判性,必然在现实的、社会的革命中寻求新的生活方式。正如卢卡奇评价布洛赫时所言,"当布洛赫把经济看作是客观的事物,而灵魂的、内在的等等东西必然与之相对立时,他就是忽视了恰恰是真正的社会革命才能变革人的具体而现实的生活,他就是忽视了人们习惯上称之为经济学的东西无非就是关于这种现实生活的对象性形式的体系"。①通过这段话,我们已经能够看出,布洛赫的希望中介构成卢卡奇文化中介的一个环节,但是,卢卡奇却在现实革命的层面上与布洛赫的希望中介发生了分离。卢卡奇在通往马克思的道路上与布洛赫相遇,最终却超越了他。

卢卡奇通过布洛赫的希望中介,直接回到了马克思,回到了马克思的实践中介。

二、实践的辩证法

从时间上来看,马克思的实践辩证法产生于布洛赫的希望辩证法之前,但是,从卢卡奇文化哲学资源上来看,希望辩证法则在实践辩证法之前,它是卢卡奇走向马克思实践辩证法的环节。卢卡奇越过布洛赫回到了马克思。

---

① 卢卡奇:《历史与阶级意识》,商务印书馆1992年版,第284页。

马克思的实践观是学术界由来已久的热门课题，其中，从实践辩证法入手来分析实践观的观点也不在少数。一般有两种观点，或者强调马克思的辩证法超越黑格尔的辩证法，因为实践超越了思辨，或者强调实践辩证法的另一个维度，那就是辩证法对于实践的价值。本书强调的是后一种倾向。只有将辩证法作为实践的内在机制，才能抓住实践辩证法的实质，也才不会抽象地谈论实践范畴，才能将实践提升到文化哲学的高度。马克思实践辩证法对卢卡奇的影响主要就体现为这种以辩证法为核心的实践哲学的影响。卢卡奇越过希望的辩证法回到实践的辩证法，就是在这层意义上进行的。

通过建立否定的辩证法，实践中介建立起了现实的历史主义原则，在现实批判活动中创造着人类新的生存方式。以改变世界为核心，马克思的实践辩证法具有不同于希望辩证法的文化哲学内涵，这种个性特征表现在以下两个方面：其一，改变世界的活动使实践辩证法彻底摆脱了直观主义的束缚，将辩证精神坚持到底。通过对布洛赫希望辩证法的解读，我们知道，当希望辩证法坚持绝对的未来主义时，希望与现在的张力断裂，最终沦为了希望的直观。卢卡奇看到了希望辩证法的内在矛盾，通过希望回到了马克思的实践，找到了"改变世界"这一更现实的中介环节，避免了直观主义的倾向；其二，实践辩证法的文化哲学功能具有全面性和普遍性。改变世界既是改造自然世界，也是改造人类自身的世界，并在归根结底的意义上改变了人类自身的生存方式。由此建立起了人的存在方式和活动方式的总体性的本体论结构。

围绕实践的这两个基本个性特征，我将从以下几个方面具体分析实践中介的文化哲学内涵：首先，实践的本体论功能定位。学术界对实践的理解一般从认识论和本体论两个层面入手，我认为，只有确立了实践的本体论地位，才能发掘实践的文化哲学本性；其次，实践本体从人的问题入手，所以，分析马克思关于人的定义是理解实践辩证法的前提。在马克思那里，人是具有文化生命的存在；再次，作为文化生命存在的人以异化劳动及其扬弃作为生存的方式。实践中介的功能就体现在异化劳动及其扬弃的过程中。分析异化劳动是理解实践如何改变世界的切入点；最后，实践中介的方法论解读。绝对的历史主义是实践中介所遵循的方法论原则。历史主义的方法论原则最终与共产主义的目标相结合。

（一）实践的功能：认识论还是本体论

实践的功能是认识论的还是本体论的？这是东、西方马克思主义哲学对马克思哲学中实践功能的两种不同解读。东方马克思主义哲学以苏俄马克思主义哲学为代表，在中国的理论形态是哲学教科书体系。哲学教科书关于实践的核心观点是："实践是检验真理的标准。"这一表述包含着两层含义：其一，实践从属于真理，是检验真理的手段；其二，实践作为与真理相对应的范畴，其功能是认识论的。这种对实践的解读遵循的是科学主义的思维方式，即实践以认识真理为目的。而西方马克思主义哲学对实践的理解却从文化哲学的角度入手，将实践看作是人的生存状态，是人的生命创造过程。实践内在于人，是使人成为人的中介。正是在这层意义上，实践在西方马克思主义哲学中具有本体论的意义。当然，实践的认识论功能并没有被西方马克思主义哲学所否定，但是，实践的认识论功能却是从属于本体论功能的，即认识从属于生存。

东、西方马克思主义哲学对实践的不同解读是对东、西方社会差异的反映，即东、西方国家生产力水平的差异导致其社会任务和哲学思维路向的差异。东方国家作为生产力水平落后的国家，其主要的社会任务就是发展生产力，而生产力的发展必然以科学认识为工具，于是，实践的功能便被理解为认识、检验真理的工具。但是，在西方发达的资本主义国家，随着生产力的高度发展，社会所面临的主要问题已经不是物质的丰富问题，而是关于人的精神、文化生活的发展，这就要求哲学去思考人的文化生命，思考人的个性等问题。于是，实践便被赋予了文化哲学内涵。

实践的认识论功能与本体论功能均是马克思哲学所包含的内容，但是，马克思哲学的本性是对人的生存关怀，是一种文化哲学。实践作为使人成为人的活动，它在马克思文化哲学中具有根本性的价值。具有根本性价值的哲学绝不仅仅是认识工具，而是具有本体论功能的。因此，实践的认识论功能与本体论功能的地位不是等同的，而是：实践的认识论功能从属于本体论功能，或者说从属于生存论功能。马克思哲学的实践本体论贯穿于他理论的始终。

(二) 实践主体：具有文化生命的存在

人是实践的主体，是马克思实践中介的出发点，也是其归宿。在马克思那里，人的生命包含自然生命与文化生命两个层面。自然生命是如同动物的存在，它构成了文化生命的物质前提，但是，如果没有了文化生命，自然生命就永远只能停留于动物的水平。所以，并不存在纯粹的自然生命，人的自然生命是由人所创造的，因此被赋予了文化内涵，是人的文化生命的一部分。一方面，自然生命是文化生命的基础。另一方面，文化生命超越了自然生命的限制，具有社会性。对于人而言，文化生命具有决定性的地位。文化生命不是给定的存在，它必须由人自己来创造。意识在文化生命的创造中具有重要的地位。正如马克思所说，"动物和自己的生命活动是直接同一的。动物不把自己同自己的生命活动区别开来。它就是**自己的生命活动**。人则使自己的生命活动本身变成自己意志的和自己意识的对象。他具有有意识的生命活动。这不是人与人直接融为一体的那种规定性。有意识的生命活动把人同动物的生命活动直接区别开来。正是由于这一点，人才是类存在物。或者说，正因为人是类存在物，他才是有意识的存在物，就是说，他自己的生活对他来说是对象"。①

首先，人需要吃穿住行，生产自己的自然生命。吃穿住行的满足是通过生产来完成的，即人通过"生产"来满足自己的自然需求，这就区别于动物对环境的纯粹依赖关系。生产对于人不仅仅是提供生活资料，更在于它创造着人的生活方式。因此，满足自然生命的过程也就是人创造其文化生命的过程。人不仅要生产自己的自然生命，还要繁衍其自然生命，于是，家庭关系便得以产生。家庭关系是社会关系的最初级的形态，它确立起属于人的社会性。属于人的社会性区别于动物的群体性，其根本的要素在于：人的社会性是有意识的，人的社会关系是以语言为基础建立起来的。因此，由物质生产所决定的语言和意识成了

---

① 马克思：《1844年经济学哲学手稿》，人民出版社2000年版，第57页。

人与动物相区分的真正分界线。

其次，文化生命才是人生命的本质。意识在人的文化生命中具有决定性的地位。物质生产为人的存在提供了物质基础，这是人的生存所必需的。但是，人的性格却是文化的，即人的本性体现为一种文化需求和文化创造。所以，物质基础决定精神生活，同时，也是为了精神生活。意识成为文化生命中不可缺少的一部分。马克思在批判青年黑格尔派"自我意识"的过程中确立了他的文化意识观。

第一，"自我意识"是实体，它被看作是决定现实生活的本体，是具有根本性的实体存在。但是意识作为对现实生活的反映，它不是实体，是过程，是对现实生活过程的反映。第二，"自我意识"的功能是本源性的，它决定着现实生活，但是，意识的功能并不在于它是本源性的存在，而在于它的认识功能，意识使人成为理性的动物，并与动物相区分，意识以其认识论功能而成为人的文化生命的一部分。第三，"自我意识"被本源化、实体化，其结果就是"自我意识"成了外在于人的他物，并且，它是如同上帝一样的他物，只能被信仰，无法被认识。"自我意识"演化万物，却从不走进万物。意识却是人生活的组成部分，人既是意识活动的主体，也是意识活动的创造者，因为人创造自己的生活，同时又去理解自己的生活。因此，意识为我们构造的是生命活动的勃勃生机。第四，"自我意识"与意识确定不同的思维路向。"自我意识"确定的是由内而外的思维路向。"自我意识"创造生活，生活从属于"自我意识"，生活只是"自我意识"的附庸，而"自我意识"却是神秘的实体。因此，生活便被剥夺了能动性、创造性，它成了神秘"自我意识"的奴隶。意识确立的是由外而内的思维路向，意识由生活所决定，生活是人的生活，是人的创造活动，意识也是人的创造活动的一个环节，这样，人是自由地创造自己的生命，而没有被预先设定的神秘前提所束缚。这才是马克思关于自由、关于人性的意识观。

具有文化生命的人既不是孤立的个体，也不是无声的类存在物，他是个性与社会性的统一。"有生命的个人的存在"[①]与"人的本质……

---

① 马克思、恩格斯:《德意志意识形态节选本》，人民出版社 2003 年版，第 11 页。

是一切社会关系的总和"①共同构成了马克思关于人的本性的理解。前者关注的是人的个性,后者关注的是人的社会性,正是在个性与社会性的张力中,人创造者自己的文化生命。但是,传统教科书却片面地将后一种表述看作是马克思关于人的定义,并对这个定义作了认识论的理解,把社会关系的总和看作是实体存在,而人就等同于这一实体。这种理解是违背马克思本意的。马克思关于"人是社会关系的总和"的定义是在批判费尔巴哈的基础上提出来的,它具有根本性的意义:其一,"是"在此并不等同于"等于"。"是"在此意味着创造和面向未来,意味着一种活动和过程;其二,社会关系的总和并不是实体,而是人的创造活动,是人的现实的、感性的创造活动,它决定着人的本质是一个过程,而不是先验的预定。因此,马克思关于人的定义摆脱了认识论的思维束缚,是从本体论、生存论的意义上来理解人的本质的,其中也必然包含着个性因素。

但是,个性与社会性的功能并不是等同的,社会性是个性形成的条件,构成个性的内容和环节,个性则是人的生命本性。个性与社会性关系的前提是个体与社会的关系。关于个体与社会的关系,马克思从两个层面展开研究:一是对私有制下个体与社会关系的批判;二是从正面建立马克思自己的个体与社会的关系。

第一,个体与社会的矛盾。在资本主义社会,人的存在出现了分裂,人是原子式的个人,期待共在的社会化,却又有分离社会的倾向,原因在于社会性的虚假性和奴役性。社会性是人的本性所在,也是人区别于动物的标志,因为动物的群体性是由本能操纵的,人的社会性则用意识取代了本能:"他(即人——引者注)的意识代替了他的本能,或者说他的本能是被意识到了的本能。"②意识的主体首先是个人,但是,意识建立起的关系却是个人与自然,或者个人与社会、个人与个人的关系,是社会性的关系。然而,在资本主义社会中,个人不是自由的个人,社会也不是自由的社会,社会是个人的束缚。

---

① 《马克思恩格斯选集》(第1卷),人民出版社1995年版,第60页。
② 马克思、恩格斯:《德意志意识形态节选本》,人民出版社2003年版,第26页。

交往是个人形成社会的现实基础之一,分工使交往成为可能,但是,"迄今为止的一切交往都只是在一定条件下个人的交往,而不是作为个人的个人的交往"。①个人只是分工的奴隶,分工决定了个人在交往中所处的地位,并且,个人是无法自由选择自己的地位和角色的,于是,不论是社会还是个人,在强制分工中都是不自由的存在者。在这种关系中,"占有"是联结个体与社会的纽带,社会的延续以对以前生产力的继承为基础,个体的社会使命便是占有已有的生产力总和,促使社会的进步,这并不是个人自觉的选择,而是为了保证个体的生存。

个体与社会的矛盾关系在资本主义社会中的表现形态是个体与国家的矛盾。分工产生了特殊利益与普遍利益的矛盾,产生了虚幻的共同体——国家。"国家内部的一切斗争——民主政体、贵族政体和君主政体相互之间的斗争,争取选举权的斗争,等等,不过是一些虚幻的形式——普遍的东西一般说来是一种虚幻的共同体的形式——,在这些形式下进行着各个不同阶级间的真正的斗争……"②普遍利益只是观念的存在,现实存在的只有个人的利益,于是,国家作为普遍利益的代表,只能是虚幻的共同体。在个体利益与普遍利益的矛盾中起决定作用的是现实的个体利益,这是马克思对《黑格尔法哲学批判》思想的发展。马克思认为,市民社会体现着私人利益,具有自由的内在必然性,但是,国家却要对个人自由作限制,于是造成市民社会与国家的冲突,即私人利益与所谓普遍利益的冲突。黑格尔主张将市民社会消融到国家中,马克思却认为,国家对市民社会是外在的强制,国家并不比市民社会优越,没有市民社会就没有国家。国家利益并不比个人利益优越,家庭和市民社会才是国家真正的前提。于是,在虚假的普遍利益面前,我们应该坚持的是真实的个人利益。

第二,自由的个体与真实的社会性。在资本主义社会下,个人所能占有的生产力的总和是有局限性的,个人屈从于特定的生产工具,但

---

①②　马克思、恩格斯:《德意志意识形态节选本》,人民出版社 2003 年版,第 71、29 页。

是,"在无产阶级的占有制下,许多生产工具必定归属于每一个个人,而财产则归属于全体个人"。①

于是,主体便发生了变化,即由纯粹的个体到作为阶级成员的个体,并且,只有作为阶级成员的个体才能真正实现自由与个性。阶级是真实的共同体:"只有在共同体中,个人才能获得全面发展其才能的手段,也就是说,只有在共同体中才可能有个人自由……在真正的共同体的条件下,各个人在自己的联合中并通过这种联合获得自己的自由。"②

在阶级社会中,阶级赋予个人以个性。在资本主义社会,资产者只有当他是资产者时他才具有个人的个性,无产者也只有当他作为无产者时才具有个人的个性。即个人的个性在阶级社会中是由他的阶级属性所决定的。只有到了共产主义社会,个人才能真正地具有自由的个性。资产者的个性是对物质的占有,而不是创造,但是,无产者的个性却从否定的意义上决定了无产者从一开始就是作为创造性主体而存在的。因此,革命无产者的共同体是自由个人的联合体。

文化生命决定了人的存在本身是不完满的,是需要不断创造的过程。意识则使人在创造自身的文化生命时是自觉的。个性是文化生命创造的目标,社会性则决定了个性只能在异化及其扬弃中达到。实践的功能直接就以人的文化生命为目标。

(三)实践使人成为人的方式·异化劳动及其扬弃

异化劳动及其扬弃是理解实践如何实现其文化哲学功能的切入点。异化劳动及其扬弃在形而上的层面就是人的自我否定过程。自我否定是辩证法的核心,它在黑格尔哲学中得到了充分的发展。但是,黑格尔辩证法所讲的自我否定只是意识的自我否定,是自我意识在逻辑中演化的过程,因此,黑格尔拥有辩证法的外壳,却抽掉了内容,使辩证法成为无内容的抽象。费尔巴哈重拾了内容,却抛弃了辩证法,使内容

---

①② 马克思、恩格斯:《德意志意识形态节选本》,人民出版社 2003 年版,第 74、63 页。

成为直观的内容。实践辩证法则统一了两者。只有实践的辩证法才真正解决了自我否定的问题，因此也才真正是关于"**真正人的生命**"①的哲学。形而上的层面有助于我们对异化的理解，但是，我们的分析还必须从形而上的层面深入到现实环节中去。下面，我将从马克思与黑格尔异化观的异同入手，具体阐发异化劳动的文化哲学价值，以此更深入地把握实践中介的文化哲学功能。

首先，黑格尔的异化观对实践辩证法产生了深远的影响。黑格尔辩证法对实践辩证法最大的影响就在于：黑格尔的辩证法坚持人的异化，坚持将人的产生看作是一个过程，是一个对象化和非对象相结合的过程。正是异化及其扬弃，也就是在对象化及其非对象化的过程中，人实现了自我否定。黑格尔所讲的异化主体是抽象的自我意识，外化的结果也只是物性，但它指出了一条批判性的生存论道路：现实主体可以通过现实的实践，实现现实的外化，创造现实的生存活动和生存方式。这同时也告诉我们，对象与非对象只是异化的静态结构，其内在机制是实践中介。实践中介给对象与非对象注入了生命力。马克思在以下两段话中充分肯定了黑格尔辩证法的文化哲学价值。"《现象学》是一种隐蔽的、自身还不清楚的、神秘化的批判；但是，因为《现象学》坚持人的**异化**，——尽管人只是以精神的形式出现，——所以它潜在地包含着批判的**一切要素**"。②"因此，黑格尔的《**现象学**》及其最后成果——辩证法，作为推动原则和创造原则的否定性——的伟大之处首先在于，黑格尔把人的自我产生看作一个过程，把对象化看作非对象化，看作外化和这种外化的扬弃"。③

其次，异化在黑格尔那里是精神的内在运动，但是，在马克思这里则是现实劳动的异化。现实劳动异化的文化哲学功能体现在两个方面：一方面，现实劳动的异化确立了人与自然之间的间接联系，使人摆脱了动物式的直接性；另一方面，现实劳动的异化是在否定的意义上建立人与自然之间的间接关系和人性特征的，因此，现实劳动的异化同时

①②③　马克思：《1844年经济学哲学手稿》，人民出版社2000年版，第113、100、101页。

又意味着批判性。人的生命创造过程就是在异化以及对异化的批判中进行的。把握了这两点才算把握住了人的本性。

（四）实践的方法论原则：绝对的历史主义与共产主义

实践辩证法在异化劳动及其扬弃中实现其文化哲学功能，它必然遵循历史主义的原则。在马克思那里，历史主义是绝对的历史主义；绝对的历史主义最终与共产主义相结合。

在马克思那里，共产主义决不是某种既定的社会形态，而是人类历史的一个环节。"共产主义是作为否定的否定的肯定，因此，它是人的解放和复原的一个**现实的**、对下一段历史发展来说是必然的环节。**共产主义**是最近将来的必然的形式和有效的原则。但是，共产主义本身并不是人的发展的目标，并不是人的社会的形式"。①因此，共产主义本身就意味着一种绝对的历史主义的方法论。

首先，共产主义是现实的批判活动。马克思批判青年黑格尔派，他认为，青年黑格尔派将共产主义理论化。"在'施蒂纳'那里，'共产主义'是从寻找'本质'开始的；它作为善良的'青年'，又想只'洞察事物的底蕴'。而共产主义是用实际手段来追求实际目的的最实际的运动，只是在德国，这个运动面对的是德国哲学家，才会稍为研究一下'本质'问题"。②将共产主义理论化的做法实际上是在逻辑中取消了共产主义的历史主义本性。

其次，共产主义是存在过程，而不是实体存在者。传统教科书将共产主义定义为特定的社会形态，将作为过程的共产主义实体化。"共产主义社会的基本特征是：生产力、科学技术高度发展，社会产品极大丰富；一切阶级差别彻底消灭，工农之间、城乡之间、脑力劳动和体力劳动之间的差别逐渐消失，人们在生产中和一切社会生活领域中实现了完全的平等；经济生活的准则是，各尽所能，按需分配；全体人民的共产主义觉悟和道德品质极大地提高了，全民教育普及并且提高了，人们过着

---

① 马克思：《1844年经济学哲学手稿》，人民出版社2000年版，第93页。
② 马克思、恩格斯：《德意志意识形态节选本》，人民出版社2003年版，第91页。

高尚的、丰富的精神文化生活,等等"。①这种对共产主义的实体化理解其实是近代本质主义思路的延续。历史主义就是取消本质,建构过程,所以,对共产主义的本质主义解读同样也排斥历史主义原则。

作为自由人联合体的共产主义是一个批判的过程,与之相应的,人的新的生存方式的形成也是一个过程,在这一过程中,实践,即人的现实的、物质的感性活动始终具有决定性的意义,使这一过程永远都是现实的、历史的运动,而不会沦为纯粹理论的辩证、遐想,不会在逻辑体系中断送历史主义原则。

马克思的实践辩证法在批判吸取黑格尔辩证法的基础上,有机地达到了融认识论中介于本体论中介的目的,并由此开创了马克思主义的文化哲学传统。卢卡奇的文化哲学正是基于对马克思中介理论的正确解读提出来的,并深刻反映了马克思主义文化哲学的当代发展,成为马克思主义文化哲学研究中无法回避的理论界碑。

马克思的实践辩证法对卢卡奇的影响是终身的。概而言之,卢卡奇的实践观体现为两个阶段:第一阶段是青年时期的总体性思想。总体性要达到理论与实践的统一,它不仅仅是人的自我确证,而且还是人的生命创造,是在意识革命中达到新的生存方式的实现;第二阶段是晚年卢卡奇的劳动观。早年卢卡奇将实践等同于阶级意识,这种观点受到了苏俄正统马克思主义的批判,这在一定程度上导致晚年卢卡奇对劳动进行专门的研究。但是,这里必须明确的是,对卢卡奇劳动实践观的研究仍然遵从着马克思主义的文化哲学传统,如果抛弃了这一宏观研究视野,是不可能准确地把握住卢卡奇劳动实践的深层内涵的。卢卡奇强调劳动的有目的的合目的性,强调的是劳动的自我创造问题,所以,劳动过程本身已经包含着自我确证,同时也包含着生存论创造,并且,认识是从属于生存的。只有把握住了以上思想,才算是把握住了马克思实践辩证法对卢卡奇中介思想产生影响的精髓。

马克思实践辩证法对卢卡奇中介思想的影响体现在以下几个

---

① 李秀林等主编:《辩证唯物主义和历史唯物主义原理》,中国人民大学出版社1982年版,第440页。

方面：

其一，回到了实践本体。东、西方马克思主义分别对实践作了认识论和本体论的解读。列宁明确地对实践作了认识论的解读，他说："理论观念(认识)**和实践**的统————要注意这点——而且这个统一**正是认识论中的**"，①"实践＝同实在事物的无限多的方面中的一个方面相符合的标准。"②西方马克思主义哲学对实践的理解却从文化哲学的角度入手，将实践看作是人的生存方式，对其作了本体论的解读。卢卡奇作为西方马克思主义哲学的创始人之一，他同样从本体论上规定实践。实践作为人的文化活动本身，构成人实现其个性的重要中介。

在这里，有一个问题不能回避。晚年卢卡奇在《关于社会存在的本体论》中曾经反复提到"实践为理论提供绝对的标准"，③并且，在《历史与阶级意识》的新版序言中，卢卡奇也对其早年关于实践的唯心主义理解进行了批评，他说："这种'被赋予的'意识在我的表述中竟变为革命的实践，从客观上来说，只能使人感到不可思议。"④本书认为，卢卡奇在新版序言中的表白与在《关于社会存在的本体论》中刻意靠拢苏俄正统马克思主义关于实践的观点出自同一个原因，那就是为了换取参加革命活动的"入场券"⑤的思维方式对他依然产生着潜在的影响，成为他试图摆脱却又未能真正彻底摆脱的阴影。这种阴影并不构成卢卡奇哲学思想的核心，而是应该加以辨别并予以剔除的部分。也只有排除了这种干扰，我们才能真正理解实践范畴在卢卡奇哲学中的作用，也才能真正把握卢卡奇文化哲学的精髓。

其二，在个性与社会性的统一中追求人的文化生命。布洛赫的希望辩证法在一种浪漫主义情怀的影响下，无法超越对个体生命的追问，但是，马克思的实践却使卢卡奇超越了个体，在个性与社会性的统一中追寻人的文化生命。

其三，坚持绝对的历史主义。布洛赫的历史主义断送在绝对的未

---

① ② 列宁：《哲学笔记》，人民出版社 1993 年版，第 188、239 页。
③ Georg Lukács, *Labour*, London：Merlin Press, 1980, p. 60.
④ ⑤ 卢卡奇：《历史与阶级意识》，商务印书馆 1992 年版，第 13、26 页。

来主义之中,而实践辩证法在通往共产主义的斗争中将历史主义坚持到底。同样,在卢卡奇看来,个性的实现永远是一个过程。卢卡奇说:"真正的人的合类性只能在于个人要把自己发展成个性,"①同时,我们又"必须把一定的合类性理解为过程"。②

其四,与马克思的实践中介相比,卢卡奇的中介具有更多的层次。马克思的实践中介侧重于异化劳动分析,但是,卢卡奇的中介则从劳动扩展到了阶级意识、科学、艺术、语言,等等。本书认为,虽然马克思的实践辩证法是从总体上来研究人的生命存在的,但是,对阶级意识、科学、艺术以及语言等作出专门的研究无疑是卢卡奇文化哲学的一大贡献。卢卡奇中介范畴的文化哲学本性分别体现在阶级意识、日常思维、社会存在本体论三个层面。早年卢卡奇以阶级意识作为重要的中介形式,通过无产阶级的解放来思考现实革命和人的生命存在问题,晚年,他以科学、艺术、劳动、语言等中介作为切入点,通过个性、合类性等范畴思考人的生命存在问题。这种早、晚期的研究重点既体现了生存论关怀和现实革命的一致性,同时,也体现了卢卡奇早、晚期文化哲学发展的内在脉络:早年卢卡奇的文化哲学主要以革命作为目的,而其日常生活批判只是作为现实批判的一个环节存在,但是,晚年卢卡奇则表现出自觉的文化哲学构造,明确提出日常思维和日常生活范畴。因此,晚年的中介范畴也具有更广泛的外延,从阶级意识扩大到了科学、艺术、劳动、语言等更广泛的文化哲学领域。

通过对认识论中介和本体论中介的考察,本书认为,卢卡奇的中介范畴具有以下三个方面的特点:

其一,认识论中介与本体论中介的结合贯穿卢卡奇哲学的始终,成为卢卡奇文化哲学中介的必要环节。其中,认识论中介强调主体的能动性,本体论中介强调人的生存方式。在对主体能动性的强调中,卢卡奇更为突出主体在现实生活中的批判功能,而不是仅仅囿于思辨领域。同样,在对人的生存方式的研究中,卢卡奇则批判对生存方式的浪漫主

---

①② 卢卡奇:《关于社会存在的本体论》(上卷),重庆出版社 1993 年版,第 84、83 页。

义诉求,主张立足现实生活世界,在现实批判中实现新的生存方式。并且,在归根结底的意义上,认识论中介也是为了实现人的生存方式的改变,所以,认识论是从属于本体论,从属于人的生存论的。

其二,中介与日常生活批判相结合是卢卡奇中介范畴的功能体现。中介与日常生活批判相结合贯穿于卢卡奇哲学思想的始终,并不是阶段性的。当然,在不同的阶段,中介与日常生活批判相结合的角度和层面是不相同的。正是这些不同的层面构成卢卡奇文化哲学的不同环节。

其三,历史主义原则成为卢卡奇中介理论的重要原则。在吸取认识论中介和本体论中介资源的过程中,卢卡奇都非常重视历史主义原则,并且,他立足现实批判,坚持绝对的历史主义。

简而言之,卢卡奇的文化中介在三个方面行使着它自身的批判功能,即意识革命层面、日常思维层面以及本体论层面。下面,我将逐一论述中介如何在这三个层面使日常生活批判成为可能。

第二章

中介与意识革命

中介与意识革命相结合是卢卡奇日常生活批判的第一个层面。在这个层面，商品世界就是卢卡奇所批判的日常生活世界，它的直接性特征体现在物化的社会结构中。自我意识是这一阶段批判日常生活直接性的中介。结合当时的社会现实，卢卡奇认为，自我意识就是无产阶级意识。无产阶级意识的结构表现为虚假意识与真实意识之间的辩证关系，它通过中介性思维以及政党这一现实载体实现其批判功能。

第一节　自我意识的理论来源

我们在前面已经谈论过黑格尔自我意识中介对卢卡奇中介理论的影响，这是从宏观层面讲的，即从黑格尔的中介理论对卢卡奇中介理论总的影响而言的。但是单从卢卡奇的自我意识理论出发，还有两个理论来源是不容忽视的，即维柯和马克思的自我意识理论。他们从自我意识的不完满性出发，共同探讨了自我意识的文化创造功能。并且，马克思的自我意识的现象学不仅在创造中构建人的生存世界，更是在资本主义社会批判中探索人类的自由存在。正是因为马克思在批判中创造，所以他才能够将自我意识的文化创造功能提升到更高的层次，并且在与现实批判相结合的基础上，将自我意识的矛盾性坚持到底。

维柯的自我意识现象学体现为对民政世界的研究中。民政世界是维柯对生活世界的独特理解，它是人创造的世界，是能够为人所认识的世界。民政世界作为文化世界与物理世界的区别就在于：民政世界是人类自己创造的，它凝结着人类自身的创造能力及创造成果，因此，人们认识民政世界就是认识自己的创造能力及创造结果，是对人类自身的认识，而不是对给定的外在实体的认识。所以，对民政世界的认识就是人类的自我意识。并且，认识民政世界并不仅仅停留于认识论，而是在认识中创造，是为了生存的认识。正是从这层意义上，我们认为，自我意识是维柯文化哲学中的核心范畴，也正是从这层意义上，维柯的自我意识确立了与黑格尔不同的哲学传统，确立起了自我意识的文化哲学传统。

如果说黑格尔的自我意识的矛盾性消解于绝对精神，那么，维柯的自我意识则在民政世界的创造中保持着矛盾性和创造性。在民政世界中，自我意识具有双重功能：一方面，自我意识是对人自己所创造的世界的认识，因此，这是可知的；另一方面，也是更重要的方面，自我意识的功能不仅仅在于认识，更在于创造，即自我意识是对人类文化世界的创造。创造的出发点就是心灵的不完满性，心灵的不完满性表现为心灵的不确定性。正是心灵的不确定性使创造具有可能。

维柯说，他的哲学"涉及人类心灵及其激情的本性"，①激情对于心灵是重要的，因为"心灵可能确实会被这些精密的真理之网俘获，但激情不会受此支配也不会被它征服，除非采用比较粗俗的手段"。②心灵作为人的本性的居所，其本质特征就在于它的不确定性。心灵的不确定性决定了心灵是未形成之物，而不是形成之物。维柯认为，伊壁鸠鲁哲学的狭隘性就在于将心灵等同于事物，将心灵看作是已形成之物。"伊壁鸠鲁由于否认心灵与物体之间有任何类性或实质的分别，缺乏一种稳妥的形而上学，所以心灵还很狭隘，把已形成的物质当作他的哲学的出发点"。③以已形成之物作为哲学的出发点是维柯所反对的。

在维柯看来，将心灵看作已形成之物与未形成之物具有质的差别：已形成之物是实体，它限制了创造的自由，而未形成之物则肯定了创造的绝对性，这才是真正的创造的自由。具有绝对创造性的心灵是不需要任何假设的，基于这一观点，维柯不赞同伊壁鸠鲁哲学而赞扬柏拉图

---

①② 利昂·庞帕：《维柯著作选》，商务印书馆 1997 年版，第 74、78 页。

③ 维柯：《新科学》，人民文学出版社 1986 年版，第 626 页。

的哲学,因为,"柏拉图根据人类心灵本身的性质,不用任何假设,就奠定了永恒的理念(idea)作为一切事物的大原则,其基础就在我们人类对自己的知识和觉悟(scienza e cosciensa)"。①

由心灵的不确定性所产生的创造的冲动和欲望使人的文化性与自然性相区分。作为自然的人是静态的,而心灵的创造欲望则使人具有动态本性,即试图超越自然性的冲动,这是人获得文化本性的前提,也是人成为人的前提。

心灵的不确定性与它的不完满性紧密相关,如维柯所说,"人类知识产生于我们心灵的缺陷,即心灵的极端局限性"。②不完满性正说明了人的心灵是在内在冲动下发展起来的,是不依赖于外物的自我创造。同时,心灵的不完满性也说明了创造的欲望和冲动不是决定人的文化性的唯一因素,欲望还需要外在的表现和约束,这就是语言。

在维柯那里,语言记载了民政世界的发展史,语言是自我意识的现象学的核心因素。维柯认为,民政制度分为三个时代,即神的时代、英雄的时代和人的时代,相应地,语言也分为三种,即"家族时代的语言,这是用符号和实物表达观念的象形符号,'用的手段是些无声的动作','适合宗教的用途';英雄时代的语言,即以比喻的方式表达观念的'象征的或符号的语言';人的语言,即文字的语言,也是人们的日常语言"③。维柯坚持心灵与语言的结合,表达了他的心理主义结构与逻辑结构相结合的研究路向。在心灵与语言相结合的基础上,维柯的自我意识发挥着创造性的功能:既创造着客观的文化世界,也创造着人类的文化心灵。两者共同决定着人的文化哲学本性。

马克思的自我意识学说属于维柯所开创的文化哲学传统。维柯将人的心灵看作不完满的。心灵的不完满性决定了心灵的创造性。同样地,在马克思哲学中,自我意识也是不完满的,自我意识的内在矛盾决定着自我意识的创造性和生命力,并且,自我意识的不完满性还体现为

---

① 维柯:《新科学》,人民文学出版社 1986 年版,第 627 页。
② 利昂·庞帕:《维柯著作选》,商务印书馆 1997 年版,第 89 页。
③ 何萍:《马克思主义哲学与文化哲学》,武汉大学出版社 2002 年版,第 15 页。

资本主义社会的异化特征,所以,自我意识的创造性必须是批判中的创造,而不仅仅只有积极地创造这一个维度。

在《博士论文》中,马克思通过比较德谟克利特的自然哲学和伊壁鸠鲁的自然哲学的差别,批判了黑格尔的自我意识学说,重建了文化哲学传统的自我意识学说。从哲学传统的理论渊源上来看,马克思的自我意识学说是对维柯文化哲学的发展。首先,马克思通过肯定偶然性确定了感性世界的本体论地位,将研究的视角由外部自然世界转向了人的生活世界。其次,马克思通过对原子偏斜运动的重视表达了对自由创造的尊重,并且,这种自由创造是没有预设前提的,是创造的绝对自由。再次,原子偏斜是对直线运动的否定,所以,自我意识是包含着矛盾的存在,矛盾赋予自我意识创造的动力,并由此决定了自我意识的批判性功能。其中,对矛盾的内在矛盾和内在否定的说明构成了马克思自我意识学说的核心。

马克思之所以能够将自我意识的内在矛盾性坚持到底,主要原因就在于,他在自我意识的理论结构中引入了资本主义社会批判的因素,将自我意识的现象学建基于社会—历史批判。在这一点上,马克思不仅超越了黑格尔及其青年黑格尔派,而且也超越了维柯的文化哲学。

通过比较维柯的自我意识学说和马克思的自我意识学说,我们认为,两者都强调自我意识的文化创造功能,但是,对自我意识的否定性和批判性功能的强调则是马克思对维柯哲学的超越。在文化哲学传统中,自我意识的否定性和批判性具有决定性的意义:它一方面与传统的形式逻辑思维区别开来,以创造人类的生存世界为目标;另一方面在批判性中建立起了与现实社会的联系,因此才能够将矛盾性和创造性坚持到底。

自我意识的内在矛盾性决定了卢卡奇文化哲学的走向:第一,从宏观上看,卢卡奇的日常生活批判建立在内在矛盾性的基础之上。日常生活世界在卢卡奇哲学中具有直接性和平面性,必须通过中介思维和中介本体对其进行批判,批判的结果是达到了新的直接性,新的直接性又成为新的批判对象。所以,因为日常生活内在矛盾的绝对性,日常生活批判也具有绝对性。日常生活的生命力就体现在这绝对的批判过程中;第二,从微观上看,一方面,无产阶级是矛盾性的存在,这个矛盾性的存在依赖资本主义社会的运转机制,同时又是资产本主义社会自己的掘墓人。另一方面,无产阶级的阶级意识也具有内在矛盾性,因为,无产阶级的阶级意识并不天生就是正确的,而是具有虚假意识。虚假意识便是无产阶级的现实利益和长远利益的冲突。在克服虚假意识的过程中,无产阶级意识得到进一步发展和完善。

第二节 物化与物化意识

商品世界就是卢卡奇所批判的日常生活世界。那么,什么是商品世界? 在卢卡奇看来,只有当"商品形式成为社会的基本形式"①时,这样的社会才能称作商品世界。在商品世界中,"由于商品关系而产生的物化才对社会的客观发展和人对社会的态度有决定性的意义"。② 商品世界的结构特征就是物化。

卢卡奇认为,物化表现在主、客观两个层面,"在客观方面是产生出一个由现成的物以及物与物之间关系构成的世界(即商品及其在市场上的运动的世界),它的规律虽然逐渐被人们所认识,但是即使在这种情况下还是作为无法制服的、由自身发生作用的力量同人们相对立。因此,虽然个人能为自己的利益而利用对这种规律的认识,但他也不可能通过自己的活动改变现实过程本身。在主观方面——在商品经济充分发展的地方——,人的活动同人本身相对立地被客体化,变成一种商品,这种商品服从社会的自然规律的异于人的客观性,它正如变为商品的任何消费品一样,必然不依赖于人而进行自己的运动"。③ 概括地说,在主观层面,物化是指人与自身相异化,人自身变成了商品,在客观层面,物化是指商品生产规律成为控制人的力量并与人相对抗。

物化通过渗透到人们的意识中而得到巩固和加强,"商品关系变

①②③ 卢卡奇:《历史与阶级意识》,商务印书馆1992年版,第145、146、147—148页。

为一种具有'幽灵般的对象性'的物,这不会停止在满足需要的各种对象向商品的转化上。它在人的整个意识上留下它的印记"。①"正象资本主义制度不断地在更高的阶段上从经济方面生产和再生产自身一样,在资本主义发展过程中,物化结构越来越深入地、注定地、决定性地沉浸入人的意识里"。②物化意识剥夺了无产阶级的革命意识,从而达到对物化结构的最大保护,因此,要消除物化,首先就必须消除物化意识。由此可见,当我们从文化哲学视角来解读卢卡奇哲学时,物化的意识形态层面应该成为我们考察卢卡奇物化思想的核心,而不是其他。

基于此,本节将从以下三个方面展开论述:其一,物化意识成为日常生活批判的立足点何以可能;其二,物化意识的最高理论形态是近代哲学;其三,物化意识的外在显现是计算合理化原则。只有从这三个层面入手,对物化意识的理解才是全面而准确的。

一、物化意识成为日常生活批判的立足点何以可能

在卢卡奇那里,物化的意识形态层面构成他青年时期日常生活批判的立足点。那么,物化意识成为日常生活批判的立足点何以可能呢? 本书认为,可以从两个方面来进行分析:在宏观层面,这是西方马克思主义哲学的历史使命使然;在微观层面,这是卢卡奇哲学内在逻辑发展的必然,也就是总体性方法的理论体现。下面,本书将具体从这两个方面展开论述。

其一,西方马克思主义哲学的历史使命就是进行意识革命。

20 世纪初,俄国取得了十月革命的胜利,建立起了无产阶级专政的社会主义政权,与此同时,西方国家也爆发了一系列的无产阶级革命,然而,这些革命却全部以失败而告终,这就向西方的马克思主义者提出了西方国家应该以什么方式取得革命胜利的问题。

随着无产阶级革命在西欧的失败,西方马克思主义学者开始重新思考无产阶级革命的问题。通过认真分析,他们认识到,西方发达资本

---

①② 卢卡奇:《历史与阶级意识》,商务印书馆 1992 年版,第 164、156 页。

主义社会有着不同于苏俄的特征,西方发达资本主义国家存在着一个庞大的市民社会阶层,它构成西方国家和私人之间的中介,保障私人的经济利益不受侵犯。当市民社会占社会的大多数时,无产阶级通过政治革命夺取政权几乎不可能,这就区别于东方社会无产阶级占多数,政治革命容易取得成功的状况。所以,西方马克思主义者要寻求自己的革命道路就必须研究市民社会,研究文化领域的问题,而市民社会上层建筑作为私人领域正是在日常生活层面展开的,如果不从日常生活入手去改变人们的观念,建立新的文化,即使政治革命取得了胜利也会被私人领域的传统观念所抹杀。所以,西方马克思主义者的文化批判转向便建立在日常生活批判的基础之上,其目的在于通过微观革命走向宏观革命。其中,微观革命的核心就是意识革命。面对这种历史使命,卢卡奇明确地说:"这种意识的改革就是革命过程本身。"①"这些孤立的战斗即使获得成果,也永远不能获得最终胜利,它们只有在无产阶级意识到它们彼此之间以及它们和必然导致资本主义灭亡的过程之间的联系时,才能成为真正革命的战斗。"②"它(资产阶级——引者注)只有先在意识形态上被制服以后,才会自愿地去为新社会服务,才会开始把那个社会的法规看作是合法的,看作是一种法律制度。"③

卢卡奇将物化纳入意识形态层面正体现了无产阶级微观革命的历史使命。

其二,总体性方法是克服物化意识的必要途径。

卢卡奇认为,总体性方法是克服物化意识的必要途径,或者说,物化意识作为总体性的一个环节存在。在卢卡奇那里,总体性是指理论与实践的统一。"破坏对总体的考察,就要破坏理论和实践的统一"。④

理论与实践相统一是整个西方马克思主义哲学传统的主要特点,它体现了西方马克思主义哲学与东方马克思主义哲学的区别,即后者重视对普遍规律的寻求,前者则重视意识形态的能动作用。卢卡奇在方法论的层面上理解理论与实践相统一的问题,他认为,理论与实践相

①②③④ 卢卡奇:《历史与阶级意识》,商务印书馆1992年版,第347、346、355、90页。

统一包含两层含义：首先，理论依附于实践，是实践活动中必不可少的环节，人们可以在特定的实践中建构理论；其次，理论与实践的统一是关于历史运动中人的意志的合理性问题。理论并不天生就是意识形态，只有在实践活动中显示出合理性的理论才是意识形态。由此可见，总体性的主要功能就在于立足特定历史环境的意识形态批判，而物化意识正是作为批判对象存在的。这也从否定的意义上决定了：物化主要是指物化意识，而不仅仅是指商品结构。因此，考察总体性意识形态功能的确立也就是考察物化作为意识形态何以可能的过程。

卢卡奇通过以下两个环节来建构他的总体性思想，即批判现代资产阶级的政治经济学和黑格尔的辩证法，并以此揭示出总体性的意识形态功能。

首先，批判现代资产阶级的政治经济学。

卢卡奇认为，现代资产阶级的政治经济学的根本错误在于，以自然科学的方法，而非历史的方法来观察资本主义的社会现象。自然科学方法的特点表现在，对事实进行孤立和抽象，认为事实是纯粹的、客观的存在，没有将事实放在发展和过程中来考察，而是看作既定的存在。卢卡奇认为，不存在没有解释的纯粹事实，任何事实都是一定社会—历史中的产物。将事实看作是孤立的存在，一方面否定了总体性的研究方法；另一方面也是对资本主义社会的理论辩护，并在归根结底的意义上否定了理论与实践相结合的可能性。然而，如果将事实与解释相结合，将任何事实都看作是一定社会—历史阶段的产物，那么资本主义的物化现象就是可以认识和超越的。由此可见，如何看待事实与解释的关系，是关于理论与实践相统一是否具有合理性的问题。

首先，从理论上来看，事实离不开解释，提出事实时已经包含了解释，不存在没有解释的纯粹事实，任何事实都是一定社会历史中的产物。因此，在认识解释与事实的关系时，必须坚持总体性的观点，将事实看作是历史的、过程的存在，是相互关系中的存在，而不是孤立的事实存在。同时，事实往往会用表面的现象来掩盖内在核心的本质，于是，只有借助解释才能使事实表象背后的本质得以呈现。其次，从现实方面来看，坚持事实先于解释适合资本主义社会的需求，因为，资本主义社会最大的愿望就是将资本主义社会的现象看作是纯粹的事实,是只需要接受,不需要解释,更不需要批判的既定存在。这样,资本主义社会就能获得永久存在的假象。在这种假象下,无产阶级的命运同样也被实体化、永恒化。

只有解释先于事实的思路渗透到对资本主义社会现象的认识,一种批判性的思维方式诞生,并且人类思维由对资本主义社会规律的被动接受转向意识革命时,无产阶级的总体性生存才有可能。

由此可见,卢卡奇批判资产阶级政治经济学也就是确立解释先于事实的文化哲学思维,就是论证理论在历史活动中的合理性问题。

不过,这里需要补充的一点是,卢卡奇所坚持的解释先于事实的文化哲学思维与后现代虚无主义对事实的本体论消解,以及用解释本体取代事实本体的解构主义有着实质的差别。后现代主义坚持"没有事实,只有解释"的方法论原则,这在根本上取消了价值、文化和人生的责任,因此革命也成为多余的东西。东欧新马克思主义者科拉科夫斯基认为"没有事实,只有解释"的方法论原则至少有两个危险的误区:首先,任何解释都是对事实的解释,这些事实包含着人类的历史和文化,以不同的内容记载着人类的文化生命;其次,"没有事实,只有解释"的理论取消了人类责任和道德判断的理念。从知识方面而言,它将所有的神话、传说或预言看作是如同我们根据历史调查而确证的事实一样具有有效性。从认识论方面而言,任何神话故事如同任何历史地建立起来的事实一样是善的。这样一来,就没有了建立真理的有效准则。因此,也就没有了真理。相反,卢卡奇的"解释先于事实"是以批判、扬弃资本主义日常生活为中介,以社会主义未来为目的的,在这个过程中,现在人可能会为了未来的目标而作出牺牲,但这正是其生命价值的体现。

其次,批判黑格尔辩证法。

前面已经讲到,黑格尔的辩证法对卢卡奇中介范畴的影响是深远的,体现为自我意识确立的辩证法精神,以及自我意识的演绎所彰显的生命过程,但这种辩证法精神终结于历史的逻辑,换言之,历史被逻辑所束缚,由此历史主义原则也终止于绝对精神,而卢卡奇的总体性范畴则讲逻辑的历史。

卢卡奇强调,马克思辩证法是黑格尔辩证法的继承和发展。黑格尔把辩证法看作是对现实的自我认识,强调过程和具体的总体,这是被马克思所继承的。但是,黑格尔是在绝对精神的逻辑框架中来讲过程和总体的,因此无法将以上的思想贯彻到底,过程最终变成了非过程,总体变成了非总体。马克思继承了黑格尔辩证法中的积极因素,同时又将辩证法坚持到底。马克思将黑格尔哲学中的历史倾向推向了顶端,把社会和社会化的人作为历史的问题来研究。马克思通过改造黑格尔的"现实"概念来完成对黑格尔辩证法的批判。

卢卡奇认为,黑格尔将现实看作是一种必然性的概念,认为现实是本质异化了的实体。马克思肯定了现实的理性内容,同时,又通过对社会和社会人的研究,赋予现实以历史内容。这体现在对现实的三个规定上:其一,现实的实体不是本体异化了的实体,而是资本主义社会化的内在矛盾。这样,就打破了对现实的实体化理解,打破了逻辑对现实的束缚,而直接确立起了现实的时代性和社会性。并且,时代和社会决定现实不是内在完满的、无矛盾的,相反,现实作为时代和社会的表现,是充满矛盾的存在,因而也是批判的对象;其二,现实的主体不是历史的绝对精神,而是群众。绝对精神作为最高的抽象存在,它扼杀了现实的批判性,然而,群众则具有批判的现实性。并且,绝对精神是普遍性的抽象存在,群众则与之相反,是具体的、个别性的存在。当然,群众的个别性不是孤立的个体,而是个别性的联合和统一,是个体生命在现实革命活动中的有机结合;其三,现实作为现实生活的生产和再生产是面向未来的。卢卡奇认为,黑格尔的辩证法是逻辑框架下的辩证法,它是对过去的综合。但是,马克思的现实则是在生产和再生产中创造着人类的未来,因此是面向未来的。

通过对现实的三个规定的说明,卢卡奇认为,总体性作为方法就是历史的辩证法,它为理论与实践的结合提供了理论论证,或者说,历史的辩证法在社会—历史中为理论的合理性问题找到了现实支撑点。

在对以上两者的批判中,卢卡奇确立起意识在社会历史行动中的合理性,并且由此揭示出,在理论与实践的关系中,理论是革命实践取得胜利的前提。只有实现了理论层面的转向,现实革命的成功才具有可能。例如,卢卡奇在评价党的意识形态领导作用时就明确地说:"由于党把自己所拥有的真理深播到自发的群众运动中,由于它把这种真理从其产生的经济必然性提高为自由的自觉行动,这样,它就把激烈革命情况下自己要求的性质变为发生作用的现实。"①卢卡奇的这段话为革命指明了由理论到行动的路线。当然,理论的先导作用决不意味理论成为最终的目的,相反,"理论和实践的统一不仅在理论之中,而且也是为了实践"。②

由此可见,总体性强调的是意识的先导作用,是由意识而行动的过程,而物化作为需要被克服的环节,同样也必然被提高到意识形态层面。同时,卢卡奇认为,物化意识成为资本主义社会最大的危害,它深入到人们日常生活的意识层面,并达到对人的最大程度的控制,因此,批判物化意识便成为日常生活批判的立足点,并且,物化意识在日常生活中的普遍渗透决定了:更深入地认识物化意识的理论来源,并达到批判的目的就变得非常迫切和必要。

二、物化意识与近代理性哲学

在卢卡奇看来,要克服物化意识,就必须深入到物化意识最高的理论形态中去,从理论根部根除物化意识。卢卡奇认为,近代哲学是物化意识的最高理论形态,"近代批判哲学是从意识的物化结构中产生出来的"。③

卢卡奇对近代理性哲学的考察是从理性的界限问题,或者说是从自在之物入手的。"即任何一个理性形式体系都要碰到非理性的界限或限制的绝对必然性……如果理性主义要求成为认识整个存在的普遍方法,那末问题就完全不同了。在这种情况下,非理性原则的必然相对性的问题就取得了一种决定性的、溶化、瓦解整个体系的意义。这就是近代(资产阶级)理性主义的情况。这种情况在康德自在之物概念具有的奇特、含糊、矛盾的意义中,表现得最为明显,而自在之物的概念对康德的整个体系来说是不可或缺的"。④因此,康德的自在之物成为卢卡

---

①②③④ 卢卡奇:《历史与阶级意识》,商务印书馆 1992 年版,第 94、96、177、181—182 页。

奇批判近代理性哲学的出发点。

卢卡奇认为，自在之物问题来自将认识的对象看作是既定的存在，它分割了主体和客体，客体作为内容与作为形式的主体发生关系。康德在《纯粹理性批判》中提出了自在之物问题：理性所能把握的只是现象世界，上帝、自由、灵魂不死的问题在理性能力之外。简言之，《纯粹理性批判》为理性划界，为信仰留地盘。《纯粹理性批判》的魅力在于在理性范围内建构起来的伟大的认识论体系。《实践理性批判》试图在实践/伦理的层面解决物自体问题，即将认识论无法解决的物自体划归到实践/伦理层面。这证明康德已经认识到了认识论的弊端，然而，他的实践/伦理却是纯粹内在化的，这样的内在性只是在否定的意义上抛弃了自在之物问题，而不是解决了它。卢卡奇如是评价康德的这一做法，他说："康德早在这部著作（《实践理性批判》——引者注）中就已试图把理论上（直观上）不可克服的局限性看作是从实践上可以克服的。"①

卢卡奇由此认为，康德的《实践理性批判》与《纯粹理性批判》不是对立的，而是相互补充的。那么，如何来理解实践，即行动呢？在卢卡奇看来，行动在康德哲学中仅仅被局限在道德领域，一方面提出道德律令，即实践转向了内心；另一方面，转向内心的道德律令与外在的既定存在、经验的分离变得更加彻底，这种内在性的转向最终在理性与经验之间横亘了一条不可逾越的鸿沟。卢卡奇这样来表达古典哲学的二律背反，"一方面，只有在道德行为中，只有在道德行为的（个体）主体对自身的关系中，才能真正和具体地发现这种意识结构，这种它与自己客体的关系；另一方面，在自己创造的，但纯粹是转向内心的形式（康德的道德律令）和与知性、感性异在的现实、既定性、以及经验之间的不可逾越的两重性，对行为个体的道德意识来说，要比对认识的直观主体来说，表现得更为清楚"。②这就表明，卢卡奇认为，当古典哲学将理性所不能把握的问题赶到内在性的实践领域时，自在之物不可解决的问题反倒被激化了。"自然过程的'永恒的、铁的'规律性和个体道德实践的纯内在的自由，在《实践理性批判》的结尾处表现为人的存在的两个永远相

①② 卢卡奇：《历史与阶级意识》，商务印书馆1992年版，第193—194、194页。

互分离的、但在这种分离中又是同样不能消除的基础"。①

卢卡奇认为,伦理的实践之所以无法解决物自体的问题,其原因就在于,"实践完全表现为是屈从于直观的理论的……康德的伦理学,尽管他作了许多的努力,又重新回到抽象直观的界限里"。②主体的直观态度是与纯形式联系在一起的,两者的联结导致对非理性问题的放弃,因为,两者的结合使对非理性的认识变得更加不可能。

最后,康德求助于美学,试图以美学来彻底解决物自体问题。卢卡奇认为,美学试图恢复被打碎了的人的整体性,但是,归根结底,美学对自在之物问题仍然是无能为力的,因为美学所构造的整体性只是思想层面的,并未走向现实生活本身。他以席勒的美学为例说明了这一问题。他说:"席勒使美学原则远远地超出了美学的范围,并在这一原则中寻求解决人的社会存在的意义的问题的钥匙。这时,古典哲学的基本问题也就暴露无遗了。一方面,社会存在消灭了作为人的人这一点被认识到了。同时,另一方面,又揭示了这样的原则:应该怎样在思想上重建在社会上被消灭了的、打碎了的、被分散在部分性体系中的人。"③但是,美学也仅仅是思想上的人的总体性重建。所以,卢卡奇认为,"生活的全部内容只有在成为美学的时候,才能不被扼杀。这就是说,世界或者必须美学化,这就意味着回避真正的问题,并用另一种方法把主体重又变为纯直观的,并把'行为'一笔勾销"。④

黑格尔接过了康德所不能解决的物自体问题,黑格尔消解物自体的方式是将实体转化为历史,用过程性思维取代实体性思维。但是,卢卡奇并不认为仅仅提出历史性思维就能解决物自体的问题,因为,历史既可以成为解决问题的途径也可以成为阻碍问题解决的障碍,这取决于在什么哲学传统下来理解历史。如果是在本体论框架下,历史将会促使问题的解决,但是,如果是在认识论框架下,历史问题仅仅是理性主义的一个因素而已,它仍然无法促使物自体问题的解决。在黑格尔哲学中,历史恰恰是作为障碍存在的。正如卢卡奇所说,"只有历史的

---

①②③④ 卢卡奇:《历史与阶级意识》,商务印书馆 1992 年版,第 208、198、214、215 页。

生成才能真正消除事物和事物概念的——真实的——独立性及因此而造成的僵硬性"。①但是，"对理性主义体系来说，历史的变化是认识的障碍。这一点十八世纪的唯物主义者就已认识到了。他们根据自己的理性的独断主义，把这一般地看作是人的理性的永远不能消除的障碍"。②黑格尔引进了历史主义方法，将内容看作是生成的，而不是既定的实体，其中的关键点就在于要找到历史的真正主体。"要由'行动'来证明和指出的主体和客体的统一，思维和存在的统一，事实上，在思想规定的起源和现实生成的历史的统一中得到了实现，并找到了自己的基础。但是要理解这种统一，就必须指出历史是从方法论上解决所有这一切问题的场所，而且具体地指出这个是历史主体的'我们'，即那个其行为实际上就是历史的'我们'"。③那么，黑格尔所寻找到的主体是什么？"他想发现的这个'我们'就是世界精神"。④因此，一切历史都被纳入了逻辑的自我演绎之中，历史主义原则在逻辑的完满性中终结。所以，卢卡奇认为，"古典哲学在发展史上处于这样一种自相矛盾的境地：它的目的是从思想上克服资产阶级社会，思辨地复活在这个社会中并被这个社会毁灭了的人，然而其结果只是达到了对资产阶级社会的完全思想上的再现和先验的推演。只有这种推演的方式，即辩证的方法超越了资产阶级社会"。⑤也正是从卢卡奇对黑格尔的批评中，黑格尔留给卢卡奇的遗产也就是他的辩证法思想，而不是他关于绝对精神的理论。

在此，有一点是不可忽视的，即卢卡奇对待康德哲学和黑格尔哲学的态度并不完全一样，相反，卢卡奇更加肯定黑格尔哲学而非康德哲学。卢卡奇在《青年黑格尔》中说："在一个有决定作用的论点上黑格尔从非常年轻的时代起就已经超过了康德。康德是从个人观点分析道德问题；在他看来，基本道德事实是良心。如果说他似乎能够在客观事实上建立起他的唯心主义，那么仅只因为他把他所试图揭示的道德共同特征，道德一般有效性投射到一种虚构的、好像是超个体的、实际上神秘化了的个别主体里去，投射到所谓'可理解的自我'里去。在康德那

---

①②③④⑤ 卢卡奇：《历史与阶级意识》，商务印书馆 1992 年版，第 222、220—221、223—224、224、227 页。

里,社会问题只是第二性的,只因原始的事实,即个体主体要相互作用,社会问题才产生。与此相反,黑格尔早年的主观主义有着实践指向,它从一开始就是集体的和社会的。黑格尔的出发点和研究中心始终是行动,是社会实践。"①对康德哲学的批判,在一定程度上也是卢卡奇对他自身哲学的反思,这关系到对伦理问题的态度。对伦理的思考贯穿卢卡奇思想的始终,不论是在走向马克思主义之前,还是在《历史与阶级意识》时期,或者是在晚年时期。在早年的著作中,卢卡奇将伦理问题与美学直观联系在一起;在《历史与阶级意识》中,尽管卢卡奇由早年的美学/艺术直观走向了现实生活,但是他仍然将伦理与政党紧密结合在一起,赋予政党组织深刻的伦理特性;在晚年,卢卡奇更是想要重新回到早年就关注的伦理问题研究,希望写一部伦理专著,可惜未能如愿。在卢卡奇的伦理思考中,伦理与政治的关系始终是一个非常重要的维度,这个问题在梅扎罗斯那里有过详细的论述,不过梅扎罗斯认为卢卡奇的哲学由政治退向了伦理,并因此失去了本来应该具有的深刻的批判性和革命性。

但无论如何,康德和黑格尔都未能解决物自体的问题,这与他们属于共同的哲学传统有关,这一共同的传统就是近代理性主义哲学传统。"古典哲学的博大、精深和勇气,以及是未来思想的沃土,这一切都归功于这种把问题局限在纯思想范围内的做法。当然,这种局限同时也意味着是纯思想范围的一道不可逾越的界限……理性的形式主义的认识方式……乃是一种——独断主义的——假设。思维只能把握它自己创造的东西……这种宏大的观念在力求把世界的总体把握为自己创造的东西时撞上了既定性,即自在之物这一不可逾越的界限"。②面对物自体,思维要么放弃对整体的把握,要么走上向内发展的道路,回到对主体的思考,这样,彼岸的自在之物就被取消了。康德、黑格尔面临自在之物的无能为力,归根结底的原因就在于,物自体不仅仅是理论问题,

---

① Georg Lukács, The Young Hegel, Cambridge, Mass.: The MIT Press, 1976, p. 7.

② 卢卡奇:《历史与阶级意识》,商务印书馆 1992 年版,第 191—192 页。

而且是现实的社会—历史问题。然而，近代理性主义哲学却将社会—历史问题理论化、逻辑化。相反，卢卡奇却认为，只有深入到自在之物背后的社会基础中去，自在之物问题的解决才有可能。

概而言之，卢卡奇认为，近代哲学是主体—客体二元分离的哲学，客体被看作既定的存在，主体对它的关系只能是理智的直观，却无法改变之，即便是黑格尔的哲学也只是在理论框架内解决主—客体的对立问题。这种思维方式根本无法回答康德的自在之物问题，于是，近代哲学就将自在之物驱逐出理性领域，将这个理性主义认识论无法回答的问题抛给了道德学说。但是，这种方式并不能解决自在之物问题，相反，却是在更高的理论层面证明了近代理性哲学的弊端。黑格尔接过康德自在之物的难题，试图在客观唯心主义的基础上解决这一问题，但是，由于黑格尔最终的哲学落脚点以及他哲学的起点都是绝对精神，是内在化的客观存在，所以，一切都只是在概念的演绎中经历了一次精神的辩证运动而已，其结果仍然是无法解决自在之物问题。

自在之物问题是无法在近代理性哲学内解决的，但是，这种哲学却迎合了资本主义的统治需求。因为，对于资产阶级而言，资本主义社会现实就是一个需要被理论认可的自在之物，它在理性思维方式下，是只需要被直观的对象，而不是应该被改造的对象。资本主义社会的运动规律隐藏在资本主义社会的现象之后，就是一个不可认识的自在之物。不能从理论上回答自在之物问题的近代理性主义哲学正是资本主义社会所需要的，它构成了物化意识的理论支撑。

三、物化意识的外在显现：计算合理化原则

在卢卡奇那里，商品世界具有两个层次，即内在本性和外在体现，具体而言，商品世界的内在本性就是物化及物化意识，而物化意识的外在体现就是计算合理化原则，或者说，计算合理化原则是确保物化意识在现实生活中得以现实化的途径。所以，对商品世界的批判必须从物化意识和计算合理化原则两个层面入手。上面，本书已经分析了物化意识的含义及其理论来源，下面就接着分析计算合理化原则。

首先,计算合理化原则基于商品结构的二重性之上。

计算合理化原则以商品结构的二重性作为基础。商品结构的二重性表现在:商品是使用价值和交换价值的结合。商品的使用价值反映的是人与自然的关系。商品的交换价值是价值的表现,它反映的是人与人之间的关系,其中,价值是商品的质的方面,交换价值则是商品的量的方面。"就使用价值说,有意义的只是商品中包含的劳动的质,就价值量说,有意义的只是商品中包含的劳动的量,不过这种劳动已经化为没有质的区别的人类劳动"。①在资本主义社会中,商品的交换价值占据着主导地位,它在某种程度上掩盖了商品的价值因素,以量取代了质。商品的量的维度掩盖了商品的质的维度,"这种商品的特性就是,它在物的外衣下是一种人与人的关系,在数量化的外衣下是质的活的内核",②物化特征则掩盖了这种人与人的关系,掩盖了质的活的内核。量的主导地位决定了商品世界必须遵循计算的合理化原则。

对量的追求并不是商品固有的属性,它是由资本主义社会的本质所决定的,即资本家所追求的就是商品的量的实现,对量的需求成了主宰资本主义社会的尺度。因此,计算合理化原则反映的是资本主义社会的本质,而不仅仅是经济学或社会学的问题。

商品世界的量化原则不仅存在于经济领域,而且扩大到社会生活的所有方面,并成为人的生存方式。商品社会中的人同样也被量化,衡量人的价值的标准是能够以数量来计算的财富的多少,人的劳动也仅仅成为创造财富的工具,而不是如何发挥人的创造性才智。这不仅发生在工人身上,也发生在资本家身上。对于工人来说,他靠出卖劳动力获取生存所需的物质产品,在劳动过程中,他仅仅是机器,没有创造性可言,衡量他的标准是生产的产品及其带来的财富,而不是个人的道德、艺术素养等文化因素。对于资本家也一样,资本家以获取最大利润为目标来组织生产,而不是以给人带来多少创造性、具有多少道德价值来组织生产。所以,计算合理化原则导致的是整个社会的平面化。

---

① 《马克思恩格斯选集》(第2卷),人民出版社1995年版,第122页。

② 卢卡奇:《历史与阶级意识》,商务印书馆1992年版,第253页。

其次,计算合理化原则具有三大特点。

在卢卡奇那里,计算合理化原则的三大特点表现如下:

第一,强调数字化和量化。对数字化和量化的强调是为了更好地控制生产。商品生产的质是价值,它是人类劳动的凝结;交换价值则表现为量,它以社会必要劳动时间来计算,是一种量的计算。"正是在劳动时间的问题上,如下情况表现得极其明显:数量化是一种蒙在客体的真正本质之上的物化着的和已物化了的外衣"。①在资本主义生产中,质的部分被抽掉,只剩下量。不仅社会产品被量化,连官僚机器、国家制度、精神形式等也都被量化了。因为,只有将一切都量化,资本主义的控制才会更加有效。

第二,强调直接性。在数字化和量化的标准下,中介性的物变成了直接性的对象,因为,隐去了质,物就变成了直接的对象,精神、文化的创造都得服从量的标准,却失去了质的价值。量化标准的结果就是所有的东西都放在量的平面上来进行计算,整个社会都在量化的标准下被平面化和直接化了。

第三,强调片面性。数字化和量化的另外一个结果就是将人撕成碎片,人失去了总体性。例如,在劳动过程中,工人的劳动力与人格发生了分离,工人只是机器中的一个零部件而已,只有服从这种分裂化的人格,工人才能在商品世界中生存。不仅工人发生了片面化,就连官僚也一样,这突出表现在个别官僚的荣誉感和责任感也发生了分离。因为,在量化原则下,荣誉感同样也是以量来衡量的,所以,为了服从量化原则,官僚所做的事情即使违背责任感,但他也仍然会去做。还有,从事精神创造的人同样也面临着片面化的命运。衡量精神产品的标准并不是个人聪明才智发挥得如何,而是以计量原则来判断,所以,其结果就是,所从事的事情也许并不是个人聪明才智的创造,而只是为了服从量化原则的结果。

这三个特点深入到历史中就形成了直接性的思维形式。直接性的思维形式就是物化的思维形式。

---

① 卢卡奇:《历史与阶级意识》,商务印书馆1992年版,第250页。

需要指出的是,卢卡奇认为,计算合理化原则对无产阶级和资产阶级造成的影响是不同的。资产阶级在量化生产过程中,似乎还具有个体活动的余地和空间,这种假象掩盖了资本主义社会的本质。而无产阶级却没有任何自由空间和余地:本应该作为主体的无产阶级被彻底客体化,在资本主义生产过程的每一个环节,无产阶级都是在忍受奴役的煎熬。"对工人来说,内心里是没有这种虚假活动的余地的,他的主体的分裂维持着他——趋向于——受无限制奴役的残酷形式"。①所以,这就打破了无产阶级的任何幻想,使他的革命本质充分体现出来,力求超越直接性。

最后,对对计算合理化原则进行文化哲学的批判。

卢卡奇对计算合理化原则的批判在很大程度上受到韦伯的影响。卢卡奇认为,韦伯"十分正确地补充了关于这种现象(资本主义的物化现象——引者注)的原因和社会意义的分析",②此处的原因和社会意义就是指资本主义社会的计算合理化原则。

韦伯指出合理性就是资本主义的精神,但合理性又分为价值合理性和工具合理性,后者只强调手段的有效性,前者还强调价值和意义。资本主义的弊端在于用工具合理性取代价值合理性。韦伯通过强调价值和意义,建立起了对计算合理化原则的文化哲学批判,并且以此影响了卢卡奇哲学。

在卢卡奇逝世之后,他的学生阿格妮丝·赫勒在对马克思需要理论的研究中延续和发展了卢卡奇对计算合理化原则的批判。赫勒提出"激进需要"理论,认为满足人的个性的质的需要才是真正重要的,相反,"量的需要"这一标准应该被排除;同时,激进需要还要摆脱社会需要的拜物教。由此,我们可以看出,一方面,赫勒与卢卡奇一致的地方在于强调以质的需要取代量的需要,即取消计算合理化原则下的需要;但另一方面,此时的卢卡奇强调的是作为阶级的无产阶级的质的需要,而赫勒强调的则是个人的个性化需要。赫勒需要理论的个性要素是晚年卢卡奇所强调的,但即使在晚年,卢卡奇所强调的个性也是与社会性

---

①② 卢卡奇:《历史与阶级意识》,商务印书馆1992年版,第250、158—159页。

相结合的。

通过对物化思想和计算合理化原则的分析，我们可以看出，商品世界以这两者作为理论支撑，建构起了一个直接性的、压抑人的世界，这是卢卡奇日常生活批判的对象。要实现对商品世界的批判，要克服资产阶级思想的直观性质，必须建构起中介性思维方式。无产阶级的阶级意识就是批判商品世界的中介。

第三节　作为中介的无产阶级意识及其功能

无产阶级意识作为批判商品世界的中介，它是如何行使其批判功能的呢？本书将从以下三个方面展开论述：其一，分析资产阶级与无产阶级的虚假意识的区别，并以此揭示出只有无产阶级意识才能真正行使批判商品世界的功能；其二，分析无产阶级意识功能实现的途径，即无产阶级意识本身也必须确立起中介性思维方式；其三，分析无产阶级意识行使其功能的现实载体，即政党，指出政党在意识革命中具有重要的作用。

一、阶级意识与虚假意识

卢卡奇认为，阶级意识是一个哲学范畴，而不是经验范畴，我们应该"把阶级意识同经验实际的、从心理学的角度可以描述、解释的人们关于自己的生活状况的思想区别开来"。①在卢卡奇看来，阶级意识的特殊功能是在与个体相异的基础上显示出来的。他说："个体决不能成为事物的尺度，这是因为个体面对的是必定作为僵化事物的集合体的客观现实。个体发现这些事物是已经存在的、一成不变的。面对这样的事物，个体只能作出承认或者拒绝的主观判断。只有阶级（而不是'类'，类只是按照直观的精神塑造出来的神秘化的个体）才能和现实的总体发生关系并起到实际上的改造作用。而阶级也只有当它能在既定

---

① 卢卡奇：《历史与阶级意识》，商务印书馆1992年版，第105页。

世界的物化的对象性中看到一个过程,而这个过程同时就是它自己的命运时,才能做到这一点。"①他还说:"单个的个体作为认识的主体面对着社会事件的极其巨大的客观必然性,他所能理解的也只是它的一些细枝末节,而在现实中,恰恰是个体的自觉行动居于过程的客体方面,而过程的主体(阶级)却不能达到自觉的意识,个体的自觉行动必然永远超出——表面上的——主体,即个体的意识。"②通过以上两段话,卢卡奇在阶级意识相对于个体意识的优越性基础上确立起了阶级意识作为中介的绝对地位。

仅仅意识到阶级意识相对于个体意识的优越性远远不够,还必须深入到阶级意识的内在结构,在对虚假意识的剖析中才能充分理解阶级意识的含义。

那么,什么是虚假意识?卢卡奇认为,阶级意识反映主观和客观的关系,而主观与客观在现实中是有矛盾的,因此,阶级意识往往不能一次性地、恰当地反映自己的真实面貌,只能以虚假意识表现出来。"意识一方面表现为某种来自社会的和历史的状况的主观上被证明的东西,表现为可以理解的和必须理解的东西,因此表现为'正确的'意识,同时它又表现为某种客观上无视社会发展的东西,表现为不符合社会发展的,没有相应地表现这一发展的东西,因此表现为'虚假的'意识。另一方面,这同一个意识在相同的关系中表现为主观上不能达到自己确立的目标,而同时又促进和实现对它来讲是不了解的,不想要的社会发展的客观目标"。③概括地说,所谓虚假意识就是虚假地表现总体性的意识,它包括两个方面的内容:在认识层面上,意识所表现的现实整体只是对某种社会历史的反映,反映的只是社会的表面现象,而不是本质;在实践层面上,意识不能使阶级的行动达到它所确定的目标。实践层面与认识层面是紧密相连的,如果一个阶级不能正确认识自己的地位和目标,那么它就不可能在实践上达到原来所设想的目标,因此,阶级意识的实践方面是由它的认识方面决定的。

---

①②③　卢卡奇:《历史与阶级意识》,商务印书馆 1992 年版,第 284、248、104 页。

同时,卢卡奇还认为,虚假意识的出现不是任意的,而是客观经济结构的思想反映。虚假意识的产生有自身的原因,包括客观与主观两个方面:在客观层面,虚假意识受制于社会发展的客观水平,虚假意识只有在阶级关系明朗化的社会中才能产生。阶级关系明朗化的社会就是资本主义社会,因为资本主义社会以阶级关系代替了等级关系。也可以说,虚假意识是资本主义社会特有的意识形式;在主观层面,虚假意识产生于作为认识主体的阶级意识的狭隘性,因为,任何阶级意识都要受它的阶级利益的制约。在这两个方面,主观原因是更重要的方面,因为资本主义社会已经展示了社会的总体性,哪一个阶级能认识社会的整体,就取决于那个阶级在生产过程中所处的地位和产生的利益。

在资本主义社会中,虽然还有小农阶级等形式,但作为被淘汰的阶级,它们不具有认识社会整体的需求,因此,在资本主义社会中,只有资产阶级的虚假意识和无产阶级的虚假意识,两者都有认识社会总体的需求,但是,在追求的过程中必然表现为虚假意识。不过,无产阶级与资产阶级的虚假意识在本性上是不同的。

资产阶级的虚假意识产生于它的阶级意识与它的阶级利益之间的矛盾,其本质就是:资产阶级的虚假意识不能揭示社会整体的本质。资本主义社会是商品社会,商品世界的本质就在于它的社会性和总体性。资本主义的生产方式在于追求总体性,因为总体性是资本主义社会得以继续存在的条件,因此,资产阶级的阶级意识便是要反映资本主义社会的总体性,但是,资产阶级一遇到个体利益便无法达到对总体性的认识。对于资产阶级而言,他们揭示资本主义社会的总体性本质就意味着否定和推翻资本主义社会本身。正如卢卡奇所说:"使资产阶级的阶级意识成为'虚假'意识的界限是客观存在的,它就是阶级地位本身。它是社会经济结构的客观结果,决不是随意的、主观的或心理上的。因为资产阶级的阶级意识,尽管也可能十分清楚地反映了这种统治的所有组织问题,反映了整个生产的所有资本主义改造和实施问题,但一旦出现问题,而在资产阶级统治范围内来解决这些问题已经超出了资本主义本身的范围时,它就必然会变得模糊不清了。"①

无产阶级的虚假意识则产生于直接利益与长远目标之间、孤立因素与整体利益之间的辩证矛盾,其本质是乌托邦,即只有远大目标,没有对资本主义现实矛盾的反映。如卢卡奇所说,它是"直接利益和最终目标,个别因素和整体的辩证矛盾",②因此,"在无产阶级的'虚假'意识中,在它的客观错误中却隐藏着一种对正确的东西的追求"。③

卢卡奇认为,在资本主义社会,无产阶级被商品化,它必然要认识商品社会的本质,只有这样才能够变革这种生产方式,实现无产阶级自己的生产方式,这样就产生了无产阶级的现实利益与长远利益之间的矛盾。卢卡奇认为,无产阶级有自己的总体目标,即建立起总体性的生产方式,但不能因此就忽视资本主义生产方式,因为,资本主义生产方式是无产阶级产生的土壤。相反,在卢卡奇看来,无产阶级应该将资本主义生产方式整合到自己的意识中来。不能立足资本主义现实的意识便是无产阶级的虚假意识。

由此可见,资产阶级的虚假意识具有本质上的不可克服性,而无产阶级的虚假意识则是可以被克服和扬弃的。无产阶级的阶级意识具有两方面的优越性:在认识层面,无产阶级是直接与商品生产打交道的阶级,它与商品生产建立起了现实的、具体的联系,这种联系让无产阶级把社会看作是具体的、现实的历史总体,而不是看作抽象的概念。并且,资产阶级的意识代表商品经济,无产阶级的意识却是对商品经济的批判,这种批判性使它能够透过物化表象看到商品社会的本质,揭示出物与物的关系所掩盖的人与人的关系;在实践层面,无产阶级具有将认识转化为行动的内在需求。在资本主义社会,无产阶级本身也被商品化了,其人格是分裂的,无产阶级对物化本质的批判是关系到其阶级存亡的生存论问题,所以,对无产阶级而言,将认识转化为行动是其生存的需要。正如卢卡奇所说,"正因为它(无产阶级——引者注)的实际目标是彻底改造整个社会,所以它把资产阶级社会连同它的思想、艺术等等的产品看作为自己方法的出发点。中介范畴的方法论作用在于借助

①②③ 卢卡奇:《历史与阶级意识》,商务印书馆1992年版,第108、131、132页。

它们,使资产阶级社会的客体必然具有的,但在资产阶级社会中必然没有得到直接表现的,以及相应地在资产阶级思想中必然没有得到反映的那种内在意义,在客观上发生作用,并因而能提高为无产阶级的意识。这就是说,资产阶级在理论上必然囿于直接性之中,而无产阶级相反能够超越这种直接性,就恰恰不是偶然的,也不是一个纯理论的科学问题。这两种理论立场的区别主要反映了这两个阶级的社会存在的区别。当然,由无产阶级立场产生的认识,是客观上更高级的科学认识;它从方法论上使得有可能解决资产阶级时代的最伟大思想家们徒劳地企图解决的问题,它实际上就是对资本主义的恰如其分的历史的认识,这种认识是资产阶级思想永远不可能达到的"。①卢卡奇的这段分析深刻反映了黑格尔自我意识中的主—奴关系的辩证法,即一方面奴隶在主人面前是奴隶的身份,处于被压制的状态,但是另一方面,在与劳动(在资本主义社会特指商品生产)的关系中,主人不直接与劳动建立起关系,他只通过奴隶中介与劳动发生关系,所以在劳动面前主人变成了被动的一方,而奴隶却成为主动的一方,成为了主人。奴隶与劳动的关系也表现为两个方面,即劳动对奴隶的压制以及劳动赋予奴隶创造本性。但是主人却永远不可能从劳动中获得作为主人的权利,因此主人此时变成了奴隶。这就是革命的辩证法。自我意识的革命辩证法在卢卡奇的阶级理论中就转化为资产阶级与无产阶级的关系。

通过对资产阶级意识与无产阶级意识的比较分析,我们可以得出结论:资产阶级意识在本质上就是物化意识,它无法构成积极克服物化意识的中介力量,只有无产阶级意识才能作为中介,积极地行使其批判功能。

在卢卡奇那里,无产阶级意识其实就是无产阶级的自我意识,因为无产阶级本身就代表资本主义社会最大的矛盾。"对无产阶级来说,自我意识到自己存在的辩证本质乃是一个生命攸关的问题",②因为,"无产阶级本身无非只是已被意识到的社会发展的矛盾……意识不是关于它所面对的客体的意识,而是客体的自我意识"。③因此,无产阶级改变自身也就是改变社会。正是在克服虚假意识的过程中,无产阶级意识

---

①②③　卢卡奇:《历史与阶级意识》,商务印书馆1992年版,第246、248、264页。

的功能得以彰显。

二、无产阶级意识功能实现的途径：中介性思维

在卢卡奇哲学中，无产阶级意识就是克服商品世界直接性的中介，但是，对于无产阶级意识本身而言，也必须遵循中介性的思维方式。因为，无产阶级意识本身就包含了两层含义：一方面，无产阶级意识本身就是一种中介形式；另一方面，作为中介形式的无产阶级意识也必须接受中介性思维方式的指导。

"只有变成了实践的无产阶级的阶级意识才具有这种变化事物的功能。任何一种直观的、单纯认识的态度归根结底和它的对象总是处于一种分裂的关系之中"。①所以，无产阶级的意识必须转化为行动。"无产阶级的思维起初只是一种关于实践的理论（Theorie der Praxis），它只是逐步地（当然常常是跳跃式地）转变为改造现实的实践的理论（Praktische Theorie）"。②理论与实践统一于无产阶级的阶级意识，但是，无产阶级意识的总体性也是在历史发展过程中得以形成并现实化的，只有确立了中介性思维方式，无产阶级意识的总体性才能够实现。

在卢卡奇那里，无产阶级的阶级意识分为两个层次：一是作为商品的自我意识；二是作为阶级的自我意识。对于实现无产阶级的总体性存在而言，仅仅是商品的自我意识是不够的。因为，商品的自我意识仍然是一种孤立的、抽象的认识，只有作为阶级的意识才真正具有总体性。"这种商品能够意识到自己就是商品这一点，还远不足以解决这个问题。因为商品直接意识到的，与它的简单的表现形式相一致，就是抽象的孤立化，就是与那些使商品社会化的因素的纯抽象的外在于意识的关系"。③"工人认识了自身，认识了在商品中，他自己和资本的关系。只要他实际上还不能够使自己超过这种客体地位，他的意识就是商品

---

① ② ③　卢卡奇：《历史与阶级意识》，商务印书馆 1992 年版，第 299—300、300、258 页。

的自我意识；或者换言之，就是建立在商品生产、商品交换基础上的资本主义社会的自我认识、自我揭露……但工人认识到自己是商品，已经是一种实践的认识。就是说，这种认识使它所认识的客体发生了一种对象的、结构的变化"。①如果无产阶级的阶级意识只停留于商品的自我意识的话，那么这种自我意识仍然是直接性的。中介性思维方式的建立对于无产阶级的自我意识而言是至关重要的。

中介性是与直接性相对的思维方式，它将直接性的思维方式纳入自己的过程之中，将直接性理解为自己的一个环节。中介把隐蔽在直接性背后的本质揭示出来。它超越物化存在，将物化现象纳入到社会历史的变化之中，并实现了真正的社会总体性。从直接性与中介的关系中，我们可以归纳出四点：②

第一，中介性思维方式是辩证的总体性思维方式。总体性思维方式包含着两个环节：直接性与中介性，两者是辩证过程的两个方面。中介性思维方式是直接性思维方式的决定性方面，直接性依赖中介性而存在。两者并不是直线性的关系，而是辩证的关系。中介性思维将直接性纳入其中，作为其中的一个环节，而不是排斥直接性。即如卢卡奇所说，"然而不能忘记，直接性和中介本身都是辩证过程的因素"。③

第二，中介性思维方式是对直接性的超越和否定。这是中介性思维能动功能的体现，它超越物对自身的限制，走进物后面的本质之中，走进社会历史变化的现实之中。因而，它是对社会本质的真正把握。中介对直接的超越是内在于社会历史发展的本质的，而不是由外在强加给社会的价值判断。

第三，中介性思维方式是经验主义的总体性。经验性意味着对直接性的超越不是将"是"与"应该"相对立，而是揭示现实的社会结构。现实的社会结构就是物化结构。对待物化结构的不同态度不仅仅是理论认识问题，而且还是一个立场问题。它涉及资产阶级与无产阶级的不同立

① 卢卡奇：《历史与阶级意识》，商务印书馆 1992 年版，第 252—253 页。
② 此处关于中介性思维方式的分析参考武汉大学何萍教授的授课笔记。
③ 卢卡奇：《历史与阶级意识》，商务印书馆 1992 年版，第 236 页。

场,并由此是经验主义的问题,而不仅仅是价值判断的问题。"直接性和中介就不仅是对待现实的客体所采取的相互隶属、相互补充的方式,而且还同时是——依照这一现实性的辩证性质和我们为把握它所作努力的辩证性质——辩证地相关的规定。这就是说,每一种中介都必然地要产生一种立场,在这种立场上,由这种中介创造出来的对象性采取直接性的形式。这就是资产阶级思想和(由各种各样的中介说明和揭示了的)资产阶级社会的社会的和历史的存在的关系……资产阶级思想的最终的、决定整个思想的立场就变成为纯直接性的立场"。①

第四,中介性思维的现实载体是无产阶级意识。商品世界的直接性使资产阶级和无产阶级都变成了物,但是,资产阶级却满足于这种物的生存状态,因为在这种物化状态中,资产阶级享受着无产阶级所创造的物质财富,他们是作为享乐阶级的物,但是,无产阶级却是直接创造财富的物,他们创造的财富为资产阶级所占有,在商品世界中,无产阶级本身也被商品化了,他们的生存状态是痛苦的,受奴役的。在与资产阶级的关系中,无产阶级是被压制者,在劳动生产过程中,他们却体现了商品世界的社会性本质,或者说,正是劳动赋予无产阶级超越商品世界直接性的本质,赋予他们资产阶级不可能具有,只有通过社会化劳动才能具有的社会性、总体性特征,因此,在无产阶级那里,痛苦是双重的,一方面是来自资产阶级的压抑;另一方面却是总体性本质与物化现状的冲突。概而言之,无产阶级在商品世界里是人格分裂的。要摆脱这种分裂状态,就必须首先从意识上觉醒,并且,这种意识不是对其他事物的认识,而是对无产阶级自身的认识,因为,无产阶级自身就代表了资本主义社会的最大矛盾。无产阶级必须用中介性思维来超越现实,用中介来揭示现象背后的本质,寻求自身的生存和发展。

三、无产阶级意识功能的现实载体:政党

无产阶级意识的现实化还需要组织形式作为其载体。卢卡奇认

---

① 卢卡奇:《历史与阶级意识》,商务印书馆 1992 年版,第 236—237 页。

为，能积极行使革命功能的组织就是共产党。

对政党的研究是早期西方马克思主义者的共性之一，因为，对于20世纪20年代初的西方马克思主义哲学而言，革命是目的，革命需要革命的政党。但是，西方马克思主义所讲的政党的功能却异于苏俄马克思主义所讲的政党，后者主要在于行使其政治功能，而前者主要在于行使其意识批判功能。例如，葛兰西就曾经明确地提出了他的政党观念，他认为，政党应该行使其文化领导权，应该从市民社会的意识形态着手，通过改造市民社会从而达到政治革命的目的。同样，卢卡奇对政党的强调也是从意识批判入手的。

卢卡奇认为，无产阶级意识功能的独特性必须深入到对组织的分析中去。因为组织是阶级意识现实化的载体，组织使理论变为实践具有现实的保证。"组织是理论和实践之间的中介形式。正象在每一种辩证的关系中一样，这一辩证关系的两项只有在这一中介中和通过这一中介才能获得具体性和现实性"。①组织的功能在于回答了"理论如何影响行动"的问题。或者说，组织使得理论摆脱内在反思性，面向社会现实。组织能够使仅限于理论探讨的问题尖锐化，并且现实化。

卢卡奇从功能出发，将组织划分为积极和消极的两种，其标准就是组织对待阶级危机的不同态度。所谓阶级危机就是指，"'每一次大罢工都有变为国内战争和直接夺权斗争的倾向'。然而只是倾向。这种倾向即使在经济和社会前提往往充分具备的情况下仍然没有变为现实——这正是无产阶级的意识形态危机。这种意识形态危机一方面表现在，资产阶级社会的客观上极端危险的处境在无产者的头脑中还具有它昔日的一切稳定性；无产阶级在许多方面还受到资本主义的思维和感觉方式的严重束缚。另一方面，无产阶级的资产阶级化在孟什维主义的工人党以及受这些党控制的工会领导中获得了自己的组织形式。这些组织现在有意识地设法使无产阶级的仅仅自发的运动（它们取决于直接的诱因并且按行业、地域等分割开）停留在纯粹自发的水平上"。②无产阶级的阶级危机延缓了革命的到来。其中，孟什维主义的工人党作为

---

① ② 卢卡奇：《历史与阶级意识》，商务印书馆1992年版，第389、401—402页。

无产阶级的组织形式,它将无产阶级的阶级意识固定在一种无意识的状态。但是,无产阶级革命的到来需要的是有意识地激发并组织无产阶级的阶级意识,所以,无产阶级革命需要一个有意识的组织的领导,这就是共产党。"如果说孟什维主义的党是无产阶级的意识形态危机的组织形式,那么共产党就是对这种飞跃的有意识态度的组织形式,从而是走向自由王国的第一个有意识的步骤"。①

共产党作用于阶级危机的方式是影响阶级意识。"共产党的斗争集中在无产阶级的阶级意识上。它在组织上与阶级的分离在这种情况下并不意味着它想要为了阶级的利益代替阶级本身去战斗(这是布朗基分子做过的事情)。如果它要这样做,象革命进程中有时发生的那样,那么这首先不是为了争取有关斗争的客观目标(因为归根到底这些目标只能由阶级本身去赢得或保持),而只是为了推进或加速阶级意识的发展。革命的过程——在历史的规模上——与无产阶级阶级意识的发展是等义的"。②这段话充分表明了,在这一时期,西方无产阶级革命的任务是通过将研究对象集中到意识领域,对资本主义社会展开意识形态和文化哲学批判。然而,有的学者就以此批判卢卡奇意识革命的软弱性和缺乏现实性,这是对卢卡奇哲学的误解。因为,在这一时期,西方无产阶级革命的现实性并不是对资产阶级进行政治斗争或经济斗争,这一时期的革命现实性就是意识斗争。

所以,对组织问题的分析再次强化了这样一个重要的哲学结论,即卢卡奇在《历史与阶级意识》中已经摆脱了黑格尔的内在性、直接性思维模式。哲学界对卢卡奇的批评,包括卢卡奇本人反复作自我批评,认为《历史与阶级意识》带有浓厚的黑格尔哲学色彩,其中,最重要的"罪证"就是他所讲的主一客统一模式以及对意识的强调。卢卡奇本人在1967年为《历史与阶级意识》写的新版序言中就曾这样写道,"因此,将无产阶级看作真正人类历史的同一的主体—客体并不是一种克服唯心主义体系的唯物主义实现,而是一种想比黑格尔更加黑格尔的尝试,是大胆地凌驾于一切现实之上,在客观上试图超越大师本身"。③但是,主

①②③　卢卡奇:《历史与阶级意识》,商务印书馆1992年版,第407、419、18页。

一客统一模式并不是理解卢卡奇哲学与黑格尔哲学的关键,其关键乃是在于:主—客统一于什么。在黑格尔哲学中,主—客统一于绝对精神,它是逻辑的自我意识,但是,在卢卡奇哲学中,主—客统一于阶级意识,它已经是社会—历史层面的范畴。逻辑与阶级意识具有性质上的差别。

政党在卢卡奇那里是道义力量的化身,换言之,党是伦理学意义上的党,党通过其伦理精神激发无产阶级的阶级意识。

> 党的力量确实是一种道义力量:它是由受经济发展的逼迫而进行反抗的、自发革命的群众的信任提供的。它是由这样一些群众的感情提供的,他们觉得,党是他们最特有的、但是他们自己还不完全清楚的意志的客体化,是他们的阶级意识的可以看得见的和有组织的形态。只有当党通过斗争取得这种信任而且值得这样信任时,它才能成为革命的领导者。因为只有在这种情况下,群众的自发欲望才会竭尽全力和越来越出于本能地涌向党的方向,涌向自己意识到的方向。①

在讨论作为组织的党的功能时,卢卡奇提出了共产党组织和个别成员之间的关系,以及自由的问题。首先,党组织有意识地追求的自由决不是个人的自由。个人的自由是建立在财产基础上的孤立的自由。"这是一种与其他(同样孤立的)个人对立的自由。一种利己主义、自我封闭的自由,一种把团结和联系至多只看作不起作用的'调节思想'的自由。要给这种自由注入生气,就意味着在实践中拒绝真正自由的实际实现。孤立的个人由于他们的社会地位或内在气质而可能获得的这种自由就是对其他人的不关心,因此这种自由就意味着,只要当代的社会取决于个人,它的不自由的结构实际上就将永存下去"。②相反,党组织所追求的自由是有纪律的自由,这样就产生了组织与成员之间的关系。其次,党组织有它自己的纪律,个别成员必须遵守这些纪律,同时,个别成员要全身心地参与党的一切事件,采取真正实际的态度,形成组织与成员之间最生动的互动关系。这种互动关系不能仅仅从形式的、

----

①② 卢卡奇:《历史与阶级意识》,商务印书馆1992年版,第95、407—408页。

伦理的方面来探讨。"我们在阐明组织和个人的关系时特别强调党是人和历史之间的具体中介原则。因为只有当党所体现的集体意志是历史发展的积极的和自觉的因素,从而处于与社会革命进程越来越生动的交互作用之中,它的个别组成部分因此与这一进程及其载体即革命阶级同样处于一种生动的交互作用之中时,对个人的要求才会失去它们的形式的和伦理的性质"。①这里涉及存在与意识的辩证关系。用卢卡奇的话来说就是:"自发性和有意识控制的交互作用。"②

那么,这是一种怎样的交互作用呢? 首先,共产党(组织)的斗争任务并不是为了阶级(群众)的利益代替阶级本身去战斗,它的任务集中在无产阶级的阶级意识上。也就是说,共产党与无产阶级之间有一个阶级意识的中介。这样就区别于布朗基主义的组织理论。其次,这里就涉及几个新的要素,即在组织与成员之间还有阶级和阶级内的群众这两个要素。卢卡奇认为共产党与阶级内的群众的区别基于阶级内部在意识上的不同分层,共产党提高工人阶级的阶级意识,正是要消除这种阶级内部的意识分层。

由此可见,共产党组织的任务是艰巨而敏感的,它必须兼顾到最广大最落后群众的意识水平,而且它还必须在理论的选择上保持先进性和正确性,防止党组织被消融到阶级群众之中,同时还因为错误的理论对于组织而言是致命的,就像正确的理论能够转化为革命的现实行动一样。不仅如此,党自身的建设也是尤其重要的,例如必须克服可能的僵化、官僚化和腐化的危险。

以上是对党的要求,对党的成员而言,每个党员应该将党的生活作为自己生命的一部分,全身心地参与党的生活和革命。理想的党员与党组织、党领导的关系应该是这样的:"党的每个决定都必须在所有党员的行动中产生影响,每个口号都要导致党员的行动,个别党员可能要为之付出自己的整个肉体的和精神的存在。正是由于这个原因,他们不仅有权利而且有义务提出批评,使他们的经验和疑虑等发挥作用。"③

---

①②③　卢卡奇:《历史与阶级意识》,商务印书馆 1992 年版,第 414、410、430—431 页。

卢卡奇对组织与成员之间生动的互动关系的描述与期待在很大程度上体现了希腊城邦制对他的影响。我们知道,《小说理论》时期的卢卡奇将希腊世界看作是完美的,而现代世界则是琐碎的,"它的完美对于我们来说简直不可思议,因此也就是一道使我们与之隔绝的、无法跨越的鸿沟"。①在《青年黑格尔》中,卢卡奇再次表达了对希腊文明的崇敬之情,不过此时他侧重的是希腊的政治制度。卢卡奇在评价青年黑格尔思想的过程中表达了他对希腊的城市民主政治——特殊个人的主体性与社会整体的集体活动之间的和谐互动——的评价。正是在处理个人主体性与社会整体的积极关系方面,他认为黑格尔超过了康德,康德处理的是道德主体的问题,而黑格尔的主体总是社会历史的。由此我们也可以看出,希腊城邦民主政治对卢卡奇认为的理想的党组织模式的影响。

由此可见,在卢卡奇的政党理论中交织着各种思想,但不论是希腊城邦制的影响还是黑格尔的影响,最终都服务于现实的、历史的无产阶级革命,并且这种革命是通过无产阶级的阶级意识而完成的。在卢卡奇的哲学中,无产阶级意识不是逻辑,而是历史;不是逻辑的历史,而是现实的历史。卢卡奇遵循着马克思主义哲学传统,不仅批判了近代哲学的理性主义传统,而且批判了近代的历史主义哲学,他认为,近代历史哲学将历史事实化,使历史事实脱离总体性,成为单个的、孤立的个体,因此,这种历史变成了理智直观的对象,从而也成为脱离客体的物自体。无产阶级意识作为现实的历史,它具有总体性和革命性的本质,并因而只能是一个过程性的存在,而不会被僵化成孤立的事实。无产阶级意识作为现实的历史,它的载体就是组织。组织最终确立了无产阶级意识的外化、现实化特征,并最终澄清了无产阶级意识与黑格尔自我意识之间的模糊关系。

但是,如何将意识革命深入到人类活动本身,由无产阶级的自我意识走向类生活,这是晚年卢卡奇哲学的任务。

---

① Georg Lukács, *The Theory of The Novel*, London: Merlin Press, 1971, pp. 30—31.

第三章

中介与日常思维

　　日常思维的提出标志着卢卡奇进入了自觉建构文化哲学的阶段。自觉的文化哲学建构是相对于不自觉的文化哲学建构而言的。在《历史与阶级意识》时期,卢卡奇的文化哲学建构从属于阶级革命的需要,并未形成文化哲学建构的自觉。只是到《审美特性》时期,卢卡奇才真正形成了文化哲学建构的自觉。

　　卢卡奇进入自觉建构文化哲学的阶段,并不是任意的行为,而是有着深刻的现实与理论背景。20世纪30年代以后,卢卡奇为他的《历史与阶级意识》作了很多次自我批评,其中有不少自我批评是处于策略和生存的考虑,但是,无论如何,有一个事实是无法否认的,即外在政治环境的变化促使卢卡奇由激进的革命反思回到了对理论的自觉建构。如果说《历史与阶级意识》是为了实践或者说为了革命的理论,那么,《审美特性》就是为了理论的实践,它们分别从不同的角度实现着理论与实践的统一。

　　自觉的文化哲学建构既源于外在的政治原因,更体现着卢卡奇文化哲学发展的内在逻辑。首先,对人的生命存在的思考贯穿于卢卡奇哲学思想的始终。卢卡奇不仅在《历史与阶级意识》中研究了无产阶级的生命存在问题,而且在更早年时,他的文学理论也都明确表达了对人的生命的思考,晚年的文化哲学建构便是对这种思考的继续和发展。"作为一种生命原则的美学"①是卢卡奇一生的追求。但是,直到晚年摆脱了斯大林主义的束缚之后,他才能够重拾这一文化哲学的主题。当卢卡奇

----

　　① 杜章智编:《卢卡奇自传》,社会科学文献出版社1986年版,第27页。

晚年重拾这一主题时，已经不是简单地对早年美学思想的继续，而是在一个更高的层次上来阐发他的文化哲学思想。这种更高的层次来自《历史与阶级意识》及其那个时代提出的时代课题。现实的革命避免了"将凝固成为一个体系的静止观点的错误和非人性"。①其次，自觉的文化哲学建构要求卢卡奇由早年的阶级关怀扩大到对类的思考，这是促使卢卡奇晚年进行自觉文化哲学建构的另一个重要原因。在《历史与阶级意识》中，卢卡奇以无产阶级的解放为契机思考人的生命存在问题，但是并未对类问题作直接的、正面的思考。一个完整的文化哲学形态不可能回避对人类的思考，所以，晚年卢卡奇回到了对类的直接研究中。

晚年卢卡奇的自觉的文化哲学建构正是以人类作为前提和出发点的，它包括两个方面的内容：一是自觉的文化哲学思维的确立；二是由文化哲学思维走向自觉的文化哲学本体论。《审美特性》完成了对文化哲学思维的建构，《关于社会存在的本体论》则是对文化哲学本体论的探索。本章的任务就是以《审美特性》作为基本文本，探讨卢卡奇文化哲学思维的建构过程。

同样，中介使文化哲学思维的建构成为可能。文化哲学思维的建构以日常思维作为出发点。日常思维作为文化哲学思维的低级形态，是一种直接性的思维，它是被批判的对象；而科学和艺术则作为两种重要的中介形式，行使着文化批判的功能。所以，文化哲学思维的建构过程也就转化为日常思维批判的过程。

在具体研究中介与日常思维批判之前，我们必须首先解决这样一个问题：在《审美特性》中，反映论的思维方式构成日常思维的基础，并构成整个文化哲学思维的基础。但是，在《历史与阶级意识》中，卢卡奇曾经明确反对过反映论，并认为，任何反映论，不论是唯物主义的还是唯心主义的，都是物化意识的残余，是主体—客体二元分离的观点。"因为'反映'论使对于物化的意识来说是不可克服的思维和存在、意识和现实的二重性在理论上具体化了。而从这一观点来看，承认事物是概念的反

---

① 杜章智编：《卢卡奇自传》，社会科学文献出版社 1986 年版，第 27 页。

映,还是承认概念是事物的反映,其结果都是一样的,因为在这两种情况下,这种二重性都被从逻辑上不可克服地固定下来了"。①那么,这种早、晚期观点的差异到底应该如何理解呢? 只有正确地解决了这一问题,我们才能准确地把握晚年卢卡奇的文化哲学思想。

本书在文化哲学传统中理解卢卡奇哲学的各种范畴和表述,对反映论的理解无疑也遵循这一宏观的方法论原则。只有在文化哲学传统中来理解卢卡奇早、晚期对待反映论的不同态度,才能透过看似矛盾的表象把握其实质,即看似矛盾的观点反映了共同的人道主义关怀;始终强调主体的能动性,并且,正是对主体能动性的强调决定了卢卡奇在认识论问题上坚持着一以贯之的原则。这一人道主义关怀体现在能动性与反映论的辩证关系中。

首先,卢卡奇所讲的反映论从来都不是机械反映论,而是能动反映论。在《历史与阶级意识》中,卢卡奇就明确地说过,"思维正确性的标准虽然就是现实性,但这现实并不是现成的,而是生成的——并不是没有思维的参预"。②由此可见,卢卡奇在《历史与阶级意识》中就认为,客观现实并不是既定的存在,而是过程,所以,卢卡奇反对的并不是反映论本身,而是将客体看作既定的、僵硬的存在,并与主体相对立的思维方式。也就是说,能动的反映论是卢卡奇反映论的核心,也是马克思主义认识论的核心。

其次,能动性是对人的文化创造性的肯定与强调。或者说,能动性是与文化、自由有着内在联系的范畴,是一个文化哲学的范畴。当我们从文化—历史的维度来思考能动性问题时,能动性便摆脱了抽象性,具有了具体的生命内涵。

最后,在反映论与能动性的关系中,能动性起着决定作用,即人的文化创造性才是反映论的归宿和指导原则。这体现在科学反映与审美反映中。

只有正确理解了卢卡奇关于反映论的观点,才能正确地把握卢卡奇自觉建构文化哲学思维的含义和价值,即才能准确把握日常思维与科

---

① ② 卢卡奇:《历史与阶级意识》,商务印书馆 1992 年版,第 293、299 页。

学、艺术之间的关系。

下面,本书将从以下几个方面展开论述:其一,科学和艺术构成日常思维发展的两个向度,它们分别从认识与生存两个角度批判日常思维的直接性;其二,具体研究科学中介的文化哲学功能。科学中介的功能在于从认识论的角度体现着生存论的关怀。在这里,科学的功能并不是传统理性主义的,而是生存论意义上的;其三,具体研究艺术中介的功能。艺术不仅是对日常思维认识论的提高,更重要的是它超越日常生活的直接性,创造了一种总体性的生存方式。当然,这种总体性的生存方式只是思维层面的。

第一节 日常思维发展的两个向度:科学与艺术

卢卡奇主张从存在的意义上说明思维,也就是说,把思维当作人的存在,当作人性的规定来理解。日常思维的文化意义就在于,日常思维不是研究思维与自然世界的关系,而是研究思维与人的生活世界的关系。卢卡奇以创造人的文化生命为使命,遵从的是文化—历史的研究方法,这体现在卢卡奇在《审美特性》中反复强调"现实的历史本质"。因此,更进一步地,本书认为,卢卡奇的日常思维理论属于文化哲学的传统,它"直接涉及人的目的、人的价值、人的文化心理、人的历史和传统、人的意志和欲望。总之,涉及人的文化内涵"。①只有在文化哲学传统中,从人的生存论意义出发,才能将日常思维研究从经验层面上升到哲学层面,并真正把握日常思维的哲学价值。

卢卡奇的文化哲学思维不仅具有文化哲学的共性,而且还具有它自身的文化个性,这一个性表现在以下几个方面:其一,文化哲学将日常思维和科学、艺术纳入它的思维框架中来。其中,日常思维构成文化哲学思维的起点,文化哲学思维就是在对日常思维批判的基础上建立起来的,分析日常思维不是为了停留于日常思维,而是为了建构起自觉的文

① 何萍:《人类认识结构与文化》,武汉出版社1991年版,第36页。

化哲学思维。或者说，日常思维批判的过程也就是文化哲学思维建构的过程；其二，科学和艺术是文化哲学思维中的积极因素，是克服日常思维直接性的中介，它们使文化哲学思维成为可能。在这里，科学和艺术并不是对非日常思维进行任意分类的产物，而是日常思维发展所必需的两个维度，它们对于日常思维批判是不可或缺的；其三，科学与艺术作为中介使文化哲学思维成为可能，但是它们本身的内涵也并不是等同的。一方面，科学与艺术是对同一个社会现实的反映，这就决定了它们遵从同一个唯物主义的方法论原则。另一方面，它们从不同的角度构成文化哲学思维的内涵，它们的侧重点是不相同的。其中，科学主要从认识论的角度体现其人道主义的关怀，而艺术则直接以人性作为研究对象，在生存论中承认认识的价值。

在卢卡奇那里，日常思维的发展有两个向度，即科学和艺术。下面，本书将从日常思维的特征与结构入手，使日常思维这一曾经被众多哲学家忽视的领域彰显出自身的丰富性和文化哲学内涵，并从中找到通往科学和艺术的潜在机制。

一、日常思维的特征

卢卡奇认为，直接性是日常思维的基本特征。要充分理解"日常思维直接性的独特性质"，[①]我们需要从两个方面来展开论述：其一，直接性的表现，这是对日常思维直接性的简洁归纳，它更集中地阐述了日常思维的特性；其二，在此岸性与彼岸性的辩证关系中思考日常思维的直接性。日常思维的直接性突出表现在与巫术—宗教的结合中，这是日常思维成为批判对象的最主要原因。但是，作为文化哲学思维出发点的日常思维也有其自身存在的价值，那就是日常思维区别于巫术—宗教的彼岸性，而具有此岸性。正是此岸性成为沟通日常思维与科学和艺术的根本环节。因为，日常思维以及科学和艺术作为文化哲学思维的三个环节，它们都以人的现实的生存论关怀作为最终的目标，并且尊重人类在现实生活中的创造能

① 卢卡契：《审美特性》（第一卷），中国社会科学出版社1986年版，第13页。

力,而不是将人类的命运交付给彼岸的某一个神灵。所以,应该基于此岸性与彼岸性的辩证关系来思考日常思维的直接性。

首先,日常思维的直接性主要表现在以下三个方面:非历史性原则、易变性动机与真实动机的辩证矛盾,以及自发的唯物主义。这三个方面的特征并不是孤立存在的,而是呈现出辩证的矛盾关系:一方面,日常思维的主体表现为孤立的个体,因此,其日常思维必然呈现出非历史性和动机的易变性;但是,另一方面,从社会—历史的角度而言,孤立的个体决不是绝对的孤立,而是一定社会—历史的产物,所以,非历史和易变的日常思维又体现着一定的历史必然性。即,人们的行为没有摆脱社会性的约束,但是日常思维却意识不到这一点。我们对日常思维直接性表现的分析正是在这一对矛盾中展开的。

其一,日常思维具有非历史性。日常思维的非历史性表现在两个方面:一方面,日常思维的主体是单独的个体。虽然日常生活中的人处于复杂的社会关系中,但是,日常思维的主体却将自身从复杂的社会关系中抽离出来,表现为私人性;另一方面,日常思维的对象也被看作是非过程性的实体。虽然日常活动的对象本来是处于一系列错综复杂的中介系统中,但是,对于日常思维而言,它所能认识到的是消除了中介并表现为直接性的"赤裸裸的存在"。①这种非历史性思维的原因在于,"人们对自己周围的环境——只要它对人起作用——是根据其实际功用(而不是根据它的客观本质)来把握和判断的,这是必要的日常生活事务"。②这种从实际功用出发的日常行为向我们揭示了两点:第一,日常生活的对象作为既成的存在表现出直接性,其中介过程被既成的存在所掩盖;第二,克服日常生活的直接性就必须放弃实体性思维,坚持过程性思维,在过程中揭示出隐藏在日常生活中的一系列中介。

其二,日常动机的易变性掩藏着真实动机的一致性。日常思维往往以一种任意性和偶然性表现出来,往往只是呈现出历史人物的表面动机,却掩藏背后的真实动机。在日常生活中,个人总是处于无限多样的关系中,例如处于婚姻、恋爱、家庭、友谊等关系中。在这些关系中,

---

①②　卢卡契:《审美特性》(第一卷),中国社会科学出版社1986年版,第11、11页。

个人的行为似乎是由个人特性所决定的,具有很大的任意性和易变性,由此而产生的日常思维也具有鲜明的个体性。但是,任何个人都是一定社会—历史的产物。同样地,任何个人的日常思维也是具有社会—历史性的产物;无论表面看起来多么任意的思维都体现着一定的社会—历史性。因此,当我们将个人置于社会的大背景中来考察时,就会发现,这些日常思维及其动机并不总是易变的、纯主观的。例如,在资本主义社会,这些表面动机背后总是掩藏着个体的利益,以及个体所从属的阶级的利益。正是在这层意义上,卢卡奇指出,在资本主义社会中,这些易变性背后掩盖的却是极大的一致性。"特别是在资本主义社会的日常生活中,在那里活动的动机在表面上是由个人支配的,而客观统计表明这种动机具有很大的一致性"。①

其三,日常思维具有自发的唯物主义特征。这种自发性突出地表现为以实际功用作为日常行为的指南,它具有长处和弱点。其长处表现在:从否定的意义上说,唯心主义在现实生活中的应用可能会造成悲剧的发生。例如,如果将贝克莱的"存在即被感知"直接应用于生活实践中,那么就很可能造成汽车从身上碾过的悲剧。但是,事实上,日常思维的自发唯物主义避免了这种事情的发生。同时,自发唯物主义的实际功用标准又可能使人们为了维护自身的利益而将"生活事实与迷信观念联系在一起,而丝毫不感到这种联系的怪诞"。②这样,自发的唯物主义就与唯心主义相结合,形成了日常思维的怪胎。

总而言之,通过对日常思维直接性表现的分析,我们得出的结论便是:日常思维的直接性并不是纯粹的惰性,它具有内在矛盾,正是这些矛盾使日常思维转向科学和艺术成为可能。

其次,在此岸性与彼岸性的辩证关系中批判日常思维的直接性。日常思维的直接性特征由于与巫术—宗教的结合而加强和巩固。但是,在此岸性与彼岸性关系的维度上,日常思维却以其此岸性区别于巫术—宗教思维的彼岸性特征。此岸性对于日常思维的意义不仅是方法论的,而且是世界观上的,因此,正是此岸性使日常思维成为文化哲学

①② 卢卡契:《审美特性》(第一卷),中国社会科学出版社1986年版,第11、15页。

思维的出发点成为可能。

直接性在巫术中占据主导地位。卢卡奇引用弗雷泽的观点用于说明他对巫术直接性的认识，"弗雷泽正确地强调指出，'巫师只是在其实践的方面了解巫术'……这里只涉及他要精确地应用他的实践相对未知力量所应遵循的规则。稍有不遵守规则的地方就不仅是失误，而是会招致最大的危险"。①这里指出了两个问题：其一，巫术更像一个技术性的操作过程，而不具有较高的抽象性；其二，正因为巫术更像是一个技术性活动，所以，每一个技术细节都是与某种事物(更多是人)的生命环节紧密相连的，因此，巫术与人的生命活动在某种程度上正是一个同一的过程。因此，巫术的主要功能并不是认识，而是类比，并且在类比中实现对生命的把握。其中，巫术的直接性以名称与人的直接合一体现出来，在巫术思维中，对名称的威胁将会直接导致人本身的危险，在这种名称与生命的直接合一中，巫术思维达到直接性的顶点。

宗教相对于巫术具有普遍性和抽象性，它将巫术的纯粹直接性纳入其中，形成了具有独立性的思维形式。但是，宗教同样没有摆脱直接性，并且也不会摆脱直接性。宗教要起作用，必须将巫术纳入其中。"宗教完全摆脱巫术传统的尝试，往往意味着宗教本身深刻的危机"。②因为，巫术以直接性的方式最直接地表达了人的生命诉求，宗教同样以情感和信仰作为中介，表达着一种直接的生命关怀，正是在这层意义上，宗教与巫术是同一的。

从以上我们可以看出，巫术—宗教的直接性具有两个重要的特点：第一，巫术—宗教明确地提出以人的生命存在作为其关怀对象，这对于日常思维具有很大的蛊惑性和迷惑性；第二，巫术—宗教主要以情感为纽带对人的生命存在进行关怀，并且，这种情感往往很强烈，这进一步加强了对日常思维的控制。正是基于以上两点，日常思维的直接性在巫术—宗教的直接性中得到了加强和巩固。

但是，巫术—宗教的直接性却以彼岸性控制人的此岸生存，使现实的人隶属于彼岸的某种神灵，这就从根本上剥夺了人的现实生存价值，剥夺

①② 卢卡契：《审美特性》(第一卷)，中国社会科学出版社1986年版，第63—64、75页。

了人的创造性。这就从本质上与日常思维的此岸性关怀区别开来。此岸性是联结日常思维、科学和艺术的一条纽带，它们共同关怀人的现实创造性和现实价值。也正是此岸性使日常思维摆脱直接性具有了可能。

总的来看，此岸性表现在两个方面：其一，对于认识的对象，即现象而言，此岸性意味着"现象纯粹由其内在特性、由作用于这些特性的内在规律性充分地表现出来"，①或者说，现象是事物本身的外在化。同时，此岸性不是僵化的现状，不是静止的终极形态，它是现实与理想、有限与无限、静态与动态关系的矛盾运动。在每对矛盾运动中，后者对于认识而言具有更重要的作用，因为，社会总是在不停地创造出新东西，历史的车轮在滚滚向前；其二，对于认识的主体而言，有两个方面的问题不可回避。一方面，主体不能用静止的眼光来认识现象，而应遵从事物自身的发展规律，其中，最为关键的是应该用历史的眼光来看待现象。另一方面，主体的认识并不是被动的，而是具有主观能动性的，这种主观性来自人的劳动创造，换句话说，是人自身创造了他的认识对象，这是理解此岸性最为关键的因素。正如卢卡奇所言，"直到黑格尔和马克思关于劳动创造了人本身的学说出现，高·柴尔德成功地提出了'人创造了自己'，才完成了这一世界图景的此岸性，奠定了此岸的伦理学的世界观基础"。②

这里需要简要提及卢卡奇关于伦理学的规定。他说："此岸性与彼岸性之间的固有战场无疑是伦理学。"③虽然卢卡奇并没有对这一问题作深入的分析，但是，人、人格以及人格的形成等问题无疑成为卢卡奇哲学的关注点。卢卡奇认为，唯心主义的伦理学假定一个先验的存在，并以此划定出一个永远不可知的世界领域，以此扼杀了人创造自己的人格的可能性。这突出体现在巫术—宗教观中。同时，卢卡奇进一步发掘了这种伦理学的近代哲学形态，他认为，康德的自在之物就是对这种先验论伦理学的发展，它在纯粹精神领域里探讨伦理学的问题，在实质上就是抹杀了人的现实创造性和现实批判性。相反，只有马克思主

①②③　卢卡契：《审美特性》（第一卷），中国社会科学出版社1986年版，前言第14、15、14页。

义的伦理学,即理论与实践相结合的伦理学才真正发掘了人的创造本性,在社会—历史层面确立起了唯物主义的伦理学。以劳动为其主要内核的实践决定了马克思主义的伦理学不是在"是"与"应该"之间绕圈子,而是确立起了"理论"与"革命"之间的辩证关系。在马克思主义的伦理学中,此岸性就是现实性,它为现实批判奠定了世界观基础。

所以,卢卡奇认为,此岸性在日常思维中的价值不仅仅是方法论上的,而且也是世界观上的。正如卢卡奇所说,"真正——不仅是形式上——的方法论问题必然也成为世界观的问题。我们认为这就是此岸性的问题"。①

如上所述,此岸性成为沟通日常思维与科学、艺术之间的基本纽带,而日常思维向这两个方面的转向更集中地体现在日常思维的结构中。

二、日常思维的结构

日常思维本身作为一个不完满的、具有内在矛盾的存在,它是人类的自我意识。日常思维的不完满性和矛盾性决定了它既面向外部世界实现自身的对象化,又面向自身进行文化创造。正是在这一基本结构的指导下,本书认为,日常思维、科学与艺术构成人类思维的三个维度。其中,日常思维是科学与艺术的出发点和归宿,或者说,科学与艺术作为日常思维的对象化,构成了日常思维发展的两个维度。所以,关于日常思维的结构研究,本书将从日常思维和科学与艺术之间的一系列辩证关系中展开。

1. 意识与无意识的辩证关系

在这里,意识与无意识不是心理学范畴,而是哲学范畴。意识与无意识的关系是相互转化、彼此依存的。

在日常思维中,无意识占主导地位。卢卡奇在《审美特性》的扉页上引用马克思的话——"他们没有意识到这一点,但是他们这样做了"。这正是对日常思维无意识的形象表述。而在科学与艺术中,意识则占

---

① 卢卡契:《审美特性》(第一卷),中国社会科学出版社1986年版,前言第13页。

主导地位。科学是人类对客观对象的有意识的认识;艺术则是人类有意识地建构拟人化的世界,自觉地建构属于人的文化生命。虽然无意识与意识构成日常思维和科学、艺术不同的内在机制,但是,它们之间的界限却不是固定的、一成不变的。因为,一方面,日常思维的无意识表现出向科学与艺术的有意识思维发展的倾向;另一方面,科学与艺术的有意识思维却又往往会被日常思维的无意识所包含和容纳。

其一,无意识向有意识发展。首先,无意识因素促成了习惯、风俗的形成,它使日常生活具有更广大的、稳固的无意识基础。同时,习惯、风俗的形成则又遵循了经济原则,使人们的注意力从琐碎的、常规的事情上转移到更有用的问题上,从而减少分散意识的因素,避免牵扯意识更多的注意力,并因此扩大了意识的活动空间。这样,日常思维就为有意识的活动提供了可能性,并因而具有了向科学与艺术等有意识思维发展的倾向。其次,从哲学的角度来看,无意识并不是真正的无意识,而只是虚假意识而已。在这里,我们能够看到卢卡奇早年关于虚假意识的观点,即虚假意识本身也是对客观现实的认识,只不过是以一种虚假的意识来反映现实,未能把握社会历史的本质。日常思维的无意识同时也表现为一种虚假意识。这种虚假意识产生于日常思维的直接性和惰性。所以,要打破虚假意识,达到对客观世界的真实认识,我们必须由日常思维走向科学与艺术思维。

其二,科学与艺术往往被日常思维的无意识所包含和容纳。科学与艺术思维的成果最终又返回到日常思维,成为日常思维的一部分。在这一返回的过程中,科学与艺术思维发生了向直接性的倒退,同时,日常思维却达到了更高层次的直接性。日常思维直接性的提高正是科学与艺术的功能体现。

在这里,需要强调的是,卢卡奇认为人的意识是被唤起的,而不是由外部灌输进来的。这表明了卢卡奇哲学的态度,即卢卡奇认为,人创造着自己的文化生命,进行文化创造活动是人之所以为人的前提。文化创造不同于本能的生理活动,它是有意识的活动。换句话说,意识是人的文化生命的组成部分,但是,这种意识在具有直接性的日常思维中却被掩盖和压制,因此,打破日常思维的直接性,在于重新唤起本已属于人的文化生命过程的意识。由此我们也可以看出,此时的卢卡奇思想与青年时期的卢卡奇思想有着微妙的差异,在《历史与阶级意识》中,卢卡奇强调无产阶级的阶级意识是由外部灌输的,但是此时的他却强调唤起人的意识。这种差异一方面来自研究对象的变化,即由阶级转向人类,另一方面也来自研究领域的变化,即由政治的人转向文化的人。这种转向明显地体现出卢卡奇在晚年所进行的自觉的文化哲学思维建构。

回到唤醒日常思维中人的意识这一问题本身,我们要指出的是,能够行使这一功能的正是科学与艺术,其中突出体现在日常语言向科学语言与艺术语言的转变过程中。

2. 日常语言向科学语言和艺术语言的转向

语言最全面地记载着思维的历史和成果,记载着日常思维向科学与艺术发展的过程。

语言从它形成之日起就不再具有纯粹的直接性。即使是一个词、一个句子都已经具有了抽象和综合的功能,但是,这种抽象性和普遍性在日常思维中却是潜在的。这种潜在性一方面决定了日常语言表现为直接性;另一方面又决定了日常语言具有向科学语言和艺术语言过渡的可能性。因此,在历史长河中,语言经由了"由直接性和感性知觉相分离的过程"。①

首先,我们来看日常语言的辩证矛盾,即直接性与丰富性的统一。语言本身的特性是间接性,但是,在日常生活中,人们对语言的使用却是直接的,"语言(词、句、句法等)都是为人所直接采用的"。②语言的间接性是由语言所产生的社会历史所决定的,但是,对语言使用的直接性却是由人们的主观性所决定的。因此,日常生活中的语言便表现为直接性与间接性、主观性与客观性之间的辩证矛盾。

这种辩证矛盾对于人们的日常生活具有非常重要的作用,如卢卡奇所说,"日常生活中的语言表现出辩证的矛盾:它为人们打开了一个无比巨大而丰富的外在世界和内在世界。若没有语言,这一点是不可想象的。也就是说,语言可以沟通人与固有的周围世界和内在世界的

---

① ② 卢卡契:《审美特性》(第一卷),中国社会科学出版社 1986 年版,第 24、24 页。

关系,同时语言又使对内在和外在世界的感受不可能不带偏见,至少也是难以公正的。特别是语言在存在上述僵化的同时还带有不明确性和混乱性,这就使这种辩证法变得更加复杂"。①正是由于日常语言的这种矛盾本性,它发生了分化,这种分化朝向两个方向,一个是科学语言,另一个是文学语言,或者说是艺术语言。

其次,日常语言的模糊性与丰富性发生分化。卢卡奇认为,科学语言侧重消除日常语言的模糊性特点,而艺术语言则侧重消除日常语言的僵化特点。但是,我们却不能将两者割裂开来,因为,科学与艺术都是以现实为基础的;而现实从来都不会将生动性和精确性割裂开来。所以,在理解科学语言和艺术语言时,真正的唯物主义的态度是从现实出发的态度。反过来,科学语言和艺术语言不同的侧重点又从不同的角度消除日常语言的模糊性和僵化的特点。

以上两个特征向我们展示了日常思维研究的方法论,即日常思维分化出科学和艺术两种思维形式,同时,科学和艺术思维又反过来作用于日常思维,使日常思维上升到一个新的直接性水平,这就是日常思维的辩证法。

3. 思维层面的人的生命整体:日常思维、科学与艺术的结合

在前面我已经指出,日常思维的辩证法体现在日常思维向科学和艺术这两个维度的转化中。那么,这两个维度的转化如何可能呢? 本书认为,其根本的原因在于,它们共同从思维层面构造着人类的文化生命整体,是人类创造自身的文化世界时所不可或缺的三个基本要素。

其中,"科学帮助人'发现外部世界',艺术帮助人'认识和揭示了丰富的完整的人性',两者共同创造了近代资本主义精神"。②日常思维、科学和艺术的结合构成了人类文化的整体。这种概括恰好反映了卢卡奇研究科学与艺术的视角和出发点。科学与艺术具有共同的人性化本质,即不论是认识外部世界,还是认识和揭示人性自身,它们只是从两个不同的侧面,从两个不同的方面认识和发展完整的人性。

---

① 卢卡契:《审美特性》(第一卷),中国社会科学出版社 1986 年版,第 26 页。
② 何萍:《人类认识结构与文化》,武汉出版社 1991 年版,第 229 页。

科学和艺术均以克服日常生活的直接性,塑造和丰富人性为最终目的,或者说,人道主义精神是科学和艺术共同具有的灵魂。但是,两者实现人性的途径却不相同。科学以自然界为对象,以对客观规律的把握为契机,达到人性的丰富和完善。因此,科学的人道主义关怀以非拟人化的形式表现出来,在认识路径上遵循的是由外而内的研究路向,即科学通过对外在世界规律的把握来丰富人性。艺术则不同,它以人的内在体验和感受为研究对象,通过对人的审美意识的研究来丰富人性,是关于人的自我意识。因此,艺术的人道主义关怀以拟人化的形式表现出来,在认识路径上遵循的是由内而外的研究路向。具体而言就是,艺术从人的内心体验和感受出发,去探讨内在情感的对象化,以此达到人性的丰富和完善。所以说,科学与艺术相结合,正好从外在与内在两个层面探讨了如何克服日常生活的直接性,实现人的总体性的问题。也正是从这层意义上来理解,科学和艺术共同构成了克服日常生活直接性,实现人的总体性的中介。

概而言之,科学和艺术均从日常思维中分化出来,并且最终将回归到日常思维中去。日常思维分化为科学与艺术两种思维形式,但并不意味着科学思维或艺术思维取代了日常思维。相反,科学思维与艺术思维最终都以更高的形式返回到日常思维,使日常思维得到新的提升。因为,不论是日常思维还是科学思维和艺术思维,它们都是关于人的生命发展历程的记载。三者相比较,日常思维具有直接性,但是,它与人的生命体验具有最直接的联系,当然,这种联系是初级的,但同时也是最强烈、最真实的。相反,科学思维与艺术思维则具有更高的理论性,以普遍性和抽象性来反映人的生命形式,这是较高级的思维方式,但同时它们又离人的生命体验较远。所以,在对人的生命的思考中,日常思维、科学、艺术都是不可或缺的,它们共同促进并体现了人类生命的创造过程,也正是在这层意义上,三者共同构成文化哲学思维的核心范畴。

第二节　科学:中介与认识

科学中介从认识论的角度体现着生存论关怀。虽然日常生活批判以解构近代科学主义精神为出发点,但是,这并不意味着否定科学的价值和功能。科学认识客观世界,在人与客观世界之间建立起了间接性的关系,从而打破人类直接性的、被动的生存状态,这正是科学思维所要行使的主要功能。只有把握了科学认识的人性化本质,我们才能理解科学思维对于日常思维的作用。

在卢卡奇看来,科学克服日常思维直接性的途径是客观认识外部世界。为了达到认识的客观性,需要排除拟人化倾向的干扰。因而,科学认识表现为非拟人化的特征。非拟人化是科学认识的本质特征,它克服日常思维的直接拟人化特征,促使日常思维由自发状态进入自觉状态。下面,我将从两个方面来论述这一问题:首先,分析科学认识的本质特征——非拟人化——与拟人化的斗争历史,这是从史的角度研究卢卡奇科学理论的意义,它构成了理解科学中介功能的前提和基础;其次,研究科学认识的人道主义本性,这是科学思维的功能体现。正因为科学一方面是客观的认识方式,另一方面又具有人道主义诉求,所以,它才能以其独特的方式成为文化哲学的一个必要环节。

一、科学认识的本质特征:非拟人化

卢卡奇认为,非拟人化是科学的本质特征,但是,作为从日常思维中分化出来的科学,它在其发展的历史中一直处于拟人化与非拟人化的斗争之中。

在卢卡奇看来,"前苏格拉底时期的非拟人化倾向必然在批判规定了那一时代宗教世界图象的内容和形式的神话中达到登峰造极",[①]但是,以柏拉图的理式说为代表的哲学却"在处理'终极问题'时将非拟人化的科学研究转变成一种新的拟人化……由柏拉图开始的把世界观转向拟人化的倒退在欧洲几乎决定了科学思维上千年的命运,并暂时把古代的实际成就几乎完全排斥到遗忘的地步"。[②]面对拟人化与非拟人化的斗争,卢卡奇认为应该寻找其社会原因。他认为,"古代的观点是轻视劳动的,首先是轻视体力劳动。奴隶制经济的矛盾越突出,这点越严重。

①② 卢卡契:《审美特性》(第一卷),中国社会科学出版社 1986 年版,第 106、114 页。

这在哲学上所产生的后果是,上述理式世界与物质现实的神秘的拟人化关系必然具有等级制的性质。在这一等级制中,任何创造原则在本体论中必然比它的创造物处于更高的地位……这种等级制,即创造物、生产物必然低于创造者,是希腊对劳动评价的后果"。①所以,非拟人化要战胜拟人化对科学思维的影响,就必须首先推翻奴隶制度,从根本上改变造成科学思维拟人化的社会原因。但是,近代资本主义社会的剥削性质不仅没有解决科学思维中的拟人化问题,而且还加剧了这一问题。

生产力的发展使资产阶级崛起。但是,卢卡奇却认为,资产阶级从诞生之日起就凝结着拟人化与非拟人化的矛盾,具体表现在,"正是非拟人化构成了这一阶级(资产阶级——引者注)力量的基础,这一阶级的意识形态却代表着拟人化的拥护者"。②这种矛盾状态来自资产阶级"普遍的绝望,对'背弃神性'的世界的恐惧,对心灵、生活和思维技术化的不安,对支配人类的技术'独立化'和'大众化'的不安等意识形态"。③

同样,卢卡奇仍然认为拟人化与非拟人化的冲突应该到社会中去寻找原因。他认为,在资本主义社会,自然科学的非拟人化世界观与社会科学的拟人化世界观发生了尖锐的冲突,或者说,拟人化与非拟人化的矛盾主要体现为社会—历史的矛盾。资产阶级作为一个特殊的阶级,它一方面以科学非拟人化作为手段推翻了封建主义社会;但是,另一方面,科学的非拟人化又产生了资产阶级的"掘墓人"无产阶级,所以,为了防止无产阶级的觉悟和崛起,资产阶级又需要以拟人化为手段牢牢掌握对科学的控制权和操纵权。

卢卡奇对拟人化与非拟人化矛盾的分析抓住了科学发展史的核心,尤其是抓住了资产阶级与科学发展之间的矛盾。本书赞同卢卡奇的观点,资产阶级对待科学的矛盾态度导致科学在 20 世纪处于一个极其矛盾的发展环境中。"20 世纪的科学是在一个极其矛盾的社会环境中发展起来的"。④一方面,自苏格拉底以来的科学主义传统使人摆脱

---

① ② ③　卢卡契:《审美特性》(第一卷),中国社会科学出版社 1986 年版,第 113、127、154 页。

④　何萍:《人类认识结构与文化》,武汉出版社 1991 年版,第 210 页。

了与自然的直接关系,确立了人的主体地位,并将自然纳入人的生存世界,丰富和创造了人的生命世界。在现实活动中,科学精神也为人类创造了巨大的物质财富;但是,另一方面,近代科学主义精神膨胀,为人类的生存带来了一系列的危机。从理论层面而言,人类由对自然的奴役关系转向了对科学的奴役关系,人的自由维度仍然被抹杀。从实践层面而言,科学主义的泛滥使人类面临着现实的生态危机,甚至是战争、核武器的威胁……这些新的现象迫使人类在20世纪必须重新反思科学的功能。卢卡奇对科学的研究就是在这样一个复杂的背景中产生的。

20世纪西方马克思主义者纷纷转向了对日常生活世界的研究,这种转向在很大程度上源于认识到近代科学主义的弊端,认为哲学的研究不应该将视野放在与外部自然界的关系上,而应该转向人类自身。在这种转向中,科学并不是被彻底抛弃的对象,而是被纳入了文化哲学的传统之中。西方马克思主义学者用文化哲学的传统来解读科学的内涵和功能,扬弃科学拟人化与非拟人化的矛盾。

具体而言,卢卡奇重视科学的文化哲学价值,主要有三个方面的原因:第一,如上所述,卢卡奇对科学的思考发生在资本主义社会混淆科学拟人化和非拟人化的背景中,因此,卢卡奇的科学观从一开始就具有批判资本主义社会的功能;第二,这同时也是卢卡奇文化哲学自身逻辑发展的必然。科学作为由外向内的认识方式,构成了日常思维发展不可缺少的一个向度,或者说,没有科学向度的日常思维的发展是不完整的;第三,重视科学的价值也是卢卡奇批判非理性主义传统的必然结果。20世纪50年代卢卡奇写了《理性的毁灭》,虽然其中的论述不乏简单和随意,但是,理性的重要价值已经引起了卢卡奇的重视,对科学的强调,在某种程度上正是卢卡奇重视理性的一种表现。

由此可见,站在文化哲学传统的立场上,对科学认识进行反思和理解,这便是卢卡奇哲学的使命。

二、科学认识的功能:人道主义本性的彰显

学术界关于科学认识的功能的观点非常多,归纳起来,一般包括两

个方面：一方面，相对于客体而言，科学思维把握客体的规律，达到对客体的认识；另一方面，相对于主体而言，科学思维提高了人类的认识水平，并从而提高了人类的生活水平，其中包括物质生活也包括精神生活。在归根结底的意义上，科学思维第一个方面的功能可以归结到第二个方面，因为，科学把握客观规律的目的在最终的意义上仍然是为了人类的生活。正如贝尔纳所说，"由于应用了科学和创造发明，人类有了新的发展可能性"。①"科学意味着要统一而协调地，特别是自觉地管理整个社会生活；它消除了人类对物质世界的依赖性，或者为此提供可能性。此后，社会仅受到自我的限制"。②

卢卡奇同样从人的社会生活入手来研究科学思维的功能，但是，卢卡奇的科学理论却同时具有其独特的个性特征：首先，卢卡奇在科学思维与日常思维的关系中来谈论科学思维。这体现了卢卡奇从微观入手进行哲学研究的思维路向；其次，强调科学思维对资本主义社会的批判。这是马克思主义文化批判传统的体现。这两个个性特征的结合决定了卢卡奇的科学思维理论是马克思主义人道主义哲学传统的有机组成部分。下面，本书将从科学思维的这两个个性特征入手，具体地分析科学思维的人道主义本性。

（一）科学思维克服日常思维的不可知论

在卢卡奇看来，科学思维对日常思维直接性的克服可以归纳为三个方面：首先，科学随着人类历史活动的发展而不断发展，它遵循着历史主义原则。例如，新时代提出了新的需求，这就要求新的科学课题的出现；其次，科学认识的目的在于掌握普遍规律，这就要求科学必须透过现象认识事物的本质。因此，科学就能够摆脱易变性动机的干扰，认识到真实的动机；最后，科学认识不再是自发的唯物主义，而是自觉的唯物主义。科学认识是人类自觉把握周围世界的活动，并且，科学认识的对象是客观的存在。基于这三个方面，卢卡奇认为，科学思维能够克服日常思维所造成的不可知论。

---

①② 贝尔纳：《科学的社会功能》，商务印书馆1982年版，第543、544页。

卢卡奇认为,日常思维遵循着经济性原则,将巫术、宗教作为其认识工具。这种思维是惰性的,因而必然导致不可知论。不可知论表现在只能认识到世界的现象,却无法认识到世界的本质。这种表象性认识表现为两个极端:一个极端是个人的感性直观;另一个极端则是抽象的超验认识。这两个看似矛盾的两极却恰好构成了日常思维不可知论的两个环节。

在卢卡奇看来,造成个人感性直观的原因是:日常思维的主体是孤立的个人,他们从自身利益和感受出发,根据个人喜好来认识事物,所以只能是感性的直观。这种感性直观导致的结果往往是不能准确把握事物的本质,并进而导致以达到个人利益为目的的愿望可能就无法实现,于是,从否定的意义上,日常生活中的个人就需要有一种具有普遍性的认识来补充感性直观。宗教正是基于这种需求而产生的。宗教认识以抽象超验之物来弥补感性直观的局限性,恰好迎合了日常生活中人们的认识论需求。

感性直观与抽象超验之所以能够互补,其原因在于,它们确立了共同的认识论模式。对于它们而言,认识对象都是外在于人的实体,孤立地存在于人的活动之外,是自在之物。这就构造了一种平面化的认识结构。

在卢卡奇看来,科学认识则通过劳动活动为我们提供了一种立体化的认识结构,并由此突破了直接认识的不可知论。卢卡奇尤其强调,劳动促使分工的发展和生产力水平的提高,使科学认识能力的提高得到保障。劳动使先进的工具得以创造,这就使科学认识的对象扩大了,将曾经只属于自然界的事物纳入了人类社会—历史之中,扩大了人化自然的范围。劳动作为人类创造物是可认识的,同时,劳动又使对自然对象的认识成为可能。在由劳动所构建起来的科学认识中,不可知论退却了,由不可知论所导致的主观认识也让位给了客观认识论。客观认识论其实是对人的文化创造性的记载,同时也推动了人的文化创造性。当然,这种文化创造是立足于社会—历史现实的创造,而不是主观臆断的创造。这样,卢卡奇就在社会—历史中确立起了科学认识的价值。

简而言之,在卢卡奇那里,劳动创造了世界,而这些世界作为客体被纳入科学思维之中。所以,科学思维的对象其实也就是人类劳动的结果,或者说,科学认识的对象从来都不是自在之物,而是人类自身活动创造的文化世界。并且,科学思维既是认识其创造之物,同时也在认识中创造,"这种批判地反映外部世界的活动,就是理性的创造活动"。①这样,日常思维的不可知论就被科学思维所克服了。

(二)科学思维的人道主义本性及其对资本主义社会的批判

科学思维与日常思维的关系是研究科学思维功能的出发点,而科学思维对资本主义社会的批判则是科学思维功能的具体体现,同时也是科学思维克服日常思维局限性的途径。

卢卡奇从科学思维的非拟人化特征入手来分析科学思维的批判功能。卢卡奇反对将非拟人化看作是非人性化,他恰恰是将非拟人化纳入了他的人道主义文化哲学传统之中。他认为,非拟人化与人道主义本性是科学认识的两个重要特征,其中,非拟人化是科学认识的方法论,而人道主义则是科学认识的文化哲学本性。所以,我们可以说,在卢卡奇那里,人道主义本性决定了非拟人化的性质和方向。

卢卡奇在对培根思想进行评价时充分表达了他的人道主义科学价值观。他这样写道:"新的培根传记学者之一、英国的马克思主义者法林敦提出了下述问题:'培根的特殊的努力在于确定科学在人的生活中的地位。'这只是说,培根像他的时代的最重要思想家们一样,没有把科学和哲学与人的生活分割开来,而是努力在与生活的联系中来说明它们的本质。"②他还说:"科学的非拟人化是人支配世界的一种工具。正如我们所指出的,它是那种随着劳动而产生、使人脱离动物并有助于人形成为人的态度的意识化,是将这种态度提高成为方法。劳动以及由劳动中产生的最高意识形式即科学态度,在这里不仅是一种掌握客观世界的工具,而且是与此不可分割的一条途径,它由于对现实的大量揭

---

① 何萍:《人类认识结构与文化》,武汉出版社 1991 年版,第 217 页。
② 卢卡契:《审美特性》(第一卷),中国社会科学出版社 1986 年版,第 143 页。

露而丰富了人本身,使人更完善、更人化。"①卢卡奇通过这两段话明确表达了他强调科学的人道主义本性。

当然,卢卡奇对科学的人道主义本性的理解并不同于西方资产阶级所讲的抽象的人道主义。抽象的人道主义的"理论基础是抽象人性论。抽象人性论的特点就是离开人的社会性和历史发展来谈论所谓普遍人性,把人性描绘成与生俱来而且一成不变的东西,把历史的发展解释成人性的异化和复归"。②相反,卢卡奇是立足资本主义社会现实,在资本主义批判中确立科学思维的人道主义本性的。并且,卢卡奇认为,科学认识中的情感因素构成科学批判功能的前提和基础,因为,情感是强烈的,而科学又使情感具有科学的基础,并由此使资本主义批判获得坚实的基础。所以,本书将从科学认识的情感出发来分析科学的资本主义批判功能。

1. 科学认识的情感因素

卢卡奇认为,科学认识产生于两种情感:一是恐惧;二是希望。随着科学本身的发展和理性能力的提高,在促使科学发展的情感因素中,希望比恐惧占据更重要的位置。如果说,在人类生产力水平极其低下时,自然给人造成的情感更多的是恐惧,那么,随着生产力水平的提高,随着科学技术的越来越发展,人类把握自然的能力越来越强,因此,促使科学进步的情感因素更多的是对更好地把握自然界的希望和憧憬。

当然,希望情感并不是一开始就充满自信的,或者说,希望情感也有其自身发展的历史。在人类早期,当人类恐惧的情感中掺杂着希望情感时,此时的希望主要是一种情绪,它处于比较低级的水平,容易波动,同时也容易被恐惧所湮灭,因此,此时的人类面对自然界摇摆于恐惧与希望之间。但是,随着人类征服自然能力的增强,"希望的情绪获得了一种科学的基础、一种与认识性根据和具体性的结合,因此达到了人类的一个进一步的发展阶段,希望不再是从单纯的情绪出发,而是以

---

① 卢卡契:《审美特性》(第一卷),中国社会科学出版社1986年版,第116—117页。

② 引自陶德麟教授在2006年11月27日中国人学研究会与武汉大学哲学学院、武汉大学哲学研究所合办的"科学发展观与人学理论建设研讨会"上的发言。

科学——哲学、经济学等——为基础展望未来的情感反映了"。①

科学中的情感因素既表明科学包含着人类的情感和命运，同时又使资本主义批判具有更为坚强的基础。情感是强烈的，而科学与情感的结合则使强烈的情感变为坚强的战斗力。

2. 科学认识与资本主义批判

卢卡奇认为，在资本主义社会，科学的人道主义本性并没有得到充分的彰显，相反，它却受到了资本主义制度的侵害。卢卡奇以机器为例对资本主义社会的非人性化特征进行了批判。他认为，机器本身作为科学发展的成果在本质上是人性化原则的产物，但是，在资本主义社会制度下，机器生产却与人性化发生了矛盾。资本主义生产以追求利润为目的，技术被当作追求利润的工具，人的生存和需求被利润目的所掩盖，这样，本质上是一种进步的人性化原则的非拟人化原理就被扭曲至非人性甚至反人性的程度。

具体而言，科学认识的资本主义批判功能表现在两个方面：一方面是批判资本主义对直接性思维方式的维护；另一方面是批判资本主义对宗教的辩护。

其一，批判资本主义社会对直接性思维方式的维护。

卢卡奇认为，科学认识的功能不仅是认识论的，而且是社会批判的。在他看来，人性化是科学的本质特征，但是，当我们转换视角，从反面来看科学为什么会被赋予非人性化特征时，科学认识的批判性就显露出来了。科学的本质是人性化的，但是，在资产阶级社会的日常生活中，科学的人性化本质却以非人性化的虚假形式表现出来，这是资产阶级统治的需要。正如卢卡奇所说，"统治阶级越不能容忍现实本身的真实映象，那么在统治阶级的意识形态中科学就越益获得非人和敌视人的本质特征"。②科学非人性化的虚假形式需要直接性的思维模式作为其方法论支撑，因此，直接性与非人性化便获得了不

①②　卢卡契：《审美特性》（第一卷），中国社会科学出版社1986年版，第136—137、125页。

可分割的联系。因此,当我们用科学思维这一中介性思维模式来扬弃直接性思维模式时,所完成的不仅是认识论模式的转换,更是对资本主义社会的批判。

直接性思维模式是主体—对象关系的"超时代"结构关系的体现者,它确立的是一种非历史的、永恒的思维模式,这正迎合了对资本主义社会的辩护。资本主义社会的结构特征在于试图用静态的模式取代动态模式,用非历史的结构取代历史结构,并将这种认识结构意识形态化,形成为资本主义永恒化辩护的意识形态模式。卢卡奇通过分析科学思维的功能,揭示了资本主义社会的这一本质。而要打破直接性思维模式所确立的对"超时代"认识结构的迷信,就必须确立起科学的认识论。

其二,批判资本主义社会对宗教的辩护。

在分析科学与宗教的关系时,卢卡奇认为,科学与宗教的关系是双重的:一方面,科学与宗教都是对人的生存的关怀;然而,另一方面,宗教却以直接性的方式涉入人的生活世界,而科学则以间接的方式表达其人道主义本性。由于前者,两者具有了共同的文化哲学基础,而又由于后者,两者形成了基于文化哲学基础之上的互补关系。

科学在摆脱宗教直接性的过程中形成了它的非拟人化特征。宗教虽然以人的生存和命运作为自己的主题,但是,当宗教为人类设定了超验的彼岸偶像时,它的本质已经违背了关怀人类生存和命运的初衷,具有了反人道主义的本质。或者说,宗教怀着对人类生存和命运的思考,滑向了对人的创造性的否定,并因而否定了人性存在的现实意义。但是,要摆脱宗教对人类的束缚并不是一个简单的过程。因为,宗教诞生于生产力极为低下的时代,在那个时代,自然对于人类而言还是神秘的存在,人类无力把握神秘的自然世界,于是,宗教便占据了本应该由科学所占据的位置。或者说,宗教是科学的补充。因此,只有随着生产力的发展,科学才能逐渐夺回自己的地盘。

卢卡奇认为,在宗教强占地盘时,劳动及其工具起着重要的作用。当生产力由手工业生产发展到机器大工业时,人类的生产力水平发生了质的变化,资本主义制度得以建立。但是,资本主义社会仍然没有为科学取代宗教提供充分的理由。相反,随着生产力的进一步发展,资本主义制度的弊端充分暴露出来,并注定宗教在资本主义社会中具有更加举足轻重的作用,因为,资本主义社会的科学发展违背了科学的人道主义本质,颠倒了科学与人之间的关系。本来,科学是发展人性的工具和中介,但是,在资本主义社会中,人反倒成了科学发展的工具和手段,于是,异化成了资本主义社会中最普遍的人类生存方式。由于人们在此岸世界中寻找不到自由,于是,宣扬彼岸世界的宗教反倒具有了重要的作用,它用超验的彼岸世界安抚现世世界的矛盾和不满,压制一切反抗精神的萌芽,并由此为资本主义社会的存在进行辩护。

总体而言,通过克服日常思维的不可知论,以及对资本主义社会的批判,科学认识从认识能力和批判能力两个层面实现了对日常思维的超越。

第三节 艺术:中介与生存

艺术是克服日常思维直接性的另一个重要的中介。

关于如何理解艺术的问题,卢卡奇面临着两种境域:一方面,以往资产阶级的艺术观将艺术作为独立的学说,脱离现实的政治、经济生活;另一方面,庸俗的马克思主义者将艺术完全等同于政治宣传,彻底否定了艺术的独立性。这两重处境提出的深层问题就是:如何处理艺术的理论功能和价值功能的关系?

当我们从功能的角度来理解艺术时就会发现,将艺术作为独立学说其实是注重研究艺术的理论功能,而将艺术等同于政治宣传的观点是注重艺术的价值功能。应该说,这两个方面的研究都是有价值的,但是,用其中的一种功能来排斥另一种功能却是片面的、极端的,也是不能全面、准确把握艺术的功能的。艺术的双重功能与哲学意识形态的双重功能近似,"一般地说,哲学的意识形态功能可分为理论功能和价值功能两种:意识形态的理论功能是指意识形态选择什么样的哲学理论,或者把什么样的哲学理论意识形态化;意识形态的价值功能是指哲学理论为意识形态提供价值取向。所谓哲学理论为意识形态提供价值取向是把哲学理论的内在精神和哲学的理想转化为一种价值系统,影响人的价值观念和精神世界,体现了哲学理论改造人的作用。哲学作为一种意识形态对现实发生作用,必须通过意识形态的价值功能。于是,价值功能就成为哲学理论对现实起作用的中介,如果抽掉了这一中介,把哲学理论直接运用于现实,就会把哲学基本理论变成指导一切、裁决一切的根据,这是哲学走向教条化的根源;同样地,理论失却了价值功能,也就失去了与活生生的现实的联系,失去了自身发展的内在动力,这是哲学理论走向僵化的根源。可见,意识形态的价值功能既是理论与现实之间的调节器,也是激活理论发展的动因"。①

那么,如何认识艺术的理论功能与价值功能的关系呢? 在卢卡奇那里,艺术的价值功能构成艺术理论功能的内涵和中介,为理论功能指出了价值取向,或者说,价值功能是理论功能的归宿。但是,在对于艺术的价值功能的理解上,卢卡奇超越了政治宣传层面,将艺术的价值扩大到了人的生存层面,也就是说,艺术的价值功能不仅仅与政治相关,而且与人的整体的生存状态相关。正是基于对艺术价值功能的新的理解之上,卢卡奇确立了艺术理论功能与价值功能的辩证关系。

由此,本书认为,卢卡奇艺术哲学的核心就是:艺术如何实现它的价值功能? 即艺术如何行使它的中介功能,使人的整体性生存成为可能? 鉴于此,本书研究的重点不是考察具体的艺术品,而是着重探讨艺术创造活动,或者说,就是以狭义的艺术作为研究对象。审美反映作为艺术的创造方式,在本书中被看作是等同于艺术的。

艺术作为克服日常思维直接性的中介,它从异于科学思维的角度行使其批判功能。但是,艺术与科学的关系也绝不是割裂开来的。相反,科学为艺术活动提供了先进的工具以及生产力发展所带来的空闲时间。"进行各种艺术活动需要以一定空闲时间为前提,要以——相对地——摆脱了日常的忧虑,摆脱了日常生活对基本需求被迫作出的直接反映为前提。这种空闲时间又要以为人的意识所未认识到的科学的

---

① 何萍:《马克思主义哲学与文化哲学》,武汉大学出版社 2002 年版,第 232 页。

开端为前提"。①科学的发展为艺术的创造提供了空闲的时间和技术上的保障。

在得到科学保障的前提下,艺术的独特功能便彰显出来。尽管科学和艺术都以同一个客观世界作为研究对象,但是艺术的内向性和科学的外向性却有着实质的差别,这一差别决定了艺术关注人性,并在文化生命构造的过程中创造出新的"客观性"。用卢卡奇自己的话来说就是,"经主观加工的模仿形象只有提高到审美的特殊的客观性,才能超越主观的独特性。由此,这种模仿形象不再作为对主观性未接触过的外在世界的纯粹主观的反映而与外在世界相对立,却构成一种特殊的独立的客观性"。②或者说,艺术是关于人类自身的自我意识。自我意识一方面是自身能力的对象化;另一方面也是在对象化过程中观照、完善自身。在归根结底的意义上,自我意识的功能就在于建构起了一个总体性的生存方式。也就是说,艺术中介更直接地表现为对人的生存论的关怀,即,"在每一种艺术活动的背后都隐藏着这样一个问题:这个世界实际上到多大程度是人的世界,他能够肯定这个世界适合于他自己、他的人性到什么程度"。③"唯独只有艺术——借助于模仿——创造出与现实世界相对立的客观图像,这种图像自身完善成一个'世界',这个世界在其自身的完善中具有一种自为存在,其主观性被扬弃,但同时保持和提到更高阶段仍处于主导的环节。这种扬弃了的主观性这时唤起了类意识,这种意识在每个人的个性中或多或少是自觉地始终内在地存在着,这说明了这种主观性变化的特性:这种主观性更纯正、更深刻地主观化了,个性比在日常生活中获得了一种范围更扩大的和更牢固的支配领域,同时远远超出了主观性中所固有的独特性"。④以上两段话深刻地反映了艺术在生存论的角度发挥着文化哲学的功能。

下面,我将从艺术的结构、艺术的情感因素、艺术的历史主义原则

①③　卢卡契:《审美特性》(第一卷),中国社会科学出版社1986年版,第162、194页。

②④　卢卡契:《审美特性》(第二卷),中国社会科学出版社1991年版,第50、51页。

以及艺术的反拜物教使命这四个方面来展开论述。

一、艺术的结构

关于艺术的结构，美学界的研究侧重于实证的分析，即依托具体的艺术作品，对其结构进行解剖。这种研究方法主要是微观的考察。与之不同，艺术问题在卢卡奇那里从来都不是一个纯粹的美学问题，而是其文化哲学的一个环节。这就要求我们从哲学的宏观层面上考察卢卡奇有关艺术的思想。

在卢卡奇那里，艺术的结构就是自我意识的结构。在《历史与阶级意识》中，自我意识的功能是促使意识革命的实现；在艺术中，自我意识的功能则在于创造出一个整体的文化世界。这个文化世界区别于日常生活世界，它一方面具有直接性；另一方面却是创造性的、新的直接性，是人类自己创造的文化生命世界。具体而言，自我意识的结构就是主体面向外部世界，实现能力的外化，同时，主体还必须面向自身，通过外部世界克服自身的缺陷，达到自身的完美。即主体在自我意识的运动中实现了外化及自我观照的过程。"外化意味着由主观通向客观世界的道路，也许在其中完全丧失了它的自身。这一外化的回归则与此相反，表现了每一种这样形成的对象性完全融合在主观的特定质之中"。①

艺术的自我意识结构向我们展示了两个问题：其一，自我意识的运动具有两个层次。一方面是自我意识的主体与现实客观世界的关系，另一方面是自我意识的主体与创造世界的关系；其二，自我意识的主体由艺术家个体向人类演变。只有正确把握了以上两个问题，艺术的结构问题才能真正彰显出来。

其一，自我意识的运动：审美主体与审美客体的关系问题。

审美对象与审美主体的关系既不是分裂的，也不是机械反映论的。审美对象其实就是审美主体创造性的对象化，或者说，审美主体在认识审美对象的过程中创造着审美对象。在对象化过程中，主观性被扬

① 卢卡契：《审美特性》（第二卷），中国社会科学出版社 1991 年版，第33页。

弃了。

卢卡奇肯定黑格尔美学对审美主体与审美对象关系的理解。他认为,在康德的美学中,审美主体和审美对象还是分离的。主体无法把握作为自在之物的审美对象。在审美主体与审美对象相分离的基础上,审美形式与审美内容也是相分离的,因为,孤立的审美主体只具有抽象的形式,缺乏具体的内容。黑格尔的美学思想则扬弃了康德美学的二元分离的立场,用辩证法统一了审美主体和对象,以及审美形式和内容。卢卡奇说:"黑格尔美学克服了康德的主观唯心主义,克服了康德的错误的二元论……黑格尔的美学总是从内容出发,黑格尔是从历史地和辩证地具体分析这个内容而导出美学的基本范畴:美、理想、各种具体的艺术形式、艺术种类。然而,在黑格尔客观唯心主义的意义上,这个内容并不是完全产生于审美主体的个人活动,产生于艺术家或领受者的活动。相反,个人是从不依赖于他而存在的客观的社会和历史现实中获得这个内容的,具体地说,就是作为一定发展阶段的具体内容。"①这段话表明,黑格尔的美学从内容出发,这就保证了审美主体与客体的统一。

卢卡奇肯定黑格尔的对象与主体相结合的观点,当然,他同时也批判黑格尔将这种结合逻辑化。但是,由此我们仍然可以看出,审美对象与主体的辩证统一是卢卡奇美学思想的核心观点之一。那么,审美主体与客体的统一是如何可能的呢? 这是审美对象的客观性以及审美主体的选择两方面促成的。

卢卡奇认为,反映论是审美活动的基本特性。实现反映的方式就是模仿,它确立的是人与客观对象之间的关系。同时,客观对象又不是纯粹的、外在于人的客观,它只有作为客观对象的映象才能成为艺术的一个要素。"艺术的决定性源泉即模仿……无非是把现实的一种现象的反映移植到自身的实践中"。②于是,模仿者与模仿对象之间的关系就体现为艺术家与素材之间的关系。素材一方面是客观的存在;另一方面,素材已经不是纯粹的客观物,而是经过选择的客观物。所以,艺术家与素

① 卢卡契:《卢卡契文学论文集》(一),中国社会科学出版社 1980 年版,第415页。

② 卢卡契:《审美特性》(第一卷),中国社会科学出版社 1986 年版,第294页。

材的关系已经包含了双重含义。

卢卡奇说:"审美反映的基本对象是处于与自然界进行物质交换中的社会……人既作为对象,又作为主体。"①首先,审美反映否定了将人与自然相对立的思维模式,而是将人作为审美的主体。自然是属于人的自然,没有纯粹外在于人的自然。或者说,能够作为审美对象的自然是社会化了的自然。其次,主体与对象的关系并不是被动地接受与被接受,而是包含着判断、选择等主观活动,这对于艺术活动是至关重要的。这里需要强调的是,社会作为审美对象,它不是艺术说明的对象,而是加工的材料,因此,社会作为素材进入艺术认识的框架。并且,对素材的加工是体现艺术家个性的过程。客观性与选择性集中体现在素材中。

艺术家与素材之间的关系不是被动地接受既定的客观存在,而是包含着主体的选择。卢卡奇认为,艺术中的素材不是单纯的自在存在,也不是任意选择的结果,它是创造者有意识的选择。决定其选择的因素就是社会—历史。因此,在卢卡奇看来,艺术中的素材便具有了独特的功能:一方面,素材是体现社会—历史关系及其活动的中介,体现了一定时代的特征,因此,艺术便具有了时代性和民族性。正是从这层意义出发,艺术是具体的、历史的产物,而不是抽象的、普遍的产物。这也正好体现了西方马克思主义哲学传统与东方马克思主义哲学传统的区别,即东方马克思主义注重寻找社会—历史的普遍性规律,而西方马克思主义则注重对具体性的考察;另一方面,素材也体现了艺术创造者的主观愿望和情感。

其二,艺术主体:个性与社会性的统一。

审美活动在最终的意义上体现的是主体的创造性,但是,究竟应该如何理解艺术的主体呢?我们知道,在具体的艺术活动中,艺术的主体就是个别的艺术家。艺术活动凝结着艺术家的个性。"在艺术创造中,不论是创造过程本身,还是创造成果,都浸透着与个人和个性有关的因素"。②但是,当我们将艺术家本人也放在社会—历史过程中来考察时,

---

① 卢卡契:《审美特性》(第一卷),中国社会科学出版社 1986 年版,第 199 页。
② 苏霍金:《艺术与科学》,生活·读书·新知三联书店 1986 年版,第 65 页。

我们就会发现,艺术主体不是单独的艺术家个体,而是包含着社会性的人类。正如卢卡奇所说,"艺术家在他们的作品中客观化了的个性与他们的私人个性的同一且同时又不同一,因此私人的个性扬弃在我们作为范畴所叙述的艺术个性之中"。①"审美反映的深刻的生活真理在于,这种反映总是以人类的命运为目标,人类决不能与构成它的个体相脱离,由审美反映绝不能构成与人类无关存在着的实体。审美反映是以个体和个体命运的形式来表现人类"。②

由此可见,艺术既不是个体情感的反应,也不是对抽象的人类的反映,而是个性与社会性的统一。

从审美对象中,我们可以看出,艺术所反映的对象不是抽象的概念,而是具体的存在。"艺术的兴趣和科学不同……艺术观照也离不开它所直接接触的对象,不去把对象作为普遍概念来理解,像科学那样"。③具体的存在不是孤立的存在,它具有社会性和历史性。社会不是既定的存在,它有着自身成长的历史,这个历史就是社会与自然界进行物质交换的历史。

审美对象的社会—历史性决定了审美主体也必然是个性与社会性的统一。卢卡奇认为,审美主体是整体的人,是具有总体性的人。他说:"审美不能涉及类的抽象概念,而只能诉诸具体的感性个体的人,在他们的性格和命运中感性具体地、个别而内在地包含着类的特性和所达到的发展高度。"④"即使是单纯的感受者也是作为整体的人来把握艺术作品的,在艺术作品对他产生的作用中,他的阅历和生活经验是审美不可缺少的前提,作品真正审美上的深刻印象为同一个整体的人所把握"。⑤由此可见,卢卡奇关于审美主体的表述具有两个层次的含义:其一,审美主体决定了艺术的功能和归宿是对感性的、具体的人的命运和性格的关怀,或者说,就是如何实现人的总体性的问题;其二,人的总体性就是个性与类的统一。一方面,感性的、具体的人必须是个体的

① 卢卡契:《审美特性》(第二卷),中国社会科学出版社1991年版,第52页。

②④⑤ 卢卡契:《审美特性》(第一卷),中国社会科学出版社1986年版,第199、201、242—243页。

③ 黑格尔:《美学》(第一卷),商务印书馆1976年版,第47—48页。

人,但是,另一方面,个体的人并不是孤立的原子或实体,个体是具有类特性的个体,类特性在具体的历史阶段体现为人的社会性。换句话说,个性与社会性的结合才使人的总体性成为可能。

二、艺术的情感因素:激发

从文化哲学的视角来分析艺术认识,必然把艺术认识与情感的创造相结合,因为,"艺术不是反映外部世界,不是反映情感,而是创造情感"。[1]例如,苏珊·朗格从文化本体入手来分析艺术认识,明确地把情感作为艺术本体的一个内在环节。她说:"艺术品本质上就是一种表现情感的形式,它们所表现的正是人类情感的本质。"[2]同样,情感因素也成为卢卡奇艺术哲学的一个不可或缺的环节。

在卢卡奇那里,情感因素具有两个方面的个性特征:一方面,情感与模仿的关系构成情感创造的前提;另一方面,情感的创造通过激发来实现。所以,接下来,本书将从这两个方面展开论述。

(一) 情感与模仿的关系构成情感创造的前提

在卢卡奇的艺术哲学中,模仿具有重要的地位,它为艺术创造提供了物质基础。这是卢卡奇唯物主义美学观的前提。

卢卡奇认为,作为艺术的重要因素,模仿经历了长期的历史发展过程。在人类早期,模仿主要表现为一种情感上的类比,这突出体现在原始民族的日常生活中。例如,现代人想要知道从维也纳到巴黎乘车要多长时间,他只需要翻开列车时刻表,记下各站发车和抵达时刻就行了,但是,对于原始人来说,他们要表达这一事实,就得去想象和模仿事件的全过程。在这种模仿中,反映对象与现实生活是直接联系的关系。巫术模仿则表现为直接性与间断性的统一:一方面巫术通过一种迷狂状态创造了一个与现实生活世界相脱离的世界;另一方面,巫术在模仿

---

① 何萍:《人类认识结构与文化》,武汉出版社 1991 年版,第 231 页。
② 苏珊·朗格:《艺术问题》,中国社会科学出版社 1983 年版,第 7 页。

之前就已经预先设定了一个既定的目标,所以,巫术模仿在其本质上仍然具有强烈的直接性。卢卡奇认为,直到艺术的产生,模仿才以间接的方式建立了与现实的联系。现实世界是艺术模仿的基础和对象,同时,模仿又是以自我意识的创造为目的的,所以,艺术模仿是自由的,它摆脱了与现实的直接联系。与之相反,巫术模仿却是直接的、被动的。巫术模仿预先设定了想要达到的目标,巫术活动就以这一事先预定的目标作为方向,试图通过巫术活动说服其他人也产生同样的需求,这就是卢卡奇所说的"从终点出发"。艺术模仿与巫术模仿相反,是"从开端起向终点方向运动",①在这一运动过程中,人在没有预设前提的情况下遵从完全自由的创造性。

在卢卡奇看来,模仿在艺术创造中具有重要的作用,但是,缺乏情感的模仿却只是机械的反映论。正如卢卡奇所说,"不言而喻,模仿包含了追求客观性的意图。同样,它也表现出了已经多次提到的审美构成的拟人化特性,它是指向情感激发的,因此具有趋于主观性的倾向"。②卢卡奇的这段话告诉我们,艺术是创造,不是说明;对于创造而言,情感是不可或缺的。同时,情感的创造又必须通过激发来实现,或者说,激发是模仿的动力和目标,即卢卡奇艺术哲学中存在的只是"以激发为目标的模仿特性"。③

(二)情感通过激发来实现

激发对于情感具有至关重要的作用,因此,理解激发的含义就成为关键的问题。在这里,我将通过对激发的不同形式的解读,以及分析激发与个别性和普遍性的关系来展开对这一问题的论述。

1. 激发的不同形式

在卢卡奇那里,激发分为任意的和有意识的。任意的激发偏离对

---

①③ 卢卡契:《审美特性》(第一卷),中国社会科学出版社 1986 年版,第 325、325 页。

② 卢卡契:《审美特性》(第二卷),中国社会科学出版社 1991 年版,第 25 页。

客观现实的把握，"对现实的思维把握被降低为与其自身无关的激发的手段"。①激发本来是作为普遍性的原则而存在的，但是，当激发表现出任意性时，纯粹主观的、个人的目的便占据了主导地位，并以此排斥了激发的普遍性原理，形成普遍性与个体性的矛盾，这种矛盾构成任意性激发的内在结构。同时，任意的激发以已经确定的目标作为引导，这样，激发只是在完成既定的任务和目标，失去了创造性。所以说，任意是脱离客观性的任意，是以主观主义为指导的任意，同时也是对人的创造性的抹杀。有意识的激发与任意的激发相反，它在尊重客观现实的基础上，激发人的创造性。有意识的激发包含两个方面的内容：一方面，有意识说明在激发活动中，人的主观性参与是非常重要的，即使是模仿，也绝不是被动的、照相式的复制。其中，主观性的参与决定了艺术活动凝结着人的主观创造性；另一方面，创造性不是任意的，它趋向客观现实，是努力把握客观现实的过程。在有意识的激发过程中，意识并不是预先设定的实体标准，而是对人的创造性的表达，它作为一种创造性贯穿于审美过程。

有意识的激发对应于静观的审美态度。静观包含有两个层面的含义，其一，静观的对象是生活整体，而不是局部。因为，静观在认识论上以真实地、完整地认识世界为目的，所以，它必须遵从现实的客观完整性，否则，完整而真实的认识将成为不可能。在这层意义上，静观的态度区别于任意激发所对应的激情的态度，激情只重视对个体感受的宣泄和表达，它所关注的只是能最大限度激起主体的情感反映的局部时间，而现实客观性对于它而言则是不重要的。当然，静观并不是否定和排斥激情，而是将激情作为静观的一个环节，对激情作哲学上的扬弃，从而达到审美的最高境界；其二，静观的态度具有转化为行动的潜能。因为，静观的最终目的并不停止于认识论上对世界的整体把握，而是为了改善人的生存状态。或者说，是通过主动适应世界的必然性，从而达到在行动上最大限度地理解并把握世界，并由此在更大范围上实现人的整体性生存状态。但是，行动毕竟是潜在的，因此，卢卡奇的静观的

---

① 卢卡契：《审美特性》（第一卷），中国社会科学出版社 1986 年版，第 349 页。

审美态度具有转化为行动的潜能。

2. 激发与个别性和普遍性的关系

在卢卡奇哲学中,作为审美主要要素的激发是有意识的激发,它表现为普遍性与个别性的结合。在个别性与普遍性中,个别性对于激发具有决定性的作用。

首先,激发具有普遍性,它"关系到整个人"。①激发的普遍性的目的在于整体的人的形成。卢卡奇说:"正是具有情感、情绪和思想的整体的人趋向于对他所接触的整个世界作出反应。"②卢卡奇的这句话体现了三层含义:其一,在审美反映中,情感、情绪和思想是激发的对象。激发的普遍性原理决定情感、情绪和思想是作为整体性因素存在的;其二,整体性的情感等因素是感性的存在。由此,我们可以看出,在卢卡奇看来,整体性人的存在是感性的存在,而不是抽象的理性存在;其三,只有具有整体性的、感性存在的人才能对整个世界作出审美反映。这进一步表明了,在卢卡奇那里,审美反映是从属于人的生存的,或者说,审美的生存方式才是卢卡奇所追求的整体性的存在,才是人生存的归宿和意义。

其次,激发的普遍性不是抽象的普遍性,而是具体的普遍性。激发以个别性和多样性为内容,"失去了这种联系的具有意义的个别性,在某些情况下可以保留一定程度的激发作用,但它缺少正在完成的、圆满而完善的结果,它在一定程度上成为空虚的东西"。③所以,正是个别性使普遍性成为可能,使总体性的生存方式成为可能。

由此可见,通过有意识的激发所体现的情感必然是以客观现实为基础的感性创造,它包含感性,并且将感性提高到了形而上的高度,是主观与客观的辩证统一。

三、节奏:历史主义原则的确立

艺术情感的激发遵循的是历史主义原则。历史主义原则是文化哲

---

①②③　卢卡契:《审美特性》(第一卷),中国社会科学出版社 1986 年版,第 344、346、343 页。

学独特的研究方式,也是卢卡奇在建构文化哲学的思维时自觉运用的方法论原则。在卢卡奇那里,艺术的历史主义原则突出体现在节奏这一特殊的表现形式中。节奏之所以能够确立卢卡奇艺术哲学的历史主义原则,因为节奏是空间性和时间性的统一体。"在我们现在对节奏的具体讨论中,显然在劳动中它的原有现象形式就是时间—空间的。不论是在动物和原始人的运动节奏中,还是在各种劳动节奏中——这里更加自觉了——都是如此"。①

节奏是艺术表现中的一个重要因素,它在不同的艺术门类中具有不同的表现形态,但是,考察节奏的表现形态并不是我们的任务。节奏之所以在卢卡奇哲学中具有重要的价值,不仅仅是从其作为艺术表现形式之一而言的,更是从它所确立的历史主义原则而言的。

在卢卡奇那里,节奏与对称、比例、纹样等一起作为艺术表现的重要因素而存在。但是,在这三者之中,节奏却具有决定性的作用,因为,节奏不仅表现为空间性,而且表现为时间性,它确立了艺术创造的历史主义原则。

节奏代表着空间性与时间性的统一:一方面,节奏赋予空间以活动的生命力量,使空间不再是固定的实体;另一方面,节奏使时间也不仅仅是抽象的时间流,而是生命力量的产生、发展与演变。正是在这层意义上,节奏具有其他艺术因素所不具备的功能。

本书认为,节奏所确立的历史主义原则既是一种方法论原则,同时也是对直接性的克服。节奏在摆脱直接性的过程中需要作两方面的努力:一方面是摆脱节奏的生理性特征。节奏的生理性特征又体现在两个方面,首先,从节奏的表现来看,人与动物一样,其生命活动表现出一定的节奏感。例如,脉搏的跳动、呼吸的节律,这是人与动物共同具有的生理性特征,并不能将人与动物区别开来。此时的节奏只具有生理的直接性,而不具有独立的审美特性。其次,从节奏的起源来看,节奏产生于劳动。最初的节奏是为了减轻劳动的负担,使劳动变得更轻松,也就是说,节奏的产生是基于一种直接的实用目的,而不是为了审美的

---

① 卢卡契:《审美特性》(第一卷),中国社会科学出版社 1986 年版,第 213 页。

需求。这种以减轻劳动负担为目的的节奏仍然是一种生理需求,还未上升到审美境界。在卢卡奇看来,节奏的生理性虽然构成了审美的生理性基础,但是生理性节奏本身毕竟不是审美的,并且,当生理要求占据优势时,它束缚了节奏向审美特性的转变。因此,卢卡奇说:"它(审美——引者注)的发展还需要有引起进一步分化的各种契机,使节奏由与具体劳动过程原来不可分割的联系中分离开来,在人的生活中产生一种独立的功能,使之——在劳动本身之外——达到它的普遍化和在不同领域的应用。"①另一方面是摆脱"唯我论的自我意识"。②卢卡奇否定了生理性因素这一纯粹外在性的节奏对于审美的作用,同时,他也认为,纯粹内在性的节奏也是无法成为审美特性的。内向型的节奏观来源于对外在世界的神秘直觉。面对无法表达的外在之物时,主观唯心主义的哲学家就回到了内心世界,他们认为,审美特性来源于内省,是心灵节奏的体现。这样,他们就彻底否定了外在节奏的真实性和客观性,或者说,他们认为,外在节奏也许存在,但是,它们对于审美特性的形成是没有意义的。因为,它们对于人类是神秘的存在物,是只能被神秘直观的对象。由神秘直观所形成的审美特性不是由外在节奏决定的,而是由内在的体验所决定的,外在节奏至多构成了审美节奏形成的背景。

对于审美特性而言,纯粹的外在节奏和纯粹的内在体验是两个极端。纯粹外在性否定了人的主观选择性和创造性,将人与动物相等同,因此不具有审美性。纯粹内在性否定了外在世界的现实性和客观性,片面强调人的主观体验。这种主观体验只具有个别性,不具有普遍性,但是,审美却是个性与普遍性的结合,是可以交流和共享的人类文化。因此,局限于纯粹外在或者纯粹内在都无法真正形成审美。

在卢卡奇那里,摆脱了直接性的审美只能是社会—历史的审美,只有在社会—历史中,审美形象的命运才能得以充分体现,其本质也才能被真正把握。因此,"形象正是通过它的命运、通过它所经历的环境、通过与之具有相互关系的其他形象才最终确立了它的最独特的质"。③

---

①②③　卢卡契:《审美特性》(第一卷),中国社会科学出版社 1986 年版,第 210、217、219 页。

由此可见,节奏正是在结合外在因素与内在体验的基础上,在促使人的社会—历史生成过程中确立起了历史主义原则。

四、艺术的反拜物教使命

艺术的文化哲学功能在于促使整体的人的形成,但是,在现实的资本主义社会中,艺术的这一功能受到了拜物教的阻碍。所以,要达到这一功能的实现,还必须进行反拜物教的斗争。这是艺术由理论到现实的历史使命。

卢卡奇明确提出,马克思所讲的商品拜物教问题不仅仅是经济层面的问题,而且还关系意识形态问题,并且,后者具有更重要的意义。这就决定了,对于商品拜物教的态度不应该仅仅是经济的,还应该是文化的,而艺术正好从文化的角度,从人类生存问题出发来思考商品拜物教问题,从文化本体论的视角批判商品拜物教的生存方式。正如卢卡奇所说,"真正的艺术按其本质说来内在地含有反拜物化的倾向"。①

在卢卡奇那里,艺术中的拜物教倾向突出表现在两个方面:一方面是发生在时间—空间关系中,当时间被空间化时,艺术的拜物教也就产生了;另一方面突出体现在因果性问题上。

1. 拜物教与时间—空间的关系

在卢卡奇看来,时间和空间构成人所创造的自身世界的两个维度,因此,时间—空间关系中所发生的拜物教从来都不是抽象的,而是与人的生存世界有着紧密的关系。

那么,什么是人自身的世界?卢卡奇认为它包含有三个层面的含义:"自身世界在这里具有三种意义,这三种意义对于认识这种现象是同样重要的。第一,这里所提到的世界,是人为他自己、为人类进步在他自己本身创造出来的。第二,在这个世界中,世界的特性、客观现实的特性表现在反映的图象中,将构成图象直接内容的一个断面提高到

---

① 卢卡契:《审美特性》(第二卷),中国社会科学出版社 1991 年版,第 169 页。

具有决定性规定的整体，并将各种对象可能是偶然的结合提高到必然的世界。第三，从艺术的意义上讲，这里是指由视觉把握的自身世界，其中客观现实的内容和规定性以纯视觉的形象被模仿地激发、被唤起为审美的存在。"①在这里，卢卡奇所强调的人自身的世界就是指艺术世界，艺术世界是对现实世界的反映，但它同时又是一种创造出的文化世界。

卢卡奇认为，艺术世界突出表现在视觉艺术中；视觉艺术不仅表达了一种新的空间概念，更是与道德相联系，表达了一种文化哲学的理念。他比较康德与歌德色彩学的差异，说："歌德的考察在这方面（色彩的伦理学价值——引者注）大大超过了康德，他不是简单地由生理方面取得自然内容和社会内容的统一，并把它们直接转化成道德的东西……各种颜色在生理色彩的配置阶段就已经不是简单的直接由生理作用决定的，而是由民族的社会发展决定的。"②在卢卡奇看来，视觉艺术，例如绘画创造了一种新的生存世界，这个世界不是抽象的，而是对人的生存空间的模仿，它包含着伦理价值。模仿空间"不仅反映了一个具体生活的空间，同时还具有复活一个实际和具体的空间的职能，使这个空间成为人的家乡，成为自身的世界"。③

空间艺术与人的生命世界相联系，但是，如果否定了空间艺术中的时间性因素，则是将人的生存世界平面化，因此就是拜物化的。例如，将时间艺术空间化，就是拜物化的突出表现。音乐是时间艺术的典型代表，但是，"把音乐在哲学上作为纯粹的空间性来解释的倾向是当代拜物化倾向的高峰"。④这句话为艺术中的拜物教作了一个总结：时间是历史性的必然要素，它决定着艺术世界的立体性，取消时间就是取消历史性，就是将立体化的艺术世界平面化；没有时间的空间只是平面化的存在，是对既定事实的被动接受。由此可见，时间性构成空间艺术的灵魂，是空间艺术具有生命力的决定因素。因此，卢卡奇认为，抽掉了

---

① ② ③　卢卡契：《审美特性》（第一卷），中国社会科学出版社 1986 年版，第 412、415—416、431 页。

④　卢卡契：《审美特性》（第二卷），中国社会科学出版社 1991 年版，第 186 页。

时间的空间,即没有历史性的人的生存世界必然成为拜物化的奴隶。

2. 拜物教与因果决定论

卢卡奇认为,在因果决定论问题上,拜物化表现出二律背反,它摇摆于两个极端之间:一个极端是坚持只有因果决定论,由此导致一种宿命论的世界观;另一个极端是彻底否定因果必然性,坚持纯粹的偶然性,由此导致的是非理性主义倾向。"追随黑格尔的资产阶级哲学,尤其是叔本华,又重新将因果性置于它对范畴的主宰地位。其结果将拜物化作用——极端化了的——固定了下来。一种极端是纯粹因果的、机械的、宿命论的必然性观念,另一种极端是非理性主义的变种,它否定或怀疑必然性。在这两种情况下,都拜物化地歪曲了现实的图象。在前一种情况下,因为其中打破了在必然与偶然之间的任一界限,由于抽象地看来,每一种偶然都是受因果联系的制约。在第二种情况下,由于对因果决定因素的怀疑和否定,使事实的任一合理联系都成了问题:思想的大门向非理性主义而大大敞开"。①基于此,卢卡奇认为,对待因果性必须有一个辩证的态度,"决不能把对因果性的否定和取消的尝试作为目标,因为这只是拜物化二律背反的一极,而只能致力于在审美反映的世界整体性中为这一范畴提供与它相适应的位置"。②

卢卡奇批判了其他唯心主义学者在对待因果性问题上的二律背反,但是,至于如何正确理解因果性的功能,如何为因果性找到一个"与它相适应的位置",则是他在《关于社会存在的本体论》中系统研究的,即在因果性与目的性的关系中来解决因果性的二律背反问题。

从对拜物教的分析中我们可以看出,卢卡奇在此处所讲的拜物教仍然是限于思维领域的,并没有要求将这种思维的拜物教转化为社会—历史的革命行动。

总体而言,卢卡奇的艺术思维所体现的人的生命价值具有两个特

---

①② 卢卡契:《审美特性》(第二卷),中国社会科学出版社 1991 年版,第 230、230 页。

点：其一，此处的人是作为自我而存在的人，但自我与社会性的关系已被纳入卢卡奇哲学的视域之中。如卢卡奇自己所说，"艺术的核心之点却是人，是在同世界和环境打交道时塑造着自我的人"；①其二，艺术对人性的思考以追求一种静态的反映为目的，并不要求转化为现实的行动，即"艺术设定所谋求的对于人的影响，限于通过这类摹仿性构造物来引起人们的一定的情感，至于这种情感是否变成实际行动，这本身不会具有任何必然性，因为从艺术设定所具有的本质来看，它用人格化的方法把握现实乃是为了创造纯摹仿性构造物"。②

艺术以静态的方式表达对人性的思考，以静态的方式把握个体与类之间的关系，在思维层面建构人的总体性生存方式，并以此摆脱了日常思维直接性的束缚。"艺术所描绘的整个世界图象不是要'解决'导致这种图象的那种冲突，而是把这种冲突当作一个必然的阶段，纳入人类回归自我的历程之中。完整的哲学的或艺术的著作或作品，就是从对人类世界的这种意识形态的、同时也是实践的和静观的态度中产生出来的"。③

科学思维与艺术思维构造了人的生命世界，在这个世界里，人的文化创造性得以彰显，不过，这种文化生命只是以思维的方式得以表现，并没有深入到社会本体中去。继续深化对个性与社会性关系的探讨，并将人的生命价值从思维层面深化到本体论层面，则是卢卡奇在《关于社会存在的本体论》中的任务。

---

①②③　卢卡奇：《关于社会存在的本体论》（下卷），重庆出版社1993年版，第576、576、593页。

第四章

中介与社会存在本体论

在《审美特性》中，卢卡奇从日常思维与科学和艺术的关系中探讨了人的生命存在问题。应该说，通过《审美特性》的工作，卢卡奇构造了人的文化哲学思维，以及人的生命形式的静态结构。文化哲学思维只有深化到文化本体(即文化思维在社会—历史活动中的展开)中去，而静态的生命结构也只有深化到社会存在本体中去，卢卡奇自觉的文化哲学建构，以及对人的文化生命的探讨才算完成。所以，卢卡奇由《审美特性》转向《关于社会存在的本体论》的写作是其理论发展的逻辑必然性使然。社会存在本体论构成了卢卡奇文化哲学的一个必要环节，而社会存在本体论的价值也正是在这一文化哲学传统中显现出来的。

国内外学者对卢卡奇本体论思想的评价大致可归纳为：西方学者普遍贬低卢卡奇社会存在本体论的价值，认为卢卡奇在刻意回归到苏俄正统马克思主义的过程中失去了批判性和革命性，例如，梅扎罗斯说："上述引文(来自《关于社会存在的本体论》中的一段引文——引者注)流露出的怀旧之情表明卢卡奇比在以往的著作中更坚决地从政治领域抽身而退。"①麦克莱伦在《马克思以后的马克思主义》中充分肯定了《历史与阶级意识》的价值，他说："卢卡奇对马克思主义哲学最重要的贡献无疑是《历史与阶级意识》，尤其是其中论'物化'的那篇长篇论文。"②而对于卢卡奇的《关于社会存在的本体论》则根本没有提及。帕

---

① I.梅扎罗斯：《超越资本：关于一种过渡理论》(上册)，中国人民大学出版社 2003 年版，第 490 页。

② 戴维·麦克莱伦：《马克思以后的马克思主义》(第 3 版)，中国人民大学出版社 2004 年版，第 183 页。

金森在为卢卡奇写的传记中也表达了对本体论的态度："要对《社会存在的本体论》作出明确的评价还为时过早，这不仅因为尚未见到全书，还因为对这样一部巨著的消化评价尚需时间……不过，这本书是否会提高卢卡奇的声望还很难说……从卢卡奇至今已建立的名声看来，可能主要还是依靠《历史与阶级意识》以及他的文学评论……"①佩里·安德森在《西方马克思主义探讨》中也根本未提及卢卡奇本体论的思想。与西方学者的态度不同，东方学者(主要指受苏俄哲学传统影响的学者)普遍高度肯定卢卡奇的本体论思想，他们认为，卢卡奇通过本体论回到了正统马克思主义的唯物主义传统中来了。例如，孙伯鍨教授认为，《历史与阶级意识》和《关于社会存在的本体论》的写作宗旨是一致的，即坚持本体论的立场批判实证主义、第二国际的机会主义。但是，两者所遵循的哲学路线不同。他认为，《历史与阶级意识》没有坚持自然唯物主义的立场，是唯心主义的，《关于社会存在的本体论》坚持了这一立场，因而是唯物主义的。前苏联的别索诺夫则将卢卡奇的早期著作看作是不成熟的，晚年著作是成熟的。他说："晚期卢卡奇的毋庸置疑的巨大贡献在于，他改变了《历史与阶级意识》中的错误立场，该书将异化变为社会理论和社会斗争的主要问题。现在，尤其在《导论》(即《关于社会存在的本体论》导论——引者注)中，他却强调了历史唯物主义的基本范畴：'物质实践'，'劳动'，'生产'。"②

当然，造成以上结果的原因并不是单一的，既有研究者的不同立场，也有卢卡奇《关于社会存在的本体论》自身的特点。这一特点突出表现在：在《关于社会存在的本体论》中，卢卡奇反复提到自然存在本体论的基础地位，刻意表现出对唯物主义传统的坚持，这样做的结果就是直接导致了《关于社会存在的本体论》的篇幅巨大，论述烦琐；巨大的篇幅吓走了很多读者，并且，也掩盖了其思想的精华，掩盖了从其早年就一直坚持的哲学主线，即对人的文化生命的关注。最终

---

① G. H. R. 帕金森:《格奥尔格·卢卡奇》,上海人民出版社 1999 年版,第232页。

② Б. Н. 别索诺夫、И. С. 纳尔斯基:《卢卡奇》,黑龙江人民出版社 2003 年版,第120页。

的结果就是出现了对卢卡奇晚年思想的普遍误读。本书认为,卢卡奇犯这种错误的原因主要来自政治,而不是来自哲学逻辑的断裂,因为,首先,卢卡奇坚持的唯物主义是生存论意义上的,而不是机械主义的,即使晚年卢卡奇刻意突出其唯物主义正统,也是在一系列中介活动中坚持的唯物主义,或者说,此唯物主义行使的是使人成为人的社会—历史功能。这是我们在理解卢卡奇晚年哲学思想中的唯物主义成分时必须弄清楚的首要之点。其次,自然存在与社会存在的地位不是等同的,自然存在构成社会存在的史前史,自然存在只是社会存在的一个环节,卢卡奇并没有将研究视野局限在自然存在中。他明确地说:"恩格斯及其追随者的论述主要致力于说明存在着一种统一的辩证方法,它能够以同样的理由运用于自然界和社会。相反,马克思的本意是表明只存在着一种统一的历史过程……所有那些被人们惯于称之为自然辩证法的东西就表现为这种不可逆过程的前史。"①"马克思主义是历史本体论"。②

综合以上原因,本书认为,对于卢卡奇的本体论思想不论是褒还是贬,都主张早、晚期两个不同的卢卡奇。本章所要做的工作是将卢卡奇的本体论思想纳入文化哲学传统中来,通过对一系列中介形式的解读,论证这些中介是如何使文化哲学在本体论层面的建构成为可能的,并以此展现一个完整的卢卡奇。

具体而言,在关于社会存在本体论的研究中,卢卡奇以劳动、语言、经济、评价等作为主要中介,构建了对人的文化生命探索的动态结构,其中,日常生活作为人的生命发生的基础,仍然起着基础的作用,是文化生命的发源地,也是实现合类性所必须批判的领域。中介的动态活动从日常生活本体开始。因此,本章的任务就是分析中介如何使日常生活批判在社会存在本体论层面成为可能。社会存在本体论的核心是个性的形成问题。人不是个体的人,而是个性与社会性相结合的人,这是社会存在本体论的核心。围绕这一核心,本章从

① 卢卡奇:《关于社会存在的本体论》(上卷),重庆出版社1993年版,第252页。
② 杜章智编:《卢卡奇自传》,社会科学文献出版社1986年版,第45页。

以下几个方面展开论述：其一，社会存在本体论的提出及其历史主义方法论原则。日常生活批判的目的是为了建立起文化哲学的社会存在本体论，那么，追溯社会存在本体论的历史及其方法论原则便是我们研究的起点；其二，日常生活构成自然存在与社会存在之间的中介。日常生活在《关于社会存在的本体论》中不仅是指作为物化存在的商品世界，而且具有了更广的含义，即它构成了自然存在与社会存在之间的中介，从商品领域扩展到了人的文化生活整体；其三，社会存在的辩证法，即中介与合类性。合类性是指个性与社会性的统一，这是卢卡奇日常生活批判的最终目的与归宿，而中介使日常生活批判以及合类性的实现成为可能；其四，分析语言本体的文化哲学本性。因为，在卢卡奇的中介本体论中，语言中介不仅确立了自然与社会之间的关系，而且也是人与人之间关系的重要中介，具有非常重要的功能，需要作专门的论述。

第一节　社会存在本体论的提出
及其方法论原则

社会存在本体在卢卡奇哲学中是作为文化本体而存在的。所谓文化本体是指社会存在本体不是研究社会存在"是什么"，而是追问社会存在本体是"如何成为可能的"，更深入一步，就是追问在社会存在中，人是如何存在的。卢卡奇引用马克思的话集中表达了他所理解的社会存在本体的性质。卢卡奇说："马克思《关于费尔巴哈的提纲》中的最后一条，即'哲学家们只是用不同的方式解释世界，而问题在于改变世界'，纲领式地宣布了这种绝裂（马克思与其哲学先辈在实践功能的理解上的绝裂——引者注）。"①正是在对马克思"改变世界"的强调中，卢卡奇明确地确立起了"社会存在是如何可能的"这一研究思路。在具体研究改变世界的过程中，卢卡奇通过一系列的中介，通过生命创造活动建立起主体与客体之间的意义联系，并由此确立了"人是如何创造自己

---

①　卢卡奇：《关于社会存在的本体论》（上卷），重庆出版社 1993 年版，第373 页。

的本性的"这一文化哲学主题。并且,在中介活动中,卢卡奇非常强调目的性设定,突出"人创造自己的本性"。也正是在这层意义上,本书认为,卢卡奇的社会存在本体是文化本体。但是,以往学术界关于社会存在本体的研究却非常薄弱,甚至可以说,近代哲学忽视了社会存在本体。所以,卢卡奇首先要做的工作就是考察社会存在研究的历史,建立起社会存在本体论研究的哲学方法论。

一、如何从哲学上研究社会存在:社会存在研究的历史考察

历史上从哲学角度研究社会存在的方式可以分为四种:康德的方式、黑格尔的方式、旧唯物主义的方式及宗教的方式,它们共同构成了卢卡奇研究社会存在本体论的理论背景。

康德哲学的本体论研究方式就是从认识论走向本体论。他试图在认识论框架下解决形而上学如何可能的问题。他设想:人的直观能力先于直观对象,并且决定了能够直观到的内容;不仅如此,人的概念对直观内容作出进一步的判断,形成经验知识。人的这种直观能力和概念都是先于、独立于外在对象的。但是,在这种认识方式中,主观能动性是仅仅属于先天的直观能力的,现实存在却只是被动的存在,只具有机械因果关联,因此,存在便被局限于无机自然存在。甚至连与周围世界有着相互关系的、自我再生着的有机体都被排除在外,这样,康德只是提供了有关无机自然的规律,却未探讨有机自然的本体论问题,更不用说是社会存在问题了。由此可见,在康德哲学中,社会存在问题并未被提上议事日程。

黑格尔则试图以本体论的说明方式克服康德认识论的说明方式,并由此建立起了具有黑格尔特色的客观唯心论的说明方式。黑格尔把所有关于存在的内容都逻辑化了。在黑格尔逻辑化的世界中,因果关联和目的论也接受了相同的结局。黑格尔把目的论当作其整个理念实现的一个环节,即目的论表现为机械性和化学性的统一。而卢卡奇则认为,机械性和化学性作用的结果只是因果关系的,而非目的论的:首

先,黑格尔的机械性和化学性的东西的统一只是一个事实,而非通往目的论的一个阶段;其次,就无机自然而言,这种共存只是一般的对象,即使无机自然表现为过程,它也是非目的论的。因此,黑格尔并未从目的论出发。

卢卡奇认为,目的论是有限的,它只限于与劳动相联系,但是,黑格尔却把有限的目的论无限化。正是如此,黑格尔才把目的论看作是机械性与化学性的统一。康德以认识论为优先,黑格尔以逻辑性为万能,这均歪曲了目的论的本体论性质。

区别于康德和黑格尔的唯心主义说明,旧唯物主义用无机自然的因果性说明一切存在的性质,否定了意识的能动作用。对于旧唯物主义而言,意识是存在的附属物,它的存在只具有次要的作用。但是,卢卡奇却认为,对于真正的社会存在本体论来说,则应该从本体论上来说明意识问题,即要说明意识的社会存在问题。旧唯物主义正是因为将意识排除在存在论之外,而偏离了真正的社会存在本体论。

宗教的说明方式则与旧唯物主义相反,它否定因果性的存在,片面夸大意识的存在论意义,这样,在对本体论问题的说明问题上,宗教方式便与科学不相容。卢卡奇认为,坚持科学的非拟人化方法是克服宗教错误的有效方法。这就要求宗教的说明方式必须将自在的现实因素即日常生活置于首位,而不是相反,也就是将日常生活作为达到宗教目的的手段。

从日常生活出发来研究社会存在本体论便与从有机自然或无机自然出发的方式区别开来了,也就是将研究视野转向了现实生活中的人本身。从这个意义上来说,宗教说明方式反倒是与日常生活最为接近的方式,因为,宗教是从意识的层面思考人的存在问题,这在根本意义上是与社会存在本体论相一致的。改变宗教说明方式的出发点,即从意识转变到日常生活,那么,真正的社会存在本体论便得以建立。

从日常生活出发成为克服以往社会存在研究方法的途径,也成为卢卡奇社会存在本体论研究的真正出发点。

二、社会存在的方法论原则——历史主义方法

历史主义方法是从文化哲学角度研究社会存在本体论必须遵循的方法论原则。社会存在本体不是既定的存在,它是一个创造的过程,这一历史的过程决定了对社会存在本体论的研究方法必须是历史主义的。卢卡奇的历史主义方法论主要通过两个环节来实现:其一,批判恩格斯的否定之否定规律;其二,从本体论层面重新确立偶然性的功能。其中,否定之否定在最终的意义上是对肯定的回归,在这种回归中,就没能将历史主义方法坚持到底。偶然性的功能确立了历史主义方法在社会——历史层面的应用。当我们从认识论层面来理解偶然性的功能时,它是从属于必然性的,因为必然性代表着预设的本质存在,这种本质论的预设就否定了绝对的创造性和过程性,所以,仍然是未能将历史主义坚持到底,相反,从本体论层面来理解必然性的功能则突破了这种本质主义的局限,在绝对的创造过程中坚持了绝对的历史主义。从这两个方面出发,卢卡奇就从理论以及现实两个层面对非历史主义进行了批判,并在批判中确立了他的绝对的历史主义原则。

1. 批判否定之否定的非历史性

晚年卢卡奇很刻意地纠正早年忽视恩格斯确立的自然辩证法的"错误",并在《关于社会存在的本体论》中有意识地强调、肯定恩格斯思想的价值,但是,无论晚年卢卡奇如何重新肯定恩格斯的思想,他的哲学思想仍然保持了一贯性,这突出体现在卢卡奇对否定之否定的批判上。对否定之否定规律的批判在晚年卢卡奇对待恩格斯哲学的态度上具有决定性的意义,这种意义就体现在对历史主义方法论的确立上。

卢卡奇认为,恩格斯将否定之否定作为马克思哲学的核心范畴,这是违背马克思哲学本意的,因为,马克思的社会存在本体论只有肯定—否定两个环节,而不是肯定—否定—否定之否定三个环节。这两种模

式包含的是两种不同的哲学思路。卢卡奇从恩格斯对待黑格尔哲学的态度谈起。

第一，否定之否定的本质是非历史性的。首先，黑格尔哲学中的肯定环节是没有任何规定性的、抽象的存在，或者说，这个肯定其实就是非存在。因此，黑格尔的肯定—否定—否定之否定从一开始就被限定在思维框架之中，而不具有存在的意义。其次，否定环节是促使肯定发生变化的动力，至少在思维框架内，它确定了批判性和过程性的原则，但是，否定之否定环节却终结了批判。正是从这层意义上，黑格尔没有将历史主义原则坚持到底。

第二，恩格斯对黑格尔的批判只是简单地进行了唯物主义的颠倒，而没有看到其中的本质。卢卡奇说："难以理解的倒是，一般说来总是明察秋毫和唯以现实为准的恩格斯，在这个问题上却居然没有对黑格尔进行任何原则的致命的批判，而是满足于用唯物主义把黑格尔设计的这种唯心主义的否定之否定的结构'再颠倒过来'，即证明'否定的否定真实地发生于有机界的两大界中。'"①在这里，卢卡奇表达的含义就是，恩格斯从唯物主义的角度克服了黑格尔的唯心主义传统，但是，黑格尔哲学中所包含的非历史主义原则却也被恩格斯所继承了。具体而言，表现在两个方面，首先，肯定—否定是指一种社会—历史模式，而肯定—否定—否定之否定则确定了一种逻辑模式，这是从社会存在意义上确立历史主义原则的基础，但是，恩格斯并未揭示出这一点。其次，肯定—否定以社会现实为基础，具有永远的开放性和批判性，即，肯定环节意味着现实基础，而否定意味着开放和批判。但是，肯定—否定—否定之否定则为了追求逻辑的完满而没有将历史主义原则坚持到底。所以，肯定—否定模式包含了人的主观性的选择活动，而肯定—否定—否定之否定则沦为三个无目的的、僵硬的逻辑环节。恩格斯用有机自然界运动的规律来反驳黑格尔的唯心主义，并未深入到社会历史领域，因此，人的问题仍然被恩格斯排除在外，所以，在某种程度上，恩格斯的思想是落后于黑格尔哲学的。也正因为恩格斯将肯定—否定—否定之

① 卢卡奇：《关于社会存在的本体论》（上卷），重庆出版社1993年版，第146页。

否定原则运用于有机自然界,所以,他也不可能从社会—历史层面来把握历史主义原则。

由此可见,对于晚年卢卡奇而言,唯物主义原则在某种程度上是从属于历史主义原则的,正是在这一点上,他坚持了真正的马克思主义传统,与机械唯物主义决裂,同时,也正是在这一点上,晚年卢卡奇哲学与其早年思想保持了一致。

2. 对偶然性功能的新阐释

强调绝对的历史主义是马克思主义文化哲学传统的一个重要特征。葛兰西在政治实践的基础上确立了绝对的历史主义,卢卡奇则在社会存在本体论的层面上坚持了绝对的历史主义。社会存在本体论层面的历史主义体现在对偶然性功能的新阐释上,即从认识论传统下的偶然性转向了本体论层面的偶然性。认识论的理解方式肯定了本质主义的预设,将历史主义原则终止在预设的本质上,而本体论的理解方式则肯定了人的创造性的绝对性,并以此坚持了绝对的历史主义。

卢卡奇认为,在自然存在领域,偶然性是被作为必然性的附属物来理解的,偶然性与必然性的关系被置于认识论框架之下。在这种认识论框架下,必然性代表着存在的本质,具有优先性,占据主导地位;偶然性则只是表象,处于从属地位。如果将这种对于自然世界的认识论模式运用到社会存在领域,势必造成对人的主观创造性的抹杀,因为,社会存在并没有预先设定的本质,它是历史创造过程及其产物。在社会存在中,偶然性代表着人的感性存在方式和人的感性创造性;相对于必然性,偶然性是起决定作用的因素。如果仍然坚持认识论框架下的必然性优先地位,就不能正确把握社会存在本体与自然存在区别的实质,正如卢卡奇所说,"被人们以偶像的方式加以普遍化、通过普遍性加以机械化的必然性,在很大程度上也决定了人们在理解偶然情况时所犯的本体论错误。说到底,把必然性绝对化,这就导致了人们完全否认了在客观上存在偶然情况的可能性"。①

① 卢卡奇:《关于社会存在的本体论》(上卷),重庆出版社1993年版,第180页。

对偶然性功能的本体论理解并不是卢卡奇的首创,这是他对马克思思想的继承和发展。青年马克思在比较德谟克利特与伊壁鸠鲁对偶然性的不同态度中认为,德谟克利特在认识论框架下将偶然性当作主观假象予以排斥,而伊壁鸠鲁则将偶然性作为感性存在方式予以肯定。马克思在对伊壁鸠鲁的肯定和赞赏中表达了从本体论层面研究偶然性的哲学路向,这种哲学路向影响了卢卡奇的哲学。

从本体论层面来理解偶然性的功能是马克思为现代哲学作出的贡献,但是,任何伟大的理论都需要后来者立足时代高度的阐释才能与时俱进,具有时代生命力,马克思哲学同样也不例外。那么,什么是偶然性?"什么是偶然性?对于这个问题,西方哲学存在着两种全然不同的解答:一种是在认识论层面上解答,把偶然性看做是感性的认识世界,是必然性的表现形式;一种是在本体论层面上解答,把偶然性看做是感性的生活世界,是人的自由的存在方式。这两种不同的解答代表了西方哲学的两种传统,决定着西方哲学的发展方向"。①根据这一观点,本书认为,卢卡奇在马克思所确立的文化哲学传统中来阐发偶然性的功能,但同时,卢卡奇的偶然性思想又具有它自身的个性特征。卢卡奇认为,论述偶然性的功能必须坚持以下前提,即,"如果我们现在试图扼要地阐述一下现实存在领域里的必然性和偶然性,那我们仍然必须从我们的基本观点出发:存在乃是由诸多过程性整体的无限的相互关系组成的,这些整体之间各自具有不同质的性质,它们在局部和——相对——整体上都形成一些不可逆转的具体的过程……简言之:凡是我们惯于称之为必然性的东西,就本质而言,都是某个这样的具体进行过程的最普遍的形式,就是说,在存在中都是一种'条件—结果'必然性"。②这表明,卢卡奇在坚持偶然性的存在优先性时,并没有否定必然性的作用,那么,他是在什么层面上来理解必然性的呢?卢卡奇是在方法论的意义上强调必然性的,这种方法论意义上的必然性构成本体论

---

① 何萍:《马克思主义哲学与文化哲学》,武汉大学出版社 2002 年版,第 56 页。
② 卢卡奇:《关于社会存在的本体论》(上卷),重庆出版社 1993 年版,第 182—183 页。

偶然性的一个环节。具体而言,必然性构成了偶然性存在的唯物主义基础,同时,这种唯物主义基础是服从于偶然性所决定的感性生命世界的,或者说,从本体论的意义上而言,唯物主义基础是服从于人的生命存在的。基于唯物主义基础上的偶然性决定了人的生命是一个创造过程,同时,这种创造又不是任意的。

在资本主义社会中,偶然性最直接的表现就是人的社会地位的偶然性,它意味着革命的可能性,意味着"自主自立的自由人"①实现的可能性。"马克思在《德意志意识形态》中强调指出:'贵族总是贵族,roturier[平民]总是 roturier,不管他们其他的生活条件如何;这是一种与他们的个性不可分割的品质。'这样,资本主义社会以前的社会结构中的'自然性'就掩盖了两个存在领域在每一个人身上相结合的偶然性,因为他对某一个阶层等等的纯社会性的隶属关系,获得了一种直接延续他的真正的自然存在的虚假形式。马克思接着我们上面引用的他的反思继续强调指出,只是到了资本主义社会,这种假象才消除,因为单个的人与他在社会中取得的地位之间的关系暴露了自己的纯偶然性。"②所以,在卢卡奇那里,偶然性的生存论意义不是任意的、抽象的,也不是局限于纯粹理论的,它与资本主义社会批判结合在一起。这样,卢卡奇就在偶然性新阐释的基础上确立了他的绝对的历史主义原则。

第二节 日常生活:自然存在与 社会存在之间的中介

通过对社会存在本体论的提出及其方法论原则的分析,我们确立了社会存在本体论研究的基本思路,但是,社会存在本体论的实现却必须以日常生活批判作为基础。所以,回到日常生活这一起点是我们深刻理解社会存在本体论的前提。正如卢卡奇所说:"如果不到人们的日

———————

①②　卢卡奇:《关于社会存在的本体论》(下卷),重庆出版社 1993 年版,第 354、354 页。

常生活的最简单的事实当中去寻找对社会存在进行本体论考察的第一出发点,那就不可能进行这样的考察。"①

晚年卢卡奇对日常生活的思考以实现文化哲学的社会存在本体论为目的。新实证主义拒斥形而上学;存在主义用个体取代类,建立起了非理性主义的乌托邦,旨在恢复旧有的理想生活,是向后看的哲学,因而也必然是没落的哲学;黑格尔的本体论则是逻辑本体与现实本体的交织、混合,两者不可分割,并且具有一种等级秩序,即逻辑本体决定着现实本体,而不是现实本体决定逻辑本体,因此,"黑格尔的逻辑学同时也是一种知识论"。②在卢卡奇看来,逻辑本身也只是中介,是通往现实生活的中介,黑格尔哲学最终无法突破逻辑的束缚,最终否定了他所建立的历史主义原则,原因就在于他将本应该作为中介的逻辑作为了终极的存在。正如卢卡奇所说:"逻辑是人类实践和思维活动所创造的最重要的同质中介之一。在其中没有一种要素或关系不能最终追溯到现实世界的诸要素和关系,并且最终都必须做这样的追溯。"③因此,卢卡奇再次回到了日常生活本体。

人的文化生命创造始于日常生活,并回归于日常生活。"尽管日常生活几乎总显得特别纷乱和毫无方向,但体现在实践和意识形态之中的社会性,却只有在日常生活当中才能逐渐成熟起来"。④日常生活是文化生命的家园,而文化创造活动则赋予这个家园以意义。这就向我们揭示了两层含义:其一,日常生活本体作为家园并不是完美的,它的意义需要人的文化创造活动来赋予;其二,日常生活本体也不是既定的、不变的实体,过程性和历史性是它的重要属性。其中,日常生活的不完满性主要体现在它的直接性上。作为直接性的本体形式,它居于自然存在与社会存在之间,是自然存在通往社会存在的中介。

---

① 卢卡奇:《关于社会存在的本体论》(上卷),重庆出版社1993年版,第4页。

②③ Georg Lukács, *Hegel's False And His Genuine Ontology*, London: Merlin Press, 1978, pp. 39, 48.

④ 卢卡奇:《关于社会存在的本体论》(下卷),重庆出版社1993年版,第643页。

一、自然存在与社会存在的辩证法

如何理解自然存在与社会存在的关系？前者构成后者存在的基础。对这一基础的理解应该把握两个方面：其一，自然存在与社会存在并不是割裂开来的两个实体，因此，两者的关系不是机械的，而是有机的；其二，自然存在构成社会存在的基础是从功能上来说的，用卢卡奇的话就是，"即使自然对象似乎依然是直接地类一自然的，但在与自然的关系中，它的作为使用价值的功能已是某种在质上全新的东西"。①这种新东西就是自然存在向社会存在的转变过程。下面，我就从两个方面来具体论述两者的关系。

1.《关于社会存在的本体论》中的自然存在本体

晚年卢卡奇对早期的一些范畴作了所谓的"更正"，但这不是决定性的。决定性的因素是，卢卡奇哲学具有贯彻始终的内在逻辑，即对人的思考：如何实现人的总体性？同时，晚年卢卡奇面临新的社会环境，他认识到，资本主义社会在 20 世纪下半叶发生了变化，"由于经济变化，仍属必要的反对异化的斗争具有突出的意识形态特点"，②这再次印证了卢卡奇哲学具有内在的逻辑一致性。这种内在一致性构成我们理解晚年卢卡奇哲学发生的表面变化的背景。

在晚年卢卡奇哲学中，自然本体与社会存在本体的关系不是平面的、直接的，两者所起的作用也不是并列的，相反，自然存在构成社会存在的中介；社会存在将自然存在纳入其中，作为它的一个环节而存在，这就是自然存在与社会存在之间辩证法的实质。

这两种存在之间的辩证法告诉我们，在《关于社会存在的本体论》中，虽然卢卡奇反复强调自然本体论对于社会存在本体论的基础作用，

---

① Georg Lukács, *Marx's Basic Ontological Principles*, London: Merlin Press, 1978, p. 9.

② 卢卡奇：《关于社会存在的本体论》(上卷)，重庆出版社 1993 年版，第296页。

但是,我们的研究视角却不能仅仅停留于此。自然存在作为社会存在的中介,这是卢卡奇对早年研究方式的延续。在《历史与阶级意识》中,卢卡奇认为,物化世界只是通往真正自由世界的中介,但是,资本主义社会却把这一中介作为最终的目的,因此坚持了一种直接性的哲学思维方式,应该被批判和超越。相应地,如果我们将自然本体作为最终的目的,并以此遮盖社会存在本体的价值,那么同样也如同资本家阶级将商品世界作为最终目的一样,是犯了直接性思维模式的错误。简而言之,对于自然存在本体的正确理解就应该是:它作为中介对社会存在本体发挥着作用,并且作为一个环节被纳入社会存在本体之中。

2. 目的论的决定性地位:因果性与目的论的辩证关系

因果性与目的论分别作为自然存在与社会存在的内在机制,决定着自然存在与社会存在的关系。对于社会存在而言,因果性与目的论是不可分割的两个环节,但是,因果性却以目的论作为存在的动力和目标。在强调目的论时,卢卡奇反复强调:目的性是对因果性的扬弃,即将因果性纳入目的性中,作为它的一个环节存在,这是自然存在与社会存在辩证法的核心点。

在认识论框架下,如果目的论起决定作用,将会导致唯心主义,但是,在本体论框架下,目的论的决定作用则决定了一种能动的生存论。然而,目的论本体论地位的获得却经历了艰难的历程。

在古代哲学中,自然本体论的绝对统治地位没有给目的论本体应有的空间。在近代哲学中,目的论问题才被真正提到应有的位置,但是,此时的目的论却只是在认识论的角度给予考察的。康德哲学在有机自然存在中谈论目的论,认为有机自然的存在是"无目的的合目的性",[①]其目的性仍然无法改变起决定作用的因果性,这是康德哲学的贡献。但是,康德哲学将世界二分为现象世界和自在之物,人们所能认识的只有现象世界,本体则被打入了自在之物的世界,排除在认识论的考察范围之外,因此,在康德哲学中,对目的性的真知灼见却与本体论

---

① 卢卡奇:《关于社会存在的本体论》(上卷),重庆出版社1993年版,第20页。

擦肩而过。其根本原因就在于,"康德是想从认识能力出发去论证存在,而不是想从存在出发去论证认识"。①黑格尔哲学打破了现象与本质二分的哲学观,将目的论看作是自在存在通向自为存在的环节,但是,目的论仅仅是作为一个逻辑环节被纳入黑格尔的哲学体系的,因此,目的论并未获得本体论的意义。由此可见,在认识论框架下来解决目的论问题必将扼杀目的论的创造性生命。正如卢卡奇所说:"康德以认识论方法为优先,而黑格尔则以逻辑化为'万能',这两种谬误乃是从思想上歪曲上述问题的重要根源。这样,正如我们所看到的那样,正确地规定目的论的本体论地位,就成了获得对整个问题的正确观点的一个很重要的因素。"②只是在马克思主义哲学中,目的论的本体论地位才得以确立。

马克思主义哲学的研究对象是人的生命世界,而人的生命世界并不是既定的实体,它是实践活动的产物,因此,目的论便找到了现实的基础,这一基础是社会—实践。正是在这层意义上,目的论获得了本体论地位。

在马克思主义哲学传统中,对目的论进行了系统研究的是卢卡奇哲学。在进入卢卡奇目的论哲学观之前,我们还要区分两种目的论观点。所谓两种目的论是指微观活动的目的性和社会整体的目的性,在这两种目的性之中,卢卡奇肯定了前者而否定后者。肯定微观活动的目的性就是肯定人的主观能动性和创造性,但是,在整个社会整体中,人还是得受一定社会规律的制约,所以,目的是微观的目的。也只有肯定微观活动中的目的性,才真正坚持了人的创造性和客观性的统一。肯定社会整体的目的性则是在社会之外构造了一个神学本体,社会本身却作为既定的存在受制于这个外在的目的论支配,这是卢卡奇所反对的。

具体而言,卢卡奇在无机自然、有机自然和社会存在三大关系中探讨目的论范畴。

---

①② 卢卡奇:《关于社会存在的本体论》(上卷),重庆出版社 1993 年版,第 20、25 页。

自然存在受因果规律的支配，而社会存在则受目的论的支配。其中，无机自然只有因果性支配，有机自然体现为无目的的合目的性，其本质仍然是因果性的。无目的的合目的性反映了有机自然对外界是有反应的，但这种反应是无目的的。"无目的"决定了有机自然与无机自然的统一。同时，无目的的合目的性说明了有机自然和人类社会的区别。与纯粹的因果性相反，目的是一种有意识的活动，是一种设定，它仅仅属于人类。人类的目的性行为体现为以下特点：

其一，目的论的行为是自觉的，具有改造意义。目的论的改造并不否认因果性，但因果性只有被目的论行为发动了才能发挥它具有的功能。或者说，目的论的行为赋予因果性以新的形式，使静态的因果性获得生命力量。离开了目的论，因果性只是一种潜在力量，它只有借助目的论活动才能由潜能转化为现实的力量。

其二，目的论行为与人的自由相联系。"自由"表达的是人进行目的论设定时可以选择的决策。人利用因果性去实现自己的目标，把认识包括到社会存在中去，使认识服务于人的生存。自由表现出人对自然的能动关系，揭示了目的论与因果性的关系，即只有在人的社会存在中才会发生两者的关系。目的论是人类社会所特有的，在人的存在中居主要地位，决定着人类社会的性质。只是由于目的论的作用，因果性才会对人发挥作用。在人类社会中因果性是次要的，但因果性并不是目的论创造的，而只是目的论发动起来的，即目的论决定了人对因果性的需要。

总而言之，"因果系列恰恰是由目的论设定发动起来的"，①这说明了，目的论与因果论并不是对立的两极，而是，因果论构成了目的论的一个环节，前者是通往后者的中介。自然存在与社会存在的区别就在于，对于自然存在而言，因果性就是本质，就是决定自然界一切活动的因素。但是，对于社会存在而言，因果性只是一个需要被超越和扬弃的中介规律，它是需要由目的论来统领和支配的。由此，本书认为，目的论决定了一种中介性思维方式，而这种思维方式就是社会存在的思维

---

① 卢卡奇：《关于社会存在的本体论》(上卷)，重庆出版社1993年版，第19页。

方式。

同时,这种中介性思维方式也表现在,社会存在对于自然存在的关系是:社会存在的发展是自然限制的退却,却不是自然限制的消失,这是卢卡奇论述社会存在本体论的基本前提。或者说,自然存在是社会存在得以存在和发展的中介环节,后者是前者存在的目的和归宿。这是卢卡奇人道主义哲学观的进一步表述。但是,就如同自然存在划分为无机自然与有机自然两个层次一样,社会存在也是有层次的,虽然卢卡奇并未采用明确的表述。这个层次就是日常生活世界和合类性的社会存在,或者说,日常生活世界是自然存在向合类性社会存在过渡的中介。

二、日常生活的特征及日常生活批判

日常生活领域被卢卡奇看作是"比较低级的、起着基础中介作用的层次",①这个比较低级的中介层次构成了由自然存在通往社会存在的中介。社会存在具有两个层面的含义,即广义的社会存在和狭义的社会存在。广义的社会存在既包括自为合类性的社会存在,也包括非自为合类性的社会存在,即指一切非自然存在领域;而狭义的社会存在领域则仅仅指自为的社会存在。在这里,我是从狭义层面上来理解社会存在的,而日常生活也正是通往狭义社会存在的中介。

如果说,日常生活在早年卢卡奇哲学中还只是物化的商品世界,那么,在《关于社会存在的本体论》中,日常生活则构成了自然存在与社会存在之间的中介,从商品领域扩大到了人的文化生活整体。因此,它的特征与影响也涉及更为广泛的领域。

1. 日常生活的特征

日常生活的主要特征体现在两个方面:一方面,日常生活主要以个体性为特征,具有个人中心主义的特点;另一方面,日常生活对个体的

---

① 卢卡奇:《关于社会存在的本体论》(下卷),重庆出版社1993年版,第455页。

强调使个人的选择和自由成为可能,或者说,日常生活具有革命的潜在性。正是因为这两个特征,日常生活才能够成为由自然存在通往社会存在的中介。

本书认为,在某种程度上,卢卡奇把日常生活看作是"个人的人生"①的平台,它具有强烈的个人中心主义倾向,其个人中心主义主要体现在两个方面:

其一,日常生活本体是个体的选择和活动。卢卡奇说:"下面我们就来概括地谈谈这样一种社会媒介,通过这种媒介的作用,个别的外化能够直接发挥社会影响。这种媒介就是人们的日常生活,它的一定的此时此地的定在,直接广泛地受它的参与者们的外化行为的规定。"②这里的参与者不是抽象、普遍的人,而是具体的个人。在日常生活中,社会性与个人的选择处于一种矛盾的辩证关系中,但是,最终决定着日常生活本质的却是个体的有意识的活动。"人在采取行动时置身其中并对其作出回答的所有客观情况,都不是由他自己,而是由社会造就的;人的身心素质也不是由他自己创造的,而是给定的,尽管如此,但这些因素配合在一起而给人造成的问题,却只能由他本人来作答"。③个体在日常生活中的决定性作用起到了两个方面的功能:一方面,正因为日常生活是由个人的活动和选择构成的,所以,它构成了个性形成的基础和平台;另一方面,个人维度的膨胀使得日常生活具有了直接性,即成为必须走向合类性的中介本体,而不是最终的本体论形态。

其二,个体的选择和活动以个体的利益为目标,并因此导致一种维护个人利益的惰性。个人的选择和活动以自身的成功为目的,对于能够带来个人成功的东西,日常生活中的个人将极力维护,对于不能带来自身利益的东西则持排斥和否定的态度。但是,这种否定和排斥并不一定就会带来革命,因为,革命往往会危及既得利益,所以,日常生活往往呈现出一种惰性特征。

---

①②③ 卢卡奇:《关于社会存在的本体论》(下卷),重庆出版社 1993 年版,第 450、448、449 页。

日常生活以自身利益为中心,便将人们的认识视野局限在了狭小的范围内,并且,个人利益也决定了认识论会被现象所迷惑,具有直接性。或者说,这种以自身利益为中心的惰性还会导致认识论上的错位。

在日常生活中,人们的判断往往带有浓厚的感情色彩,即往往将对自身有利的看作是对的,而不利于自身的东西则被看作是错误的。正如卢卡奇所说,"日常生活乃是这样一个领域,在这个领域里,每个人都在直接地塑造着和尽可能地贯彻着自己的个人(着重号由引者加)生存形式;在这个领域里,这种生活进行得成功与否在许多重要方面都将对人具有决定性意义……这里,我们必须同样提出两点保留:其一,在普通日常生活中,人们很少会拿自己的生存冒险,去让外化过分地统治对象化的客观性;其二,人们通常总是把肯定自己的生活方式的那些东西视为客观存在着的,把同自己的生活方式相矛盾的那些东西视为客观上不存在的,因而在大多数冲突情况中,人们的意识中会产生某种错位"。①

日常生活的惰性和弊端是我们从正面理解日常生活特征时必然得出的结论。当我们从否定的视角来解读日常生活时,我们就会发现日常生活的潜在革命性。如上所述,对个人利益的维护使日常生活中的人们拒绝革命,但是,当人们的惰性已经无法维持其个人利益时,革命便成为可能。并且,以个人为核心单位的日常生活具有比组织更强烈的革命情感。当然,这种情感必须加以组织和引导才能具有强大力量,这是早年卢卡奇在研究组织问题时已经明确论述过的。在这里,我们只需要确证:日常生活作为革命力量是具有潜在可能性的,并且,这种潜在可能性在否定的意义上会变成现实。也正因为如此,日常生活作为中介具有现实性。当然,这种现实性不是既定的,而是批判的产物。

2. 日常生活批判:异化与意识形态批判

在资本主义社会,日常生活的直接性使它成为异化滋生的土壤,因此,资本主义社会中的日常生活批判表现为异化批判。

---

① 卢卡奇:《关于社会存在的本体论》(下卷),重庆出版社 1993 年版,第469页。

什么是异化？异化是马克思主义哲学的核心范畴，也是马克思在《1844年经济学哲学手稿》中详细论述过的范畴。在马克思的论述中，异化主要体现在四个方面：其一，工人同劳动产品的异化。工人不能拥有自己创造的产品；其二，劳动的异化。劳动成为人的外在的需要，而不是内在的需要，劳动不属于"他"，"他"在劳动中也不属于自己；其三，在劳动中，人的类本质的异化。无论自然界、人的精神还是类能力，都变成了异己的本质。工人在劳动中所发生的一切都与人的类本质发生分离；其四，人与人相异化。人与人之间的关系被物与物之间的关系所取代。卢卡奇的异化观属于马克思主义哲学传统，但是，具体而言，卢卡奇的异化观与马克思的异化观既有相似之处，也有其独创之处，体现了马克思主义哲学新的时代特点。

卢卡奇异化观的核心表达是："能力发展与个性发展的辩证矛盾即异化，"①"生产力的发展必然同时就是人的才能的发展，但是人的才能的发展却不一定必然地导致人的个性的发展，这样，异化问题才清清楚楚地表现出来，"②"重要之点仅仅在于：才能发展和个性发展的根本对抗，乃是异化的各种不同表现形式的基础。"③与马克思的异化观相比较，卢卡奇的异化观具有三大新特点：

其一，马克思的异化观是对人类本质的强调，而卢卡奇的异化观则更强调个性。这是因为，在晚年卢卡奇所处的时代，个性问题已经进入了卢卡奇哲学研究的视野。20世纪50—70年代，卢卡奇日常生活批判的任务发生了转变。苏共二十大的召开批判了斯大林的非人道主义和个人崇拜，促使各国马克思主义者开始批判教条主义，创造适合本民族发展的马克思主义哲学。同时，科学技术革命也引起了新的社会后果，社会结构发生了变化，白领阶层扩大，蓝领阶层缩小，工人的待遇得到提高，社会进入了相对稳定的阶段，革命几乎不可能。这时，无产阶级面临的是新的社会问题，即整个社会均被平面化，经济成了衡量一切的标准，情感、道德、文化等都被纳入到了经济层面。面对新的社会问

---

①②③　卢卡奇：《关于社会存在的本体论》（下卷），重庆出版社1993年版，第625、618、619页。

题,各国的马克思主义者纷纷以个体存在作为哲学研究对象,由意识革命转向了个体研究。卢卡奇日常生活批判的核心也由意识革命转向了对个体生命价值的研究,个性与社会性等范畴取代阶级革命等范畴成为晚年卢卡奇日常生活理论的核心范畴。

其二,马克思对异化范畴本身作了细致的分析和研究,而卢卡奇的异化范畴则没有面面俱到。例如,关于人与其劳动产品的异化问题,这是卢卡奇在《历史与阶级意识》中详细研究过的,而在晚年,他却没有过多地分析这个问题。但是,晚年卢卡奇的异化观却体现出了新的特点,这是马克思的异化范畴所没有的,即,卢卡奇的异化范畴体现了近代哲学传统与现代哲学传统的矛盾。

构成卢卡奇异化概念的两个核心范畴是能力与个性。对能力的强调是近代哲学的特点,因为能力基于科学的发展,科学的发展才能提高认知能力,以及基于科学认知的现实改造能力,这是理性主义传统的核心范畴。而个性则包含着比能力更为宽广的内涵,它既包含着人的认知与改造现实能力的提高,同时,也包含着人类在创造自身生命的过程中人性的塑造过程。可以说,个性是从生存论的角度来理解人的,而能力却是从认识论的角度来理解人的。卢卡奇认为能力发展与个性发展的矛盾构成了异化,这正是对人的生存论的强调。能力与个性的辩证矛盾并不意味着两者的绝对对立,而是指能力构成了个性形成的一个环节,即个性的形成包含能力的提高。"个性的发展还在许多方面取决于更高的水平上形成的各种能力"。[1]能力对于个性的具体作用就在于:能力决定了个性的形成不是个人内心的活动,个性只有在社会性的活动中才能形成,个性只有在与自然,以及与他人的关系中才能得以确立。

由此可见,卢卡奇在能力与个性的矛盾关系中理解异化,正是对近代与现代两种哲学观的辩证理解。这同时也决定了:日常生活批判也是对近代哲学传统的批判。近代哲学传统作为异化的理论基础,它发生在意识形态这一微观层面,所以,对资本主义社会异化的批判也应该

---

① 卢卡奇:《关于社会存在的本体论》(下卷),重庆出版社1993年版,第625页。

从微观入手,从意识形态批判入手。

因此,其三,强调异化的意识形态批判是卢卡奇异化理论的又一重要特点。正如他所说,"异化在很大程度上又是一种意识形态现象;尤其是主体和个人为摆脱异化而进行的解放斗争,更是具有根本的意识形态的性质"。①

卢卡奇认为,从功能来划分,意识形态分为两种:一种是行使政治调节功能的意识形态,这是国家的职能;另一种则是行使文化调节功能的意识形态,主要指宗教、科学、艺术、哲学等。宗教等文化调节的必要性体现了国家调节职能的有限性。"为了维护全社会的普遍利益(当然是根据统治阶级的利益),国家机构必须普遍化,并且抽象地、普遍地超越日常中的个人的直接生活,从而借助一整套自成系统的命令和禁律,相应地治理那些对这种机构来说是真正重要的东西,这些乃属国家机构的本质"。②国家行使的是政治的调节职能,是宏观的调节职能,但是,微观领域,即个人的日常生活则必须借助习惯、道德等文化的调节手段。道德、科学、哲学、艺术等文化的调节手段以个人较高的文化性为前提,但是,事实上,个人并未能达到这样的文化高度。这样一来,"比较高级的精神上层建筑形式如科学、哲学、艺术等"③便具有了两面性:"一方面,对于使社会从内部得到净化来说,对于使社会意识到自己在继往开来的连续性中的历史地位以及自己所担负的由此产生的人类任务来说,这些较高级的形式(原则上)是必不可少的,但另一方面,它们的产物通常却极少能够潜入人们的日常生活中去,因而也极少能够对这种日常生活发挥广泛的和具有决定意义的影响。由此显而易见,恰恰是从对日常生活中的个人发挥指导作用这种立场来看,各种意识形态形式所构成的这种整个系统,必然有巨大的缺口和空白点。这样,社会对宗教的需求便应运而生。"④

可以说,宗教、科学、哲学以及国家的法律等都在争取日常生活中

---

①②③④ 卢卡奇:《关于社会存在的本体论》(下卷),重庆出版社1993年版,第680、745、746、746页。

人的宠幸,谁最能满足人在日常生活中的需求谁就在这场竞争中获胜。无疑,宗教以其直接性、微观性胜出了这场比赛。宗教意识形态直接作用于日常生活中的每一个人,以最普遍和最微观的方式深入到日常生活的每一个角落,"从根本上说,宗教也属于日常生活这个范围"。①或者说,对于宗教而言,调节日常生活就是它的首要职能,如卢卡奇所说,"任何一种宗教,如果它在一个或者多个社会中已经达到了统治地位,那么它在这个或者这些社会中的首要职能,就是对社会的日常生活进行调节"。②同时,宗教还能够随着人的需求的变化而变化,而人的需求又随着社会存在的变化而变化。在资本主义社会,宗教就必然以不同于封建社会中的功能来满足人们的日常生活需求。"对于新的、正在资本主义化的日常生活中的人来说,陈旧的、腐朽的、封建的拯救灵魂的形式已经变得无法忍受了,他们同时希望能够有一种崭新的、与正在产生的新生活形式相适应的心态"。③

宗教与日常生活的结合恰恰迎合了资产阶级以个体利益为目标的社会需求,成为资本主义社会存在的基础,这从而也决定了资本主义社会批判必然是日常生活批判和宗教批判的结合。宗教对日常生活起着调节作用,其基本特征表现为直接性和微观性,并从而使得日常生活更有效地服务于宗教的目的性。

宗教意识形态对日常生活的巨大影响力建基于宗教意识形态对个人的关怀,正是将个人利益作为考察的对象,所以,"宗教必须成为一种比较复杂的、特别富有层次的、多样化的构造物……把人们在日常生活当中的最富局部性的个别利益,同完全处在自在存在之中的一定社会的巨大的世界观需求联系起来"。④宗教意识形态的功能能发挥到何种程度,这也取决于宗教的教义对日常生活需求的满足程度。

资本主义国家利用微观意识形态的独特功能加强对社会的控制。"资本主义通过对意识形态的控制,把人们牢牢地固定在自己的局部性

①②③④　卢卡奇:《关于社会存在的本体论》(下卷),重庆出版社 1993 年版,第 472、745、752、746 页。

的水平上,而这种局部性所涉及的面又很广,从人们对于享受消费和服务的评价直到居统治地位的意识形态"。①

卢卡奇认为,宗教对于日常生活的巨大影响力是以往的马克思主义哲学未予以充分重视的,并成为马克思主义哲学宗教批判的缺陷。"马克思主义对宗教的批判没有对整个问题的这个方面(宗教直接的影响远远超过了智识和思维发展的影响——引者注)予以充分的注意,这无疑是它的一个缺陷"。②本书认为,应该历史地看待这一问题。产生这一缺陷的原因在于:在马克思、恩格斯的时代,以及在东方国家,日常生活问题还没有成为凸显的问题,所以,宗教对于日常生活的巨大影响还未能成为马克思、恩格斯以及东方马克思主义的关注点,只是在西方马克思主义哲学中,这一问题才成为不可回避的课题。

第三节　社会存在的辩证法:中介与合类性

批判日常生活的过程也就是建立社会存在的辩证法的过程。

社会存在的辩证法不是认识论、逻辑学的辩证法,而是关于人的生存的辩证法,具体而言就是关于人如何形成有声的合类性的辩证法。有声的合类性区别于自然界无声的合类性,它包含着人的有意识的选择和创造活动,体现的是人创造自己的历史过程。

一、合类性:个性与社会性的统一

类概念是晚年卢卡奇提出的一个重要的哲学范畴,这个哲学范畴的理论根源是马克思的类概念。一方面,卢卡奇继承了马克思关于类的思想;另一方面,卢卡奇的类概念又具有自身的个性,它构成卢卡奇文化哲学的一个重要环节。合类性是卢卡奇总体性思想在晚年的表现,与卢卡奇一生的总体性追求是一脉相承的,同时,类概念又使得晚

①②　卢卡奇:《关于社会存在的本体论》(下卷),重庆出版社1993年版,第809、760页。

年卢卡奇的总体性思想区别于早年及青年时期的总体性思想。合类性思想最大的特点表现在个性与社会性的统一上。

1. 什么是类

类概念在卢卡奇哲学中具有文化哲学的内涵,这是我们理解晚年卢卡奇合类性概念的前提。类的文化哲学内涵体现在卢卡奇对人类中心说的理解上。"人类中心说意味某种双重性的东西:一方面,对于哲学来说,人类的本质和命运、人类的从何处来和到何处去,始终是它所研究的——当然是始终随着时代历史而变化的——核心问题。对于真正的哲学来说,对于必要的科学分工的超越即哲学的无所不在永远不是目的本身;真正的哲学永远不会以对可信的科学结果仅仅加以百科全书式的或者教育式的综合为目的,而是要把它们加以系统化,以此作为尽可能相应地把握人类从何处来和到何处去这个问题的手段。另一方面,就连这种知识也决不是目的本身。任何一个哲学家都不是单单从狭隘的学术意义上,而是也从现实的意义上赢得哲学家这个称号的,这就是说,任何一个称得上哲学家的哲学家,都要坚决地以自己的思想介入他那个时期的具有决定意义的冲突之中,制定克服这些冲突的原则,从而为克服这些冲突指出明确的方向"。①卢卡奇的这段话反映了类的文化哲学内涵就是对人的生命创造过程的关怀:人的生命创造过程不是对既定的社会现实的认识,而是创造,正是创造体现着人类的本性,同时,这种创造又不是孤立的、内省式的,它立足现实的社会—历史之中,是对社会的改造,也是对人本身的改造。

在文化哲学传统下,类范畴同时又反映了卢卡奇晚年哲学研究视野的变化。青年时期卢卡奇的哲学任务主要是探讨革命在西方社会实现的可能性问题,但是到了晚年,作为一个自觉建构文化哲学的哲学家而言,卢卡奇已经将研究视野从阶级扩大到了类。因为,真正的文化哲学体现的是人类性,而不仅仅是阶级性。当然,无产阶级的自由与解放

---

① 卢卡奇:《关于社会存在的本体论》(下卷),重庆出版社1993年版,第572—573页。

构成了人类自由与解放的前提，但是，直接将类作为研究对象仍然无疑表明晚年卢卡奇研究视野的扩大。

晚年卢卡奇提出类范畴，《关于社会存在的本体论》并不是首创。其实，在《审美特性》中卢卡奇已经关注到了类的问题，所不同的是，在《审美特性》中，卢卡奇通过艺术实现对类的把握。他认为，真正的艺术模仿就是个体对类特性的把握，只不过，此时的类特性还不是社会—历史中的类特性，它仅仅表现为一种内在性特征。"艺术作品作为个体与类的统一，总是表现人类的内在性，实际上，是这种内在性的对象化"。①《关于社会存在的本体论》在社会存在和社会实践的层面上将类概念深化了。

本体论中的类概念更注重于个性的研究，将类理解为个人在社会中的现实活动过程，这样的类概念是卢卡奇在正确解读马克思类概念与费尔巴哈类概念区别的基础上提出的。卢卡奇的类概念继承了马克思关于类概念的传统，坚持个性对于类的决定作用。卢卡奇认为，马克思的类概念与费尔巴哈类概念的区别突出地体现为两点：其一，个性与无个性的区别。费尔巴哈的类是无个性的类，并且永远也无法形成个性，而马克思则以个体与个性的形成作为类的标志；其二，是否需要中介行为和中介要素的区别。费尔巴哈的类概念只能被直观，因为，在他那里，类概念是直接性的存在，而马克思的类概念则扬弃了直接性。对马克思而言，合类性的形成必须要有意识的中介行为，这样才使人的类与动物的类相区别。

2. 合类性与总体性思想的历史演变

合类性并不是卢卡奇晚年偶然提出的哲学范畴，合类性是卢卡奇总体性思想在晚年的表达。总体性是卢卡奇一生的哲学追求，不过，在不同的历史阶段，它却又呈现出不同的形态。

卢卡奇的总体性思想已经被学界进行了多视角的、系统的研究，其研究成果也是极为丰硕。综观这些研究成果，可以归纳出以下五大

---

① A.赫勒：《卢卡奇的晚期哲学》，《哲学译丛》1990年第1期。

特点：第一，总体性思想是卢卡奇最有价值的理论贡献之一；第二，总体性是辩证法的核心；第三，总体性思想集中体现在《历史与阶级意识》中；第四，注意到总体性与中介的关系，没有中介的总体性是虚假的总体性；第五，忽视卢卡奇总体性思想的历史演变，尤其是晚期卢卡奇的总体性思想。即使有的学者注意到不同阶段总体性的差异，但也只限于《小说理论》时期和《历史与阶级意识》时期的比较，即所谓的非马克思主义时期和马克思主义学徒期的比较，而忽视晚年卢卡奇对总体性思想研究的发展和贡献。本书认为，总体性思想贯穿卢卡奇思想的始终，是卢卡奇理论研究的核心范畴。卢卡奇不仅早年对总体性作了专门的研究，晚年仍然没有放弃总体性问题研究，不应该被研究者忽略。下面，我就从卢卡奇总体性思想的历史演变中来理解合类性的内涵。

总体性作为存在方式，经历了由内而外的过程。《小说理论》时期的总体性是一种内在性的总体性，对这一时期的卢卡奇而言，总体性象征着乌托邦的理想，象征着追求完美精神生活的浪漫主义倾向。卢卡奇认为，总体性是荷马史诗的特征，现代社会已经是破碎的世界，代表这种社会的小说形式"不过是已经破碎的世界的镜像"。[①]所以，对总体性的追求就表现为对荷马时代的缅怀，表现为一种精神的"思乡病"。[②]总体而言，此阶段的总体性具有四个特征：第一，总体性是自我完善的整体。第二，总体性是向内而生的整体。第三，总体性是伦理的总体。正如卢卡奇所说，"只有在知识就是美德、美德就是幸福的地方；只有在美就是可见世界的意义的地方，存在的总体性才是可能的"。[③]第四，总体性是具体的总体，个体因素包含其中。这种观点体现在卢卡奇对但丁的评价之中。卢卡奇认为，但丁的伟大之处就在于，"在但丁的作品里，仍旧保留有属于纯粹史诗之完美的内在的无距离感和完整性，但他的人物已全都是些个人，他们有意识地并积极地对抗这样一个直面他们、封闭着的现实，而在这种对抗中，他们成就了真正的个体。但丁的总体性的构成原则是系统化的，它消除了史诗之有机的部分体系的独

---

①②③　卢卡奇：《卢卡奇早期文选》，南京大学出版社 2004 年版，序言第Ⅸ页、第 4、9—10 页。

立性……同时,体系的每一个部分都保留了自己抒情性的个人生活,这是一种旧叙事诗过去没有、现在也没有的类别"。①卢卡奇在评价伟大史诗时认为其主要特征之一就在于英雄是没有个性的,他属于社会,属于时代。这种评价容易让人误解卢卡奇所讲的总体性是没有个体的混沌一体的存在。个体与总体的关系在这一时期的卢卡奇总体性理论中并未作详细的论述,而是在晚年卢卡奇的合类性范畴中得以具体展开。

需要强调的是,即使是在谈论内省性的总体性时,批判主义的萌芽已经出现在卢卡奇哲学思想之中。在这一时期,虽然卢卡奇的总体性在总体上表现为一种乌托邦的浪漫主义情结,但是,现实批判的萌芽却已经滋生。在《浪漫派的生活哲学》一文中,卢卡奇这样评价诺瓦利斯,"他(诺瓦利斯——引者注)最清楚地看到了歌德胜过他和他的伙伴之处:歌德把一切都化为了行动,而在他们(浪漫派——引者注)那里,一切都只止步于方法和思想;为了解决自己的问题,他们只能提出对成问题的事物的反思,而歌德却实际地超越了自己的问题;他们努力地要创造一个新世界,在这个新世界里,天才人物、他们的诗人能找到自己的家园,然而,歌德却已经在自己的时代的生活中发现了他的家园"。②这段话明确地表明,对行动、现实生活的强调在早年卢卡奇哲学中已经存在。

在对浪漫主义生活艺术的批判中,卢卡奇更集中地表达了他的现实主义批判思想的萌芽。他说:"从生活的表面上有意识引退是浪漫派生活艺术的代价;但这只是在心理学领域才能在表面上被意识到:他们最深刻的本质和他们最深刻的关系对于浪漫派还是陌生的,因而未得解决,从而失去了拯救生活的力量。实际的生活现实在他们眼前消失,并被另一种现实所取代,这是一种诗的现实、纯心灵的现实。"③从这段话中我们可以归纳出卢卡奇所看到的浪漫派的问题:其一,从实际的生活引退表明浪漫派否认矛盾,寻求纯粹的和谐;其二,纯粹的和谐只存在于内心之中,确立了一种内省性思维方式;其三,由之而来的就是对

---

①②③　卢卡奇:《卢卡奇早期文选》,南京大学出版社 2004 年版,序言第 44 页,第171、176 页。

现实生活的如下态度,即被动地适应而不是积极地批判、改造;其四,这种内省性思维最终导致一种纯粹的、坚定的个人主义。基于个人的体验、个人的情感,人与人之间交流的唯一方式就是诗。诗是用以引起共同情感的。在对浪漫派问题的揭示中,从反面表达了卢卡奇的现实批判主义思想的萌芽,并且,通过对纯粹和谐的批判,体现了卢卡奇中介性、矛盾性思维的雏形。

《历史与阶级意识》时期的总体性实现了由内而外的转变,由内省性的总体性变为无产阶级的总体性。无产阶级的总体性表现为两个方面:此时的总体性既是一种需要追求的生存方式,同时又是一种思维方式。所以,本书认为,这一阶段的总体性实现了由内而外的转变,然而这种转变还没有深入到社会实践本体中去。总体性思想是《历史与阶级意识》的重大成就之一,它具有重要的理论与实践价值,学界对卢卡奇总体性思想的研究也主要围绕《历史与阶级意识》展开。这一时期卢卡奇的总体性思想主要体现了两个特征:首先,总体性是方法,它一方面是理论的辩证法,另一方面是革命的指导原则;其次,总体性要实现的是理论与实践的统一,两者统一的基础是无产阶级意识。于是,与《小说理论》时期的总体性思想相比较,一方面,这一阶段的总体性思想摆脱了早年乌托邦的"思乡病",由一种浪漫的乡愁理念发展到对无产阶级革命的关注,但是,另一方面,总体性的现实本体却是无产阶级意识,虽然无产阶级意识突破了黑格尔的绝对精神,由思辨体系到现实社会,但是,意识本体却仍然是向内而生的存在,它有重新陷入内在封闭性整体的倾向。直到晚年通过对本体论的论述,卢卡奇的现实主义批判才完全建立起来。

这一阶段总体性思想的核心是指理论与实践的统一。理论与实践的统一问题是 20 世纪 20—30 年代西方马克思主义研究的主题。这一阶段理论研究的目的在于实现无产阶级革命,而要实现无产阶级革命,就必须依靠意识对现存世界进行批判。因此,这一时期的西方马克思主义哲学家都强调如何将观念的东西转变为现实的东西,实现理论与实践的统一,这一研究路向表现在三个方面:第一,理论与实践的关系是本体论或方法论问题,而非认识论问题,理论的目的在于改造世界;

第二，无产阶级具有总体性本质，他的总体性本质来自其在资本主义社会中的生存境遇。无产阶级与资产阶级共同面对物化的资本主义社会，但是，资产阶级在物化的世界里是觉得满足的，而无产阶级则是处于人格的分裂中，直接性的生活现状以否定的方式激发无产阶级的总体性意识、间接性意识，以期突破资本主义社会直接性的束缚；第三，无产阶级总体性的实现以无产阶级意识为基础，阶级意识构成了理论与实践统一的本体论基础。

总体性以中介性思维方式作为其理论支撑。中介性思维方式具有两方面的功能，一方面是认识功能，它能透过物化关系看到人与人的关系，建立起批判的意识；另一方面是行动功能，无产阶级中介性的意识是无产阶级行动的出发点，是由现实转向行动，在现实层面实现无产阶级解放，摆脱被分裂状态的基础。

《历史与阶级意识》深刻分析了总体性与中介问题，但是，如何通过中介性思维方式进入到现实的、历史的社会存在？如何在社会存在本体论的层面上深入对总体性思想的认识？卢卡奇在这一时期并未解决这些问题，而是留到了晚年。

实践本体层面的总体性是卢卡奇晚年合类性思想阐发出来的。合类性的本体论功能主要建立在与日常生活批判的联系之上。类生活代表着总体性的生存状态，而日常生活则代表着直接性的生存状态，是没有个性的个体的生活状态。两者的区别具体体现为五个方面：第一，类生活是抽象与具体的统一，而日常生活则是个体的存在；第二，类生活表现为个性的形成和自由的实现，而日常生活则表现为个体的受束缚和异化状态；第三，类生活以立体性作为其基本的结构特征，而日常生活则以平面化作为其基本特征；第四，类生活的丰富性是统一的整体，而日常生活则表现为两个层次，即既然状态和应然状态。日常生活的既然状态以直接性、平面化作为特征，而应然状态则是日常生活突破直接性与平面化状态的动力和源泉，以潜在状态决定日常生活批判的方向；第五，类生活与日常生活批判统一于类生活。日常生活克服自身的直接性趋向合类性是一个过程，并且这个过程以现实的、历史的活动为中介。在日常生活与合类性之间形成了批判的张力，填充这个张力网的便是一系列的中介活动。

3. 个性与社会性的统一

合类性范畴所表现出来的文化哲学本性集中体现在个性与社会性的统一中。社会存在的本性就是个性与社会性的统一，也可以说，个性与社会性的统一超越了日常生活的直接性。

那么，个性与社会性的关系是如何提出来的？这需要我们对个性与社会性关系作出历史的说明。总体而言，个性与社会性关系的提出以政治社会和经济社会的分离为前提。政治社会体现为个体与社会的直接同一，经济社会则承认个体的价值，认为个体的交往形成了社会，或者说，只有经济社会才是真正的社会化的社会，也才是真正出现了个体与社会关系的社会。

在古代社会，个人与社会还没有发生分离，两者浑然一体，因此也就不存在个性与社会性相统一的问题。"在城邦的发展中，人和社会在本体论上的同时的、不可分割的给定性乃是一件不言而喻的事情"。①在城邦社会中，个人之所以与社会处于给定性的同一关系中，其根本原因就在于，城邦社会中的个人是"公民"，公民与政治是分不开的，因此公民表现为政治的个人，"人类在本性上，也正是一个政治动物"。②政治性与社会性是不可分离的，因此，个人与社会性也是不可分离的同一体。

个性与社会性关系的明朗化是资本主义社会的产物，因为"人的共同体越是具有社会性，这种社会性越是明确完善，那么人就能在越来越多的情况下也以这样的抽象的个别性的面貌出现"，③而这种社会化程度只有资本主义社会才能满足。资本主义的生产方式是社会化大生产，它使人与人的关系从自然关系中摆脱出来，体现为社会关系，"资本主义的特点就是，它消除了所有的'自然障碍'，并把人与人的全部关系变为纯粹的社会关系"。④同时，商品的本性决定必然进行社会交换，因

①③ 卢卡奇：《关于社会存在的本体论》(下卷)，重庆出版社 1993 年版，第 277、277 页。

② 亚里士多德：《政治学》，商务印书馆 1983 年版，第 7 页。

④ 卢卡奇：《历史与阶级意识》，商务印书馆 1992 年版，第 262 页。

此,这又决定了交换方式的社会化。经济的社会化导致整个文化的社会化,"从19世纪末到今天,所有这些领域(资本主义工业领域——引者注)里都发生了一场剧烈的、迅猛的彻底资本主义化、大工业化的运动;从服装工业、制鞋工业等等一直到食品工业,到处都可看到这一运动。例如,如果把作为交通工具的马车与汽车、摩托车等等加以比较,那么差别就会清清楚楚地表现出来。一方面,进行小手工业企业生产的可能性已不复存在;另一方面,随着摩托化,消费者的范围大大扩展了。此外还有消费者的日常用具的机器化;电冰箱、洗衣机等等进入了大多数家庭,至于收音机、电视机等等就更不用说了。化学工业的迅猛发展——大家只要想想塑料就够了——,在广大范围内使古老的半手工或者完全手工式的小生产消失殆尽。同样,众所周知,例如旅馆业也成了一个重要的大资本主义部门,这不仅对城市的旅客往来是如此,而且对逐渐产生的在很大程度上是彻底资本主义化的渡假业也是如此。最典型的非资本主义的服务性行业形式,即家庭佣人这个领域,正在普遍地消失。就连文化领域也被这一运动所掌握。当然,早在19世纪就有了这种苗头。但是,报纸、杂志、出版社、艺术品贸易等等被大资本主义化的那种规模,却显示着整个结构所发生的质的变化"。[①]在被彻底经济化的资本主义社会中,才真正产生了个性与社会性的关系问题。

资本主义社会中个人与社会的关系被简单化为纯粹的经济关系,但是,这种纯粹经济关系的形成却是经过了曲折的过程的,它是在经济人与政治人的斗争中形成的。经济人与政治人的关系其实也就是市民社会与国家的关系问题。国家是政治社会,市民社会与国家的对立就是经济基础与政治的对立。在古代社会,作为经济基础的市民社会并未在哲学上被提出来,人主要就是政治人。经济人的出现是资本主义社会的产物。黑格尔第一次系统地将市民社会与国家作了划分,但是,黑格尔强调国家是市民社会的真理,要求市民社会服从国家,为王权服务,这样一来,作为经济人的个体成了国家的奴仆,他们仅仅是构成国

---

① 卢卡奇:《关于社会存在的本体论》(下卷),重庆出版社1993年版,第339—340页。

家的一个个原子而已。马克思肯定黑格尔将市民社会与国家二分的做法，但是，马克思却颠倒了国家与市民社会的关系，他认为，市民社会是国家的前提，并非国家是市民社会的前提，国家应该服从经济基础（市民社会），应该为新兴阶级服务。在这种新的关系下，马克思将个人从社会中解放出来了，并且将个性问题真正变成了哲学问题，"作为市民社会成员的人是本来的人，这是和 citoyen[公民]不同的 homme[人]，因为他是有感觉的、有个性的、直接的存在的人，而政治人只是抽象的人、人为的人，寓言的人，法人"。①卢卡奇继承马克思关于个性的理解，将个人作为市民社会的一分子，表现为经济人，并与市民社会发生关系。"法国大革命解放了资本主义经济在全社会中所需要的一切力量，因而也就宣布了人与——在理论和实践上早已存在的——'经济人'（homo oeconomicus)的统一"。②个人与市民社会的关系决定了个性的形成必然与社会性具有不可分割的联系。

以个性与社会性的关系为标准来考察历史上关于个性的观点，可以分为三类：第一类把个性客体化，在主—客体分离的基础上，使之成为仅仅是被认识和把握的对象。"把人的个性实体变成任人控制的大体上毫无反抗的客体"。③这种观点主要是近代认识论思维的产物。在认识论框架下，个人被客体化，其实质是剥夺了个性存在的可能性。在这种情况下，社会性对于个性的关系也根本谈不上了；第二类将个性实体化、僵化、孤立化，使之脱离与社会以及与人自身活动的关系。"把人的个性实体偶像化，使之成为一种抽象的僵化的、被机械地同世界以及人自己的活动分离开来的存在"。④持这种观点的主要是存在主义。存在主义从认识论转向了本体论，其哲学的核心在于思考人生的存在与价值问题，但是，他们的本体论却是立足于纯粹个体的本体论，社会被排除在外。例如，早期萨特强调个人抉择，试图通过个人抉择来确定个人的人生价值问题；第三类则是文化哲学的观点，它在个性与社会性相

---

① 《马克思恩格斯全集》(第 1 卷)，人民出版社 1956 年版，第 443 页。
②③④ 卢卡奇：《关于社会存在的本体论》(下卷)，重庆出版社 1993 年版，第 279、282、282 页。

结合的基础上来研究个性的形成问题。一方面,它将个性看作是此时此地的存在,这个此时此地的存在本身也是一个整体。但是,这个整体只是局部的整体,它以社会存在整体作为大的背景和目标,逐渐突破局部整体实现社会整体。正是在通往社会整体的过程中,个性得以形成;另一方面,作为此时此地存在的个性具有"可选抉择",①即个性整体并不是被动地从属于社会整体,而是通过可选抉择创造着个性。个体的创造性是人本身所具有的,不是从外在强加给个人的。同时,这种创造性又需要在社会中实现其外化,外化既创造了社会性,又创造了个性。对个性与社会性关系的辩证理解是文化哲学所遵循的解读方式。

同时,我们也必须注意到,辩证地理解个性与社会性的关系并不意味着将两者的功能等同。在卢卡奇哲学中,社会性与个性是不可分割的,但是,两者所起的作用并不是等同的。毋宁说,在卢卡奇那里,个性构成了决定性的因素,社会性构成个性形成的一个环节。"只有那些意识到自己是个性(而不再是仅就他们的局部性本身而言而有所不同的人)的人们,才能够通过自己的意识、通过自己由这一意识引导的行动,把真正的合类性变成社会的人的实践,即社会的存在"。②

首先,个性的决定性作用表现在个性赋予人的生命存在以意义。没有个性的人生是没有意义的人生,"许多人生活方式之所以遭到失败,原因就在于不能把自己的自在个性发展为一种自为存在,反而稀里糊涂地度过了一生,他们意识不到自己的个性到底是什么,应该怎样根据个性去安排生活"。③

其次,社会性对于个性所起的中介作用突出表现在:个性的差异表现在对社会所行使的不同功能上。一方面,失去了社会性,个性的形成成为不可能,因为,"个人作为类存在物,他只能以其隶属的那个社会的成员的身分才能够把自己的热情对象化"。④同时,个人在塑造个性时也应该将社会纳入个性形成的过程中来,"个人应该理解到自己的生活

---

①②④　卢卡奇:《关于社会存在的本体论》(下卷),重庆出版社1993年版,第282、303、577页。

③　卢卡奇:《关于社会存在的本体论》(上卷),重庆出版社1993年版,第363页。

乃是整个人类发展的一个局部的过程,从而不仅体验到自己的生活方式和由此产生的自我义务乃是从属于这种充满活力的关联的,而且还要努力去实现这种生活方式和这些自我义务,只有这样,他才获得了自己同人类的合类性的现实的、不再无声的联系"。①另一方面,不同的时代和社会,个性需要行使不同的功能。处于不同时代的人,由于社会客观条件的不同而具有不同程度的可能性,对他们分别所处的社会而言,他们对社会的功能是不同的,也正是这种不同的功能决定了他们具有不同的个性。

这同时也告诉我们,个性不是简单由社会客观条件直接给定的,而是由个人在具体的社会—历史环境中创造的,个性问题最终是个实践的问题。"就其本体论本质而言,即便在这里,也同样是个实践问题。人总是要依靠自己的力量来塑造自己的个性,并且还要以同样的方式来保持这种个性的完整性。人的这种并非总是明确的、并非总是被完全意识到的意向,给他提出了一系列关于他对待自己的生活、对待他人的生活以及对待整个社会的态度的问题,他只有以自己的行动,才能够对这些问题作出相应的回答。当然,在这里同在人进行任何一种活动时一样,人对于自己、对于自己周围的世界等等的认识,同样起着重要的作用;但是人对于上述问题究竟回答得怎样,这归根到底还是取决于人的实践,取决于人的内心的行为动机,取决于人的行动本身"。②

二、中介类型及其功能

卢卡奇文化哲学的目的在于达到个性与社会性的统一,使个性得以形成,那么,如何使社会存在本体论摆脱日常生活的直接性,形成真正的个性呢?卢卡奇认为,必须借助一系列的中介。这些中介主要包括劳动、语言、经济、社会评价,等等,其中,劳动和语言具有根本性的地

---

①② 卢卡奇:《关于社会存在的本体论》(下卷),重庆出版社 1993 年版,第 639、797—798 页。

位。劳动确定了人与自然之间的间接关系,而语言则既确立了人与自然之间的关系,也确立了人与人之间的间接关系。鉴于语言中介具有特殊的重要性,所以,在本节中,我将重点考察劳动和经济、评价等中介的功能,下一节将专门分析语言中介。

首先,劳动是个性形成的第一个中介。

卢卡奇强调劳动是奠定人的各种社会化的基础,它使人摆脱了纯粹的生物学需要,使目的论设定变成人的决定性需要。劳动造成了人的社会存在与自然存在的差异:人的社会存在因劳动而变成为社会性的存在,以此区别于生物性的存在;同时,劳动是目的论的设定,因此决定人具有了异于自然的规律。简而言之,劳动是个性形成的第一个中介,它构成其他中介系统的基础。

具体而言,劳动中介的功能表现在以下三个方面:第一,劳动使主客体相分离,建立起了主体意识。"只有在劳动中,在目的和手段的设定中……意识在本体论上才不再仅仅是一种附带现象"。① 主—客体关系的确立使人与自然相区别。主—客体的建立从劳动开始并且在劳动中实现。有意识的活动是建立主—客体关系的前提,同时主—客体关系又是有意识活动的体现。主—客体关系以及主体意识的建立体现在劳动所确立的手段与目的的关系中。首先,劳动手段的出现打破了主体与客体之间的直接联系,使目的的满足变得更为间接,同时也更为持久和有效。其次,目的的设定并不是任意的,目的必须服从外在自然,这其实也就是更加强调了手段的优先地位。最后,手段或工具发展的历史记载了主—客体关系相分离的过程,因为,"人类将自己从原初使用的自然材料中解放出来,并赋予他的使用对象以满足其社会需要的全新属性"。② 手段越完善,主—客体的关系也就越间接。在这里需要强调两点:首先,意识的形成在劳动中介功能中具有决定性的地位,因为,只有具有了意识,自然才成为人的自然,也就是说,"在社会中,有某种中间结构使得有机体和周围世界之间的相互关系更加丰富并发生变化了,这就是意识所起的中介作用,意识的职能就是通过中介作用使

---

① ② Georg Lukács, *Labour*, London: Merlin Press, 1980, pp. 22—23, 18.

外界刺激在有机体身上引起的反应更加有效".①对意识的强调并不否定物质的基础作用,而是在物质基础的前提下,肯定意识作用的不可替代性,正如卢卡奇自己所言,"离开这个现实的回旋余地,观念因素就不存在;而在这个回旋余地的范围之内,观念因素就是一切能够在社会中产生并在社会中存在的东西的无法替代的前提".② 其次,主体和客体的关系是相互作用的,而不是单方面的,即主体既作用于客体,改变着客观世界,同时,主体在改变客体的过程中也改变着自己,使自己由自在的存在变为自为的存在。"主客体关系作为人同世界、同他自己的世界之间的关系,乃是一种相互作用关系,在这种关系中,主体在不断重新塑造客体,不断在客体身上造成新的东西,同时客体也在对主体产生着同样的影响;在这种关系中,我们不能脱离其中的一方去理解另一方,即不能孤立地理解其中的任何一方".③ 第二,劳动产生人的社会性。主一客体关系的建立以人与自然之间的关系作为基础,社会性的产生则以人与人之间的关系为基础。人与自然的关系向人与人的关系的转变表现在社会存在本体论上就是使用价值向交换价值的过渡。"人的劳动活动旨在把自然对象变成使用价值。在后来的、更为发展了的社会实践形式中,对他人的影响变得更加有效,最终——要是有最终的话——这种影响以生产使用价值为目的……从此以后(非常普遍地和抽象地说),目的论设定的基本内容就是试图使其他人(或人群)完成他们自己的特定的目的论设定".④由此,在劳动的社会性基础之上,人与人之间建立起了社会性的关系。社会性是社会存在的基础,它使人的类成为社会关系的总和,同时,社会关系也是人的类存在的表现。第三,劳动产生具有社会性的个人。个性的形成在社会性的相互作用中完成,劳动在这一过程中改变人的个体单一性,从而形成具有社会性的个人。劳动唤起了人的创造意识,并在具体的劳动过程中实现着人的创造能力。正是这样,个性便摆脱了个体单一性,成为有创造性的个

①②③ 卢卡奇:《关于社会存在的本体论》(下卷),重庆出版社 1993 年版,第 415、419、438 页。

④ Georg Lukács, *Labour*, London: Merlin Press, 1980, p.47.

性。"劳动能够在人身上唤起新的能力和需求,劳动结果能够超越在劳动中直接和有意识地设定的东西并造成新的需求和满足这些需求的能力,而且——在每一种确定的社会形态的客观可能性的范围之内——并没有为'人的自然'的发展预先规定任何先验的界限"。①

劳动所确立的主—客体关系需要在语言中固定下来,虽然语言是劳动的结果,但是,语言却行使着劳动无法替代的功能;缺乏了语言中介,个性便无法形成。关于语言的功能,我将在后面详细论述。

其次,经济一体化具有重要的功能。

经济一体化是个性形成的基础,它的中介作用也是不容忽视的。但是,对于经济一体化功能的理解却不能是直线性的,而应该采取辩证的方法。本书认为,经济一体化的功能应该从两个层面来研究:一个层面是经济对于社会发展和个性形成的积极意义;另一个层面是经济一体化与个性的辩证矛盾。

第一,经济对于社会发展和个性形成具有积极作用。经济发展是个体进步的前提,这体现在经济发展与生物学发展的区别中。生物学的发展也是在类上的发展,但是,它们只是被动的、无声的发展过程,而经济的发展则是通过人的目的论设定而实现的。经济与实践相关,是人的活动,这就打破了以往将经济发展看作是非目的论过程的思维方式。

第二,经济一体化与个性之间的关系是辩证的,而非直接同一的。卢卡奇认为,合类性不是单一的同一性,它是矛盾的统一,是辩证的过程,合类性的经济基础是世界市场,是经济一体化,它同样也表现为矛盾发展的过程。"人类这种统一合类性的经济基础,即世界市场,尽管直到现在仍然出现在一种极为矛盾的形式中,因为世界市场不仅没有削弱和消除个别团体之间的矛盾,反而加剧了这种矛盾,正是通过这种矛盾方式,通过甚至渗入个人生活的现实相互作用,世界市场仍然是当代的社会存在中一个重要的存在因素"。②由此可见,经济一体化与个

---

① 卢卡奇:《关于社会存在的本体论》(下卷),重庆出版社1993年版,第304页。
② 卢卡奇:《关于社会存在的本体论》(上卷),重庆出版社1993年版,第366页。

性的辩证关系是通往合类性的必经之途。

经济一体化与个性的辩证关系体现为理论与现实两个层面。从理论层面而言,经济一体化与个性的关系可以转化为整体性与具体性的辩证矛盾。在现实层面,表现为资本主义日常生活的同质化本质与合类性的文化本质之间的矛盾。首先,从理论层面而言,经济一体化与个性的关系转化为整体性与具体性的辩证矛盾。对于认识论来说,整体性就是逻辑的普遍性,它是对具体性的抽象、总结,它在具体性之上,却并不内在地包含具体性,同样,多样性也只存在于现象领域,理论达到本质的高度时,这些多样性是被超越了的。所以,在认识论框架中,整体性与多样性是相分裂的。对于本体论来说,整体性与多样性却无法分离,它们共同构成存在的两个环节。多样性构成局部的整体性,它们是通向合类性的一个个环节和阶段,在社会存在中表现为丰富的民族性与世界经济一体化的共存。其次,从社会—历史层面来看,经济一体化与个性的关系表现为世界市场与民族性的辩证统一。"经济一体化过程即便是达到了形成世界市场这种进步程度,民族(Nation)合类性,甚至少数民族(Nationalität)合类性等等,也仍然会作为直接发挥作用的东西而继续存在"。①

如何理解世界市场与民族性的关系? 从西方文化视角来看,经济一体化与世界市场的形成在两者的关系中居于决定性的地位。因为,经济一体化一方面是西方经济在全世界的扩张;另一方面也是西方文化在全世界的蔓延,所以,对于西方文化来说,不存在经济一体化与民族文化的矛盾。但是,对于东方国家而言,情况就不相同了。东方国家所面临的经济一体化是外来的历史必然性对东方民族的冲击,或者说,经济一体化并不是从东方国家自身中成长起来的,而是舶来品。所以,在世界市场形成的过程中,东方国家始终面临着经济一体化与民族多元化的矛盾。

对于东方国家来说,经济一体化是技术和能力层面的提高,而民族性则是自身文化的保持与发展。虽然可以形成世界市场,但却无法从文化上抹杀不同民族的文化个性。对于国家而言,经济一体化是国家

---

① 卢卡奇:《关于社会存在的本体论》(上卷),重庆出版社 1993 年版,第88页。

的社会性层面,文化多样性则是它的个性层面,在两者的关系中,作为个性特征的文化具有决定性的作用,因为正是文化使民族的存在成为可能,并由此为人类以及每个人的个性发展提供了前提。反之,如果所有的民族都被经济一体化所同化,失去了民族的个性特征,那么,作为不同文化环境中的个人也会因此而失去其独立的个性。所以,从个性发展的角度而言,经济一体化应该为文化个性化服务,而不是相反。

卢卡奇虽然没有直接论述东方社会的发展问题,但是,从他对资本主义日常生活的同质化本质的批判中仍然可以看出,卢卡奇在对经济一体化与个性关系的分析中坚持的是文化哲学的视角。卢卡奇认为,资本主义社会的本质以经济一体化为手段实现文化的同质化,这是对个性的抹杀。也正是从这个角度来说,资本主义社会是否定个性存在的社会,是卢卡奇批判的对象。经济一体化与文化同质化构成了资本主义社会日常生活的核心要素,或者说,日常生活世界是资本主义同质化的温床和载体。日常生活的直接性接纳了惰性的同质化。

再次,抉择、评价与个性具有不可分割的联系。

由于有个人抉择才有评价问题,抉择以及对抉择的评价共同构成了个性的因素。个性并不仅仅取决于个人的抉择,即不仅仅取决于个人主体的行为,而且还取决于与他人的关系,在与他人的关系中产生了他人的评价。同时,评价不是纯粹主观的活动,它是由一定的社会习俗和规则所制约、决定的。因此,从评价系统出发,个性包含有三个层面的含义:其一,个人主体的选择及其活动;其二,他人作为主体进行的评价;其三,评价的标准,即来自社会性的客观标准。这三个层面构成个性的三个环节,或者说,这三者都是个性形成的中介。

"今天,个性作为个人对生活(日常生活)所提出的可选抉择作出反应的一种由社会规定的、特有的体系,它标志着整个社会的几乎每个人的特征,而且它在客观上乃是社会的持续了数千年之久的朝着某种日趋全面的社会性发展的产物,当然,它也是人类的个例的再生产过程中的产物"。①"每个人的生活历程都是由一连串的抉择组成的。当然,它们并非就是许

---

① 卢卡奇:《关于社会存在的本体论》(上卷),重庆出版社1993年版,第65页。

多不同质的抉择的简单排列,而是总是自发地反过来涉及到抉择主体。而这些个别抉择在对当事人产生反作用时的相互关系,则构成了我们在日常生活中有道理地称之为个人的性格、个性的那种东西"。①卢卡奇认为,个性并不只有大人物才具有,任何社会中的人都具有,但是,不同人的个性却是不相同的。例如,有人拾金不昧,有人却不然;有人给老人让座,有人也不然,等等,这些日常生活中的事例都反映着人们的个性。这些个性一方面是主体有意识的选择行为;另一方面由于其产生于一定的社会关系中,所以,必然涉及依据一定社会的规范、规则对其进行评价的问题。

第四节　语言中介的文化哲学本性

语言不仅确立了自然与社会之间的关系,而且也确立了人与人之间的关系,它以其独特的功能构成个性形成的重要中介。语言促使个性形成的过程其实也就是语言使社会存在本体论成为可能的过程。

卢卡奇语言范畴的提出以西方哲学的语言学转向为背景。自19世纪下半叶开始到20世纪,西方哲学经历了哲学研究的语言学转向。这场转向与哲学本体论的深刻反思相联系,推动着哲学本体论的研究由面向自然世界转向了面向生活世界。与此同时,马克思主义哲学也经历了这场语言学研究的转向和哲学本体论的变革。20世纪20—30年代,葛兰西、卢卡奇批判以苏俄为代表的传统马克思主义哲学体系,开始以语言作为哲学的内部规定,研究人类历史的本体、实践活动的本体,从而实现了马克思主义哲学本体论研究由自然世界向人类生活世界的转向。其中,卢卡奇对语言的研究尤其具有代表性,是我们理解马克思主义哲学研究的本体论转向及其发展的重要环节。

一、走向语言本体

在《关于社会存在的本体论》中,卢卡奇批判了传统认识论思维方

---

① 卢卡奇:《关于社会存在的本体论》(上卷),重庆出版社1993年版,第66页。

式,以期建立新的本体论思维方式。他认为,在传统的认识论框架中来谈论本体问题,最终都以远离真正的存在问题而告终。例如,在康德的体系中,世界被二分为现象世界和本体世界,而人的认识却是无法达到"自在之物"的,他的《纯粹理性批判》证明,用认识论的体系是不可能把握本体的存在的,而黑格尔的逻辑化了的历史主客体同一本体论,以及19世纪的种种非理性主义思潮都使我们远离了各种真正的存在问题,因而最终被抛弃。卢卡奇对他们的批判正是要"从头开始",为本体论研究建立新的基础。这个基础就是日常生活世界。

如前所述,在卢卡奇那里,一方面,日常生活世界提供给我们的是一个现实的具体的世界,它与每个人的生活都息息相关。不论是衣、食、住、行,还是思维活动都源于这个世界,又都回归这个世界;另一方面,日常生活世界又具有直接性。由于直接性,事物的真实本质往往被掩盖,因此,日常生活的直接性妨碍我们把握社会现实,只有借助于一系列的中介才能真正把握社会现实。所以,尽管我们的认识必须从日常生活的直接性出发,但同时又必须超越它。其中,语言作为使社会存在的连续性得以实现的中介,为卢卡奇的本体论转向奠定了基础。语言对于建构社会本体论的意义是由语言的特殊性决定的。按照文化哲学的观点,语言"是一条把过去、现在和将来直接维系起来的纽带",①亦是历史的存在。历史在语言中得到确定的形态,并对未来发生影响,这是其他媒介所不能做到的。

由此可见,正是日常生活的现实性、直接性建立了语言与社会存在的关系,也决定了卢卡奇必然走向语言本体论。由于卢卡奇是以语言本体论来揭示社会历史的存在,所以,语言本体论是社会存在本体论的基础和深层内涵,我们只有研究卢卡奇的语言本体论,才能更深刻地理解他的社会存在本体论,并从而理解个性在社会存在本体中的形成问题。

二、语言与社会存在

语言的特点在于它总要"说"点什么,语言所说的"什么"是先于语

---

① 威廉·冯·洪堡特:《洪堡特语言哲学文集》,湖南教育出版社2001年版,第71页。

言存在的,还是语言在"说"的行为下赋予的? 即语言的所指是实存的还是虚构的? 语言所涉及的这些形而上学的问题成为语言哲学关注的重点之一。

新实证主义者"对形而上学的陈述保持中立"。①他们不承认现实世界中的本体问题,最多也只是在一定的语言框架中来谈论本体。语言在新实证主义者那里只是构成本体的理性工具。例如,卡尔纳普说:"我们必须区别两种存在问题:第一,这个新种类的某些对象在[语言]构架内部的存在问题;我们称之为内部问题;第二,关于这些对象的系统当作一个整体的存在或实在性问题,叫做外部问题。"②这样一来,语言便为我们构造了一个世界,一切存在问题便在这个世界内部展开。同时,构造了一个语言世界并不能断定这样的世界具有实在性,它只是接受一种语言习惯和语言规则的问题。语言本身形成一个作为构造本体的理性工具的框架,这一前提存在与否并不是卡尔纳普所要论证的,即语言框架其实只是人为设定的一个手段、工具而已。

与新实证主义者不同,卢卡奇反对仅仅从工具的意义上理解语言,而主张从存在的意义上说明语言,也就是说,把语言当作人的存在,当作人性的规定来理解。那么,语言具有哪些人性的规定? 语言的人性规定揭示了人的社会存在的哪些特性呢? 这正是卢卡奇所要解决的问题。

首先,语言的抽象性决定了人与自然界的关系。语言的抽象性是与信号的具体性相对立的。在卢卡奇看来,语言和信号分别表征了人和动物应对外部世界的方式,信号是动物"对自己周围世界中的一定的和具体的生命危险的某种有效反应,乃是某种一次性地出现的并且具有某种极其粗略的确切意义的直接防御反应"。③语言则使人超越外部自然界对它的限制,能够有意识、能动地对待外部自然界。人的有意识的、能动的特性是在语言的抽象性中确立起来的,因为语言的抽象性是对信号的"纯粹依附性……具体的一次性的关系"④的

---

①③④ 卢卡奇:《关于社会存在的本体论》(上卷),重庆出版社 1993 年版,第 405、51、51 页。

② 洪谦主编:《逻辑经验主义》(上卷),商务印书馆 1982 年版,第 83—84 页。

超越,它不仅使人具有了对外部自然对象的认识,而且还具有了应对外部自然界的新的手段。前者是人的意识、目的的确立,后者是人积极地、能动地作用于外部世界的生存方式的确立。语言的抽象性,即是人的意识、目的性的确立和人的活动方式确立的活动。由于语言的抽象性,人同外部自然界的关系就具有了两个特征:其一,人能够从外部自然界的现象进到对自然界的本质及更丰富的对象的把握。卢卡奇把这一特征描述为:"人同周围自然界的关系,包含着在超出某一直接给定的情况之外的一切场合中对同一对象的认同。人从对于对象的已知之在(具体的直接的为我之在)中,得出了对于对象的自在之在的认识。"①其二,人与外部自然界建立越来越多的关系。卢卡奇认为,语言抽象性中所包含着的人积极地、能动地作用于外部世界的生存方式,本质上是语言的客体化活动,正是在这种客体化中,人与"周围世界的无机的和有机的(而且后来还有社会的)对象与关系之间,愈来愈多地存在着一种'关系'",②而这种"关系"是动物根本不具有的。在卢卡奇看来,人与外部自然界关系的这两个特征是由语言的抽象性决定的,亦是人的人性的表现。

其次,语言的历史形成决定了人的社会存在的历史性。在语言的起源上,一直存在着两种对立的观点:一种观点是把语言的起源归于神的创造;另一种观点是把语言的起源归于自然。与这两种观点不同,文化哲学,比如在赫尔德那里,则把语言归于人性的创造。卢卡奇继承了文化哲学的传统,从人性形成的角度考察语言的形成,并由此深刻地揭示了人的社会存在的历史性。语言的形成是为了满足人的现实社会需要,语言是源于生活的活的语言,这就决定了语言的发展与人的发展、社会的历史发展是同步的。卢卡奇反对一些实证主义的"极端分子"脱离生活谈语言,认为"他们把语言性的东西归结为我们在前面所概括的那种'符号',从而把现实变成了纯粹的控制对象"。③而对象,在卢卡奇

---

①② 卢卡奇:《关于社会存在的本体论》(上卷),重庆出版社 1993 年版,第 51、51—52 页。

③ 卢卡奇:《关于社会存在的本体论》(下卷),重庆出版社 1993 年版,第 210—211 页。

看来,是不可以被人控制的。我们只能通过实践,在理论上把握它们,并且,在把握的过程中,理论面临着这样的问题:从客观方面看,客观现实是自在地存在着的,同时,"全部存在着的客体和关系的对象性,在内涵和外延方面都具有无限的规定性"。①理论是对客观现实的反映;任何理论都离不开它所反映的客观存在。然而,从主观方面看,主体对客体和关系的对象性的把握总是具体的、个别的。这就决定了个体和存在整体之间存在着矛盾。在卢卡奇那里,个体和存在整体之间的这种矛盾正是他展开对社会存在问题考察的基础。语言在发展中面临着同样的难题:"人对语言的创造、语言在社会实践中的不断的再生产、它的所有单个因素的'消亡与产生'以及整个存在整体的自我保持,所有这些过去和现在一直处于这种尴尬局面的支配之下。"②语言作为对人的现实需要的反映,是理论的可传达的形式。现实需要的个体性、多元性要在语言中体现出来,而需要的无限性又决定了语言不可能穷尽所有的现实需要,但是,这却决定了语言的形成过程就是向无限性的接近,并且在这一接近的过程中体现了社会存在向合类性的发展历程。所以,语言的发展其实也就是摆脱这一尴尬局面的不断尝试,努力使个体克服当下性和不完整性,以达到合类性。个性正是在个体克服不完整性迈向合类性的过程中得以展现和发展的。这也正是人类社会存在区别于其他存在的关键点,即社会存在在个性与合类性的张力中得以发展。同时,它也是语言发展所揭示的内涵。卢卡奇从四个方面说明这个问题。

第一,语言的普遍性和人的类的形成。语言的普遍性表现在,"对于社会存在中的任何一个领域、任何一个整体来说,语言都必然是赖以保持发展的连续性、保持和超越过去的器官和媒介"。③正是语言的这一普遍性使得人类社会的连续性得以保持。语言作为社会存在本体的再现,它体现了人类生命和生活的延续,记载了人类历史的发展进程,并以可以传达的形式流传下来,也由于语言的普遍性,它才可以能动地

---

①②③　卢卡奇:《关于社会存在的本体论》(下卷),重庆出版社 1993 年版,第 207、207、219 页。

反映社会历史的发展,具体体现在,它不仅充当了人类存在与自然界的媒介,而且也充当了人与人之间关系的媒介。而人类的形成也正是在这两个方面展开的,即在与自然界的关系中,自然限制的退却,人类向合类性的迈进,以及在通往合类性的途中,人性的逐渐成熟与完善。

第二,语言的更新与人类历史的发展。如同语言具有不完整性和始终需要发展的潜质一样,社会历史也总是处在通向完整性的途中。并且社会历史的意义正在于这种开放性和不完整性。语言的更新是在保持它的本质与特性的基础上进行的。它一方面反映了社会作为整体的变迁;另一方面又"反映并且有效地表达着生活着的人的观点、情感、思想、追求等等的世界"。①人的观点、情感、思想、追求的变化等等又折射出人类历史的发展。虽然人类历史并不是个人的简单相加,但人类历史作为整体的发展却是通过具体阶段的具体人来体现的,而语言的多元化、个性化发展正好可以很好地通过人的观点、思想等反映出社会历史的发展。

第三,语言的整体性、自发性决定了人的活动目的与日常生活的联系。语言的产生是由社会发展决定的,它将社会发展反映出来并固定下来,这就决定了语言从一开始就不是个人的行为,而是具有合类性、整体性的特征。语言作为整体,有着自身的发展规律,它的再生产也不是某个人或某个群体的意识的结果,而是具有自发性,个人却是在不自觉中"以自己的生活行为影响着语言的命运"。②个人在日常生活中扮演着与它在语言的再生产中所扮演的相同的角色,所不同的只是语言以其中介职能反映了生活,生活需要在语言中得到体现,并供人们思考。语言的整体性、自发性决定了人的活动目的与日常生活的联系也不可能是直线式的、单一的。日常生活是由有着活动目的的人所组成的,正是人的活动的目的性使得人类的日常生活区别于动物的生活。但是日常生活作为一个整体却又不是由个人的活动目的所决定的,日常生活作为一个整体也有着自身的特征和发展变化规律。其中之一就是日常生活的直接性。这一特征掩盖了社会存在的本质,而只以一种表象呈现在人们面前。这又要求人们进行有目的的活动以揭示其本

---

① ② 卢卡奇:《关于社会存在的本体论》(下卷),重庆出版社1993年版,第216、220页。

质,同时,个人的有目的的活动又只有在日常生活的范围内才有意义。

第四,语言的形成与人的社会性的本质。在动物的世界里只有信号,信号是直接的,摆脱不了对具体环境的依附性。这种自然性决定了信号只属于自然界。而语言则摆脱了直接性和依附性,具有了抽象性,这就使得语言不属于自然界,而仅仅属于人类社会。在卢卡奇那里,语言的形成正是人的社会性的标志之一。可见,社会性其实就是摆脱自然性的束缚,由自然性而社会性的过程。具体而言,我们可以从两个方面来看:一方面,社会性作为整体具有自发性。人类社会形成以后,就有着自己的结构与运行规律,它的发展并不随个人的意志而改变。这体现在具有了社会性的个人逐渐摆脱了自然的限制,却又一步步地受到社会性规律的制约,并且,这是人类社会发展的必经阶段,也是在"必然王国"里必然存在的现象;另一方面,社会性又不可否认地是由人的活动和活动结果构成的,所以,人的个性化的活动又构成了社会性发展的内在动力。首先,人类社会的形成与人的形成是同时发生的,并且社会性是在摆脱个人之间的直接的自然联系而建立起社会关系的过程中逐步发展与扩大的。其次,正是个人活动的目的性使得社会性整体的自发性具有合类性的趋势,而不是无目的的、随意的变化。虽然这个趋势并没有以一个明确的目的为引导,但却构成了社会性发展必不可少的内在驱动力。

最后,语言的个体性、多元性决定了人的存在必然是个性和类的统一。卢卡奇把人的历史看作是个性形成的历史。所谓个性就是每一单个的人都获得了社会性的本质,他的单个的活动都是社会性的表达。人的这种个性一旦形成,表达人的类特性的社会性也同时获得了新的形式,这时,社会性不再是压抑个体的力量,而是个体完全自由发展的条件,这是摆脱了自然的机械性限制的、高度发展的社会性,亦是个性和类的有机统一。在卢卡奇看来,在个性的形成,或者说,个性和类达到有机统一的过程中,语言起着积极的推动作用。在人类历史上,语言"一开始就以多元的形式存在"。①语言的多元化一方面表现为坚持个性存在的能力;另一方面又表现为扬弃差别走向更大的统一。由于语

---

① 卢卡奇:《关于社会存在的本体论》(上卷),重庆出版社 1993 年版,第55页。

言的这一特性,人类不仅被分为不同的民族,而且也越来越发展出经济的、社会的团体,而这一切又反过来帮助人们摆脱自然的整体而走向社会的、自由的整体,于是,语言也就成为个体联系的方式,成为"类的个例之间进行交往的崭新形式"。①由此可见,语言的个体性、多元性与人的个性形成是一个相互作用的过程,一方面,语言的个体性、多元性创造了个体与整体的分离;另一方面,语言又成为个体之间的联结形式,从而构成新的类。这两方面的相互作用推动着人的发展走向个性和类的有机统一。

三、社会存在本体论的特征

通过以上分析语言与社会存在的关系,我们可以看到卢卡奇的社会存在本体论的如下特征:

首先,社会存在本体论是关于人自身的存在——人性的本体论。卢卡奇从人性形成的角度出发来考察社会存在问题,这就克服了以往从普遍性的角度来考察社会存在所具有的抽象性和模糊性,从而赋予了社会存在本体以具体性和生命力。

其次,社会存在本体论是关于个体与类相统一的本体论。合类性是卢卡奇研究社会存在本体论的重要范畴之一,这就决定了他以人的个性发展作为其研究视角时,不会只局限于个体的具体性和当下性,而是在通往合类性的途中来研究人的个性。个体与类相统一既是人的个性形成的条件,也是卢卡奇的社会存在本体论的特征。

最后,发生学的方法是卢卡奇研究社会存在本体论的方法。卢卡奇的社会存在本体是人性的形成过程,是个体向合类性迈进的过程,这就决定了卢卡奇的社会存在本体论决不是既定的实存,而是一个需要不断发展的过程。从摆脱自然的限制到进入人类社会后的自在合类性存在,以及以摆脱自在合类性向自为合类性迈进作为社会存在的目标,均体现了卢卡奇的发生学方法在研究本体论问题中的运用。

---

① 卢卡奇:《关于社会存在的本体论》(上卷),重庆出版社1993年版,第50页。

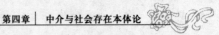

概而言之,语言本体是由日常生活世界通往社会存在本体的中介。通过语言本体的中介功能,卢卡奇最终完成了他的日常生活批判,并建立起了他的文化哲学体系。

第五章

日常生活的内在矛盾及其走向

从《历史与阶级意识》到《审美特性》，再到《关于社会存在的本体论》，卢卡奇的日常生活理论从商品世界批判到日常思维批判，再到日常生活本体批判，形成了卢卡奇批判理论的三个核心环节。其中，日常生活本身作为通向总体性的中介，既是人类生命的归宿，又是批判的对象。中介则使日常生活批判成为可能，它作为本体，从阶级意识到科学、艺术，以及劳动、语言，逐渐从理论到行动，从阶级主体到人类主体，一方面使卢卡奇的文化哲学形成一个完整的体系；另一方面则决定了卢卡奇的文化哲学永远是面向未来的发展过程。

由此可见，卢卡奇的日常生活理论向我们揭示了：日常生活是不完美的、有缺陷的，它充满着内在矛盾，因此，日常生活的发展必须始终面向自身，通过批判而达到自身的完美，为人类提供一个美好的家园。

日常生活的内在矛盾主要反映在以下三个方面：第一，日常生活是直接性的存在，它的直接性在认识论上掩盖了事物的本质，在行动上则消解了革命的激情，因此，要想实现人的自由与个性，就必须进行日常生活批判；第二，日常生活批判的结果并没有改变日常生活的直接性特征，相反，批判只是在更高的层次上建立了日常生活的直接性。但是，新的直接性使人类的生活水平得到了提高，所以，新的直接性相对于旧的直接性是进步；第三，随着历史的发展和人类新的需求的出现，新的直接性仍然成为人类实现自由与个性的阻力，所以，新的直接性成为批判的对象。这就决定了，日常生活永远是一个不完美的存在，日常生活批判是人类永远不变的使命。

日常生活的内在矛盾决定了中介与日常生活批判永远具有现实意

义。在卢卡奇之后,日常生活批判的走向可以从两个方面来看:一方面,从理论的继承与发展上来看,布达佩斯学派,尤其是赫勒继承和发展了卢卡奇的日常生活理论;另一方面,从现实行动的层面来看,中国社会的日常生活批判构成了卢卡奇日常生活理论在东方社会的继续与发展。或者说,中国社会的日常生活批判是卢卡奇日常生活理论在当代东方社会的运用。下面,我将从这两个方面来分析卢卡奇日常生活批判的走向。

第一节 赫勒的日常生活批判

赫勒的日常生活理论继续了卢卡奇晚年对个性的关注。可以说,赫勒的日常生活理论就是卢卡奇日常生活理论在 20 世纪下半叶的发展。下面,我将从两个方面来阐释赫勒的日常生活理论,以此在历史发展中进一步揭示卢卡奇日常生活理论的内在逻辑。这两个方面就是:其一,分析赫勒日常生活理论产生的背景;其二,揭示日常生活批判由阶级革命到个性发展的内在逻辑。

一、赫勒日常生活理论产生的背景

赫勒日常生活理论的产生与布达佩斯学派的命运和活动有着不可分割的联系。布达佩斯学派的成员主要是卢卡奇的学生,他们理论活动的繁荣期主要集中在两个阶段:第一阶段从 1956 年到 1971 年。1956 年对于布达佩斯学派是一个转折点。"1956 年既是某种局面的终结,也是另一种局面的开始……这是我们破天荒第一次感到我们是在写我们自己的历史,这种感觉并没有成为一种纯粹的幻觉"。①据此,本书认为,1956 年才是布达佩斯学派真正开始形成的时期。1956 年苏共二十大的召开,促使整个东欧政治环境的松动和学术气氛的活跃。例

---

① 赫勒:《赫勒尔谈马克思主义与东欧的未来》,《国外社会科学动态》1980 年第12 期。

如匈牙利爆发了著名的革命起义,"裴多菲俱乐部"、布达佩斯科苏特俱乐部等论坛活动呈现出繁荣的景象。卢卡奇和他的学生积极参加这些俱乐部的活动,并作大会发言,积极表达他们批判斯大林,重建社会民主的愿望。虽然,随着匈牙利革命被镇压下去,匈牙利国内开始了一场大规模的反对修正主义运动,卢卡奇及其学生等都受到了严厉的批判,但是,已经发动起来的对于社会民主、人性自由的思考已经在布达佩斯学派成员的思想里扎下了根。所不同的是,他们用理论反省的方式来思考这些问题。"对于社会主义国家的知识分子,六十年代是一个反省时期"。①1971年卢卡奇的去世对他的学生是一个沉重的打击,因为,面对艰难的政治环境,他们又失去了一位国际学术权威的保护。不过,第二阶段的理论繁荣期从1977年开始了。随着1977年匈牙利国内政治形势的松动,布达佩斯学派获得了离开匈牙利的自由。这时,他们开始了新的理论活动阶段。这一阶段理论活动的特点突出表现在学派成员分散地汇入国际理论和学术领域,并逐渐产生国际影响。②

本书认为,布达佩斯学派的理论具有两大突出特点:一是宣扬一种激进哲学,主张激进的社会民主制改革,追求激进的人道主义。正如赫勒所说,"我们的问题的解决,并不能单纯通过改变国家和政治结构的途径来获得。严格依照马克思的路线,新基础的确立才是决定性的东西,而对上层建筑进行修修补补的工作则是无济于事的。为建立这样一种基础所需要的最合适的政治制度便是一个法治的多元民主的国家。为了提供一个具有新内容的框架,我们就必须改变基础、需要的体制、财产关系和人与人之间相互关系的形式等等。与马克思相反,我并不把生产力的发展看成是推动力。尽管生产力可以改变社会结构,但是它们并不一定就会沿着社会主义的方向前进。关键之处就在于生产力永远也不会自发地突然朝着一场社会革命的方向发展。这种时刻既不是没有成熟,也不是无法预言,它随时随地都会有可能在这里爆发

① 赫勒:《赫勒尔谈马克思主义与东欧的未来》,《国外社会科学动态》1980年第12期。

② 关于布达佩斯学派的历史参考衣俊卿:《人道主义批判理论——东欧新马克思主义述评》,中国人民大学出版社2005年版,第118—123页。

的。我们的基本需要就是需要能改造社会的物质力量。社会革命的前提,便是法治的多元民主的国家"。①二是将激进政治观念与微观生活改革相结合。因为,他们意识到,"政治革命倒有可能骤地爆发,但是生活方式的革命转变却是一个缓慢的过程"。②

赫勒日常生活理论的提出与以上两大特点具有密不可分的联系,同时,从理论传承上来看,其日常生活理论又是对卢卡奇日常生活批判的继承和发展。其中最大的特点就是,赫勒继承并发展了卢卡奇日常生活理论中的"个性"范畴。

晚年卢卡奇在对日常生活批判的基础上,明确提出了要实现人的个性与社会性的结合。因为,一方面,卢卡奇认识到 20 世纪下半叶资本主义社会的异化出现了新的特征,剩余价值剥削方式和消费主义的兴起要求学者进行新的思考;另一方面这也与苏共二十大的召开,匈牙利在某种程度上摆脱斯大林主义的统治有关。这种新的政治环境使学者有更大的空间来思考人的个性自由问题,并且,由于长时期的斯大林主义的统治,突然的政治松动使得学者们对个性问题有更深刻的体会和迫切渴求之情。这两方面的原因既影响了卢卡奇哲学,同时也直接和间接地影响了布达佩斯学派的思想。

赫勒一方面继承了卢卡奇的哲学;另一方面也批判卢卡奇对斯大林主义和苏俄马克思主义哲学批判的不彻底性,并坚持彻底的人道主义批判。赫勒说:"卢卡奇既是一个斯大林主义者,又是一个反斯大林主义者。他总是憧憬着苏联式的理想社会和苏联式的理想的党。当他鼓吹这种理想式的类型的时候,他就是一个斯大林主义者。同时他又是一个反斯大林主义者,因为他从来就没有看到他自己的理想在他自己的社会中得以实现过,所以他总是反对这种理想——甚至违背他自己的意愿。"③与卢卡奇妥协的反斯大林主义相反,赫勒坚持彻底的反斯大林主义,并且,更加旗帜鲜明地提出了对"个性"的追求。

---

①②③　赫勒:《赫勒尔谈马克思主义与东欧的未来》,《国外社会科学动态》1980 年第 12 期。

二、日常生活批判的内在逻辑：从阶级革命到个
　性发展

　　从卢卡奇到赫勒，日常生活批判经历了由阶级革命到个性发展的全过程，记载了西方马克思主义哲学从第一阶段到第二阶段发展的全历程。

　　20世纪20—30年代，卢卡奇的日常生活批判以意识革命为核心，通过意识革命克服日常生活的直接性，实现无产阶级的总体性。50—70年代，卢卡奇日常生活批判的任务转向了个体生命研究，希望通过日常生活批判建立起人的个性。卢卡奇的日常生活理论记载了西方马克思主义哲学第一阶段到第二阶段的发展历程。而赫勒的日常生活理论则深化了这一发展历程。她与其导师一样，从日常生活批判这一维度入手，完整地记载了西方马克思主义哲学在第一阶段与第二阶段发展的特点。

　　赫勒的日常生活理论继承了晚年卢卡奇个体研究的思维路向，并且更加突出了个体问题。或者说，赫勒的日常生活理论就是在解决个性是如何形成的问题。个性是历史形成的，而不是既定的，所以，特性向个性的发展便成为赫勒日常生活批判的主线。

　　赫勒在《日常生活》中说："我们可以把'日常生活'界定为那些同时使社会再生产成为可能的个体再生产要素的集合。"①这就明确地将日常生活的核心指向了个体。日常生活世界是由生产、经济活动构成的世界，这个世界的典型特征就在于它的直接性，因此，日常生活世界也是一个有待批判的世界。日常生活批判的核心就是如何突破日常生活世界的直接性问题，这具体体现在"个体"的形成过程中。个体的形成则又须在个性对特性的超越中来完成。

　　赫勒将个体分为特性和个性，特性和个性共同构成个人的整体。特性是人的自在的存在，是既定的存在，也是表象的存在，而个性则

---

　　① 赫勒：《日常生活》，重庆出版社1990年版，第3页。

是人的自为的存在,是过程的存在,也是潜在的存在。个性突破特性去占有人的类本质,并且,这个占有是一个过程。赫勒认为个性的本质特征不在于以道德或不道德、进步或不进步来划界,而在于是否是以自我意识为中介的自为选择,强调的是选择与否。这就从更彻底的意义上确定了个性是过程,而非形而上的实存。因为,道德或不道德、进步或不进步都是实存的标准,是既定的标准,而只有选择才是永远处于运动的过程中。这样,赫勒就确立起了日常生活研究的历史主义原则。在历史主义原则下,特性与个性的关系从以下几个方面展开:

其一,个人的"特性"。"每个人都是带着一系列给定的特质、能力和才能而进入世界之中的特殊的个体"。①这"给定的特质、能力和才能"构成了个体的特性。关于特性,可以从两方面来看:一方面,个体特性存在的本体论事实是不可否认的。特性是具体个人的具体特征,是客观的现实存在,而不是虚构的意识幻觉;另一方面,人们对这一本体论事实存在着意识。在赫勒那里,对自己特性的意识被称作自我意识,而人的本质的对象化被称作一般化。一般化是可以与他人分享的特性的外在化。一般化与自我意识的关系首先在于一般化是自我意识的前提,不能被一般化的自我意识是不存在的。因为个体在本质上是社会的存在物,特性的展开环境就是社会,孤立的个体不存在,因而纯粹的自我意识也是不存在的。其次,在以一般性为前提的情况下,个体的自我意识表现为排他主义的观点。"自我"是思考问题的出发点,"我"会维护自己的行为以及动机,而且包括"以这些动机为根基的整个体系"。②当然,与此同时,"个体表达对其特性的维护,并使之成为生活方式,而同时,为了他人的利益,他小心翼翼地采取合理化的道德的姿态"。③这样,自我特性便与整体达成一种平衡。

其二,个人的"个性"。"个性是一种发展,它是个体的生成。这一生成在不同时代采取不同的形式。但是,无论个性或它的理想模式

①②③ 赫勒:《日常生活》,重庆出版社 1990 年版,第 9、16、15 页。

在特定时代采取什么具体形式,个性永远达不到完善,它处于永恒的变化之中。这一变化是超越特性的过程,是'综合'个性的过程"。①这段话从两个方面体现了个性的特征:首先,个性是对特性的超越。特性是赋予个人的既定的具体事实,而个性则力图超越既定的特性。一方面,个性可以与特性保持一致和同一,但这并不是个性对特性的被动接受,而是有意识地选择接受和认同。另一方面,个性也可以选择拒绝给定的特性。当然,这一选择并不能否定个体的自然禀赋,但是个体却可以将其特性提高到一个更高的层次。划分高低层次的标准就是类本质。因为"个性代表了最大限度地分沾了类本质可能性的个人的潜在可能性"。②所以,个性的选择是以最大限度地趋向类本质为导向的;其次,个性趋向类本质的过程是没有终点的,个性的形成正是在这一趋向的过程中,而不是表现在一个完善的结果中。具体看来,个性趋向类本质的方式是个性通过对象化的活动而使个体的类本质不断由潜在而现实的过程。当然,并不能由此认为人的潜在本质就像一个蓄水池一样储存着一定量的水,其现实化就是将水舀出水池。个体潜在本质也是一个需要不断创造的存在过程,而不是一个仓库。潜在本质在个体通过对象化活动达到现实化的同时,也经历着自身的发展。也就是说,个体的潜在本质与现实本质是同一的,它们同一的基础就是人的实践活动,而不能将它们孤立地对待,认为它们具有时间上的先后顺序。只有这样看待个体类本质的可能性与现实性,才能真正理解人的个性是在实践的基础上创造生成的。而个体正是在个性不断生成的过程中形成的,因此也具有了创造性、过程性的特征。

其三,日常生活世界突破特性而趋向个性。这是日常生活的应然状态,因为日常生活在事实上的典型特征表现为直接性,其直接性体现在个人的特性之中,这是直接给定的,既作为人的外在环境存在,也作为人的本能追求存在。例如,关于衣、食、住、行的要求,以及围绕衣、食、住、行而表现的个人中心主义。这一个人中心主义既体现

---

①② 赫勒:《日常生活》,重庆出版社 1990 年版,第 17、18 页。

在个人的行为中,也体现在个人的理念中,表现为一套替个人中心主义的行为进行辩护的理论。这是人有意识或无意识都会形成的。同时,这也是人降生的外部环境,即周围的人都以这种方式生存和思考。个人以这种方式建立了和自然的关系以及和其他个人的关系。具有这种直接性的日常生活给个人带来了什么样的影响呢？首先,很显然地,如果每个人都具有这种直接性,人们都会觉得很合群,有一种集体归属感,这是害怕孤独的人类很重视的。然而,这种看似合群的要求却是必须以互相排斥为条件的,并由此形成了一种悖论。当每个人都坚持个人中心主义的直接性思维方式时,人与人之间的关系更多地表现为竞争和排他性,而不可能达到人们所理想的合群状态,同样,绝对的归属感也是不存在的。其次,由于直接性,事物的真实本质往往被掩盖。因为事物并不是简单的平面存在物,相反,事物的本质往往深藏在表面现象之后,这就需要被批判地揭示出来。由此可见,日常生活的直接性妨碍了我们把握社会现实,而只有借助于一系列的中介才能真正把握社会现实。所以,尽管我们的认识必须从日常生活的直接性出发,但同时又必须超越它。超越的途径就是突破以特性为主体的日常生活世界而追求以个性为主体的日常生活世界,这也正是展开日常生活批判的目的所在,其实质就是个人如何摆脱给定的存在而追求类本质的问题。人的特性是人类继承来的,是人类与动物不能区别开来的特征,而人的个性则是人类通过劳动创造活动发展起来的,是人与动物相区别的标志。维持生命的需要是人和动物共同具有的,而人的不同之处就在于人通过劳动创造维持其生命存在的生活资料,同时还创造了生产资料。在这些创造活动中,人类形成了人类社会,并最终决定了人与动物的区别。并且,以个性为主体的创造活动是具体的、感性的,体现了人的类本质的具体性和感性特征,而不把类本质理解为抽象的、空洞的存在。

　　个性的形成与否最终以"有意义的生活"①为标准。在赫勒看来,艺术的价值在于感性快乐,而哲学的价值则在于有意义的生活。人类

---

　　①　赫勒:《日常生活》,重庆出版社1990年版,第290页。

所能达到的最高境界便是有意义的生活。"有意义的生活"是引导我们通向作为实现类本质最高阶段的"为我们存在"①的最佳途径。有意义的生活呈现出两大特点：第一，有意义的生活是开放的而非封闭的。有意义的生活既向他人开放，也向未来开放。因为有意义的生活不是个人的幸福享受，而是具有普遍性的；第二，有意义的生活是一个创造的过程。一方面，它面向未来和他人不断创造。另一方面，它也为自身的创造过程提供了动力。

总之，赫勒把日常生活世界定义为遮蔽了人的个性的世界，是一个有待突破的世界。突破特性、趋向个性正是日常生活批判的使命。这一使命不仅仅是理论层面的，更是现实层面的，即对于当时的匈牙利，以及刚刚摆脱斯大林主义束缚的整个东欧而言，个性都是一个现实的问题。

卢卡奇与赫勒所揭示的日常生活世界也正是中国市场经济建构着的世界，是令中国人困惑的世界。卢卡奇与赫勒的研究启示着中国人如何面对这个世界。

第二节　日常生活理论与中国的日常生活现状

日常生活理论与中国的日常生活现状相结合是卢卡奇日常生活理论在当代东方社会的具体运用。这一结合以中国社会的变化以及中国理论界对西方马克思主义的接受程度为背景。

中国的马克思主义哲学界长期以来受到苏俄马克思主义的影响，对西方马克思主义则一直持排斥的态度，将其视为异端邪说。20 世纪70 年代以后，中国对西方马克思主义的排斥态度发生了转变。自此，西方马克思主义在中国开始普遍化，以致到了 20 世纪末 21 世纪初，西方马克思主义在中国逐渐成为一门显学。导致这一变化的原因主要有两点：

其一，20 世纪 70 年代以后，世界进入了和平与发展的时代，高科

---

① 　赫勒：《日常生活》，重庆出版社 1990 年版，第 288 页。

技转民用,白领阶层兴起,理论界突出了文化批判的特点,而西方马克思主义则顺应了这一特征。中国在 20 世纪 80 年代开始发展市场经济,个体问题逐渐突出,因为商品交换需要个体化、个性化;文化消费成为主流……中国社会的文化问题也开始突出。而西方马克思主义早已对此作了研究,于是,中国知识界便开始主动地从西方马克思主义吸取资源。

其二,西方马克思主义本身也发生了变化。以前西方马克思主义者是职业革命家,但是 20 世纪 70 年代以后,马克思主义哲学家职业化,西方马克思主义者大多是高校学者。20 世纪 20—30 年代的西方马克思主义者已多是大学教授,第二次世界大战后遭到镇压,70 年代后又兴起,人们不得不承认西方马克思主义。西方马克思主义以其学术性恢复了马克思主义哲学传统,成为 20 世纪重要的哲学传统之一。

从以上两点中我们可以看出,中国知识界早已开始自觉地将西方马克思主义与中国社会现实相结合,那么,什么才是最佳的结合点呢? 这是当代中国知识分子应该思考的问题。本书认为,在西方马克思主义哲学传统中,卢卡奇与赫勒的日常生活理论记载了西方马克思主义从 20 世纪 20 年代到 80 年代的发展历程,它为西方马克思主义与当代中国生活现状相结合提供了契机。其中,卢卡奇与赫勒日常生活理论中的"个性"问题是对当代中国社会建设最具价值的部分之一。因为,只有从个性入手,从主体的思维方式入手,才能够从根本上改变中国的日常生活现状,使其摆脱直接性、惰性,从而具有创造性。个性问题在当代中国社会具有现实意义,因为,中国进入了市场经济社会,这是一个经济性占主导地位的社会,它使人的个性实现得以可能。所以,思考中国的日常生活问题,主要就表现在如何面对新的市场经济形势,建立起适合经济社会的个性。个性的实现是主体自身性格的完善。下面,我将从知识分子这一特殊的主体入手,具体分析其个性的创造过程。

结合中国现代化建设的现状,本书认为,知识分子问题与中国的现代化建设紧密相关,也是有关当代人类发展的重大课题,应该成为马克思主义文化哲学研究的重要组成部分。并且,在日常生活中,知识分子

是一个特殊的群体,他们与日常生活的关系具有两面性:一方面,他们
具有日常生活所赋予他们的惰性特征;另一方面,知识分子又具有天生
的批判性,他们往往不满足于日常生活现状,具有革命的潜质。相比较
普通大众,知识分子具有更多的公共发言权。所以,充分发挥知识分子
的批判功能,对于日常生活批判具有十分重要的意义。

本书认为,知识分子要发挥批判功能,首先得从其性格批判入手,
因为,知识分子新的性格的建立是发挥其他功能的前提和基础。而知
识分子性格的批判包括两个方面:一是对知识分子个性的批判;二是对
知识分子社会性格的批判。

一、知识分子个性的批判

知识分子的个性是一个历史的范畴,在不同时代、不同民族,知识
分子的个性必然具有不同的内涵。中国知识分子具有政治性的品格,
政治参与的程度如何,是衡量一个知识分子价值的标准。这就表明,政
治性已内化为中国知识分子的个性。这种政治性的个性特征渗透在日
常生活的文化氛围之中,成为日常生活世界的价值衡量标准。这种政
治性的个性产生于以政治为中心的社会,也适应满足了该社会的需要。
但是,这一个性绝不可能满足以经济为中心的社会,尤其是以市场经济
为核心的社会的需要。因为,市场经济的全部基础就是个体性、个人自
由的确立,而判断个体性、个人自由的标准即是个体人格的独立。这就
表明了,市场经济的建立将我们带入了一个崭新的日常生活世界。面
对这一崭新的日常生活世界,谁如果还要保持传统的政治性格,就必然
蜕化为传统知识分子,①同样地,谁要想成为有机知识分子,就必须改

---

① 关于传统知识分子与有机知识分子的区分,我遵循葛兰西的划分。他认为,只
有那些作为统治集团的一分子,积极行使对社会批判作用的知识分子才是真正的知识分
子,才是行使知识分子职能的有机知识分子,而与传统保持着连续性,无法对传统进行批
判和超越的则是传统知识分子。本书认为,对于中国知识分子而言,如果在新的日常生
活环境下,仍然坚持传统政治性格就必然沦为传统知识分子,而要想成为有机知识分子
就必须建立适合新的日常生活需要的新的个性特征。

变传统的政治性格,确立适合市场经济发展的具有独立人格的个性。从政治性转向具有独立人格的个性,是中国知识分子的一次自我批判和自我革命,而这种自我批判和自我革命又是当代知识分子参与社会实践,发挥对社会的作用的基本前提。对于中国的当代知识分子来说,个性的自我批判包括两个方面的内容。

首先,对传统政治依附性的改造。

这是中国知识分子性格的历史性改造。中国知识分子的历史命运表明,中国的知识分子由于与政治的紧密关系,使得他们的历史命运呈现出曲折的发展过程,表现在知识分子的政治性特征在社会变革时期能够促使他们积极参与社会变革,促进变革的完成和社会的发展,可是,在和平发展时期,这种政治性特征往往呈现出消极的依附性,不仅对知识分子形成新的束缚,使其无法发挥知识分子的批判作用,而且也不利于社会的发展。

当代中国正面临着市场经济建设这一新的历史使命,政治性在社会生活中淡出,经济性成为社会生活的主导。在这种新的历史背景下,如果知识分子仍然固守政治性特征,无法实现面向新的社会生活的转换,那么政治性对知识分子就只能蜕化为一种消极的束缚因素。事实上,传统知识分子的政治依附性格在当代仍然存在,在一定程度上影响着当代知识分子。例如,"学而优则仕"的官本位思想仍然在一定程度上困扰着一部分知识分子的头脑,他们在思想和现实中还过分依赖于政治现实,仍然在一定程度上以为政治服务作为自己的安身立命之所。这样一来,他们不能和政治保持有机的距离,从而带来一定程度上的人格压抑甚至人格扭曲,不敢讲实话、不敢讲真话的情况仍然存在。因此,这种对政治的依附性关系既限制了知识分子的思想独立性,不利于知识分子自身的成长,也不能充分发挥他们积极的社会批判性,从而丧失了知识分子的社会使命感和责任心。这种知识分子由于缺乏批判性,因此也无法成为社会的有机力量。由此可见,知识分子要保持有机性,人格独立性是前提和基础。

中国的知识分子要摆脱政治依附性,在中国的现实生活中存在着有利的客观条件,具体就表现在,作为近现代中国革命与建设的有力理论武器的马克思主义也在社会历史进程中发展着自身，在与知识分子的相互作用中相互推动着前进。马克思主义由五四前后传入中国直至今日，它自身也经历着由政治中心到经济中心的变化，以社会需要为标准进行着自身的改造，摆脱其消极性影响，努力创造与保持其积极性，并成为当代中国社会发展的有力理论基础。其改造的关键体现在80年代初的"真理标准大讨论"，这次大讨论把马克思主义从僵化的教条中解放出来，恢复了马克思主义的社会积极性因素，并为知识分子摆脱政治依附性提供了理论基础，使知识分子能够发挥出巨大的社会作用。自20世纪80年代以来，中国当代知识分子在人道主义、异化问题、文化问题、市场经济、人文精神、全球化等重大时代课题上展开深入的、多层面、全方位的讨论和研究，推进了马克思主义的理论研究，这些都充分体现了知识分子的人格独立性对于他们发挥社会作用的巨大影响力。

其次，对市场经济造成的人格异化的改造。

这是中国知识分子性格的现实性改造。在新的市场经济条件下，当代知识分子面临着许多来自市场经济的社会现实方面和价值观念方面的冲击，在一定程度上构成他们对新社会的依附关系，使得知识分子的人格独立性和自主性面临新的压抑和挑战。这主要包含以下两方面：第一，市场经济从实质上说是以市场为核心对各种资源进行合理配置和合理优化，是以实现效益和利润最大化为目标的，因而经济价值成为市场经济中最重要的因素。在目前市场经济不完善的情况下，经济价值标准很容易扩大化，片面地成为衡量一切事物的最重要价值尺度；第二，由于外在社会思想观念、价值意识、社会舆论的影响，以及知识分子在生活条件、工作条件方面面临的诸多实际困难，这就导致部分知识分子心态失衡。金钱崇拜、享乐主义、自由主义、个人主义等思想在他们中间一些人身上滋生、蔓延，使得其人格独立受到很大冲击。其中最重大的影响就是对物和金钱的过分强调和追求，这在一定程度上导致中国当代知识分子陷入到对物的依附关系之中去，导致新的人格异化现象，对知识分子的人格独立和自由构成新的冲击和威胁，不利于其自主性、积极性、创造性的发挥。

知识分子面临的新的束缚以及对束缚的克服可以从卢卡奇那里找到其理论支持。卢卡奇在能力与个性的辩证矛盾中思考异化问题,指出个性相对于能力的优越性,他认为,能力应该成为个性发展的一个环节。这一理论对当代中国知识分子来说不仅依然适用,而且颇为重要。因为中国目前仍处于社会主义初级阶段,生产力的发展、科技能力的提高仍然是非常紧迫的问题,但是,我们必须具有整体性的思路和视野,应该清楚地看到,中国社会的长远目标是建立共产主义制度,消灭私有制,消除异化现象,发扬并尊重人的个性。因此,这就要求中国当代知识分子必须把生产力的发展、能力的提高看作是形成个性的一个环节,而不能将其作为最终目标,并从而沦为它的附庸;必须对当前中国市场经济建设的负面因素有着清醒的认识,要避免自身被商品、金钱所奴役和支配,也就是要在市场经济中坚持作为知识分子的人格独立性、自主性,张扬个性人格。

对市场经济造成的异化现象的超越,实现其人格独立性是知识分子处理与市场关系的前提,只有当知识分子自身从市场经济的异化中摆脱出来,才能够以有机知识分子的身份参与社会生活,实现有机知识分子的批判作用,否则,一切所谓的建立适合市场经济的文化都将是空谈。

二、知识分子社会性格的批判

当然,知识分子仅仅确立起自身的独立主体人格是远远不够的,还必须实现主体能力的外化,发挥自己的独特作用,实现自身的社会价值,因为哲学家的使命不仅在于解释世界,更在于改变世界。

当代中国知识分子面对的是一个日常生活世界,它是一个与政治生活世界完全不同的世界:政治生活世界是与政权相联系的世界,它的价值是以社会制度的更替来衡量的,而日常生活是与伦理、道德相联系的世界,它的价值是以文化革命来衡量的。由于这两个世界的性质不同,它们所要求的社会品格亦不相同:政治生活世界要求的是政治革命,而日常生活世界要求的是文化批判。中国市场经济的建立消解了政治生活世界的功能,凸显了日常生活世界的功能。这样,摆在知识分子面前的就不是是否面对日常生活世界的问题,而是如何面对日常生活世界的问题。

知识分子要面对日常生活世界,首先必须以哲学的眼光审视日常生活世界,按照列菲弗尔的话说,就是用非平庸的眼光看待平庸的世界。在这方面,卢卡奇和赫勒为我们提供了十分有益的理论借鉴。

晚年卢卡奇和赫勒均把日常生活世界定义为遮蔽了人的个性的世界,是一个有待突破的世界。这个世界也正是中国市场经济建构着的世界,是令中国知识分子困惑的世界。卢卡奇和赫勒揭示出这个世界的本质,启示着中国知识分子如何面对这个世界。

既然日常生活世界是一个遮蔽着的文化世界,是一个需要文化批判的世界,那么,知识分子就应该转换自身的社会性格,由政治批判转向文化批判。就中国的现状而言,这种文化批判应该包括以下几个方面的内容:

其一,中国的日常生活世界是以市场经济为主体构成的,因而当代中国知识分子对日常生活世界的批判也就是对以市场为主体的日常生活世界的批判。因此,对于中国而言,回到日常生活世界的研究是将视线由曾经的政治转向了人的经济活动,这是中国当今的现实需要,并且也将是中国社会发展的长期需要,对这个问题的回避和抹杀就是拒绝承认历史发展的必然性。这是在中国进行日常生活批判的第一步。

其二,回归日常生活世界不等于盲目依从它,而是要批判审视,批判的结果为中国社会的市场经济建设提供了具有自由人格的主体。日常生活世界具有直接性,对其直接性的超越途径就是追求以个性为主体的日常生活世界。这种对个性主体的弘扬,对于中国社会的意义是非常重大的。众所周知,在传统中国的文化结构中,有着相对严格的等级意识和群体意识,个体经常被淹没在群体之中,而中国进行现代化建设就必须打破这种群体性的束缚,充分体现个体的创造和对个性的尊重。当然,打破群体性束缚并不是说否定群体,而是指打破群体性中束缚个人创造性的保守性因素,是对群体性的积极扬弃而非简单否定。简而言之,中国进行现代化建设,不只是需要回归日常生活世界,更重要的还在于对日常生活世界中的直接给定性的批判,建立起充满个性的朝气蓬勃的新的日常生活世界。

其三,重新反思中国社会的主体结构。首先,建立知识分子与大众之间的新的互动关系,这是社会主体人格实现的具体途径。一方面,回归日常生活世界对于知识分子而言,他们从日常生活世界中找到了生命的原动力;另一方面,知识分子将大众从被遮蔽的状态中揭示出来,从而为中国社会主义现代化建设提供个性化主体。在传统农业社会,大众处于被遮蔽的状态,大众只是作为受众,作为知识分子存在的背景存在。知识分子与大众之间难以形成互动的主体—主体关系。而知识分子走向日常生活世界,就将自身也大众化了。当然,知识分子与大众之间应该保持一种有机的张力,既要走进大众生活,又要与大众生活保持一定的距离,为其行使批判功能留出合理的空间。这样,知识分子以此为基础走向大众,并为其重新确立与大众的平等互动关系打下了基础,这种新的关系模式正是对具有多元流动性的现代社会的反映。其次,市场经济建设中的个人与社会的关系问题是知识分子在作微观思考时不可回避的问题。再次,历史地考察个性的形成有助于知识分子思考当代中国市场经济主体的独立人格的建构问题。

总而言之,知识分子要在社会中发挥其批判作用,促进社会的发展,有一个前提就是必须找到他们要批判的对象是什么,他们需要具备什么样的社会性格。知识分子回归日常生活世界,正是在中国进行市场经济建设的新背景下找到了他们的批判对象和他们的新的社会性格。

本书认为,知识分子通过个性的自我批判和社会性格的批判实现自身的转型,成为中国市场经济发展的有机知识分子,这是当代中国知识分子与卢卡奇、赫勒日常生活批判的结合之路。中国知识分子应该建立起这一价值理念。

概而言之,赫勒的日常生活理论是卢卡奇日常生活批判在当代的理论发展,而中国知识分子性格的改造则是卢卡奇日常生活理论在当代东方社会的现实运用,两者的结合从理论与现实两个层面证明了卢卡奇日常生活理论的当代生命力。

结　语

在马克思主义哲学史上,卢卡奇哲学既属于西方马克思主义传统,同时也是东欧马克思主义,尤其是匈牙利马克思主义的核心组成部分。卢卡奇哲学在匈牙利的发展和命运在很大程度上体现了东欧马克思主义的变化和命运,因此也是我们在 21 世纪研究卢卡奇哲学时不应该回避的问题。

一、对卢卡奇思想的否定倾向

在匈牙利传播卢卡奇哲学的主要有两大派别,即布达佩斯学派和塞格德集团。[①]其中,布达佩斯学派的成员在 20 世纪 70 年代中叶以后纷纷去往国外,其理论影响主要分散在国际舞台上,在匈牙利本土的影响反而减弱。苏东剧变之后,有些学者也回到了匈牙利,但是,他们的思想已经与卢卡奇的哲学相去甚远了。所以,匈牙利的卢卡奇哲学主要是通过塞格德集团的成员传播的。

作为全盘否定卢卡奇的代表人物,拉兹罗·策科利(László Székely)认为,塞格德集团具有模棱两可性。一方面,他们被卢卡奇关于民主社会主义的理念所吸引;另一方面,"他们不想也不能承受作为异端者的危险和不方便"。[②]所以,他们仍然保留在官方体制之内。或者说,塞格德集团的成员虽然对当时的社会主义体制不满意,却向往并坚信"民主的但非资本主义的人类社会未来"。[③]策科利认为,许多东欧和苏联的左翼知识分子,甚至包括戈尔巴乔夫,以及许多西方共产主

---

① 塞格德集团是由深受卢卡奇哲学影响的青年学者自发地组织起来的非官方团体,成立于 20 世纪 70 年代末,在"真正的社会主义"晚期发生作用。

②③ László Székely, *"Why not Lukács?" or: On Non-Bourgeois Bourgeois Being*, *Studies in East European Thought*, 51, 1999, pp. 261, 266.

者都相信"非资产阶级的、但民主的未来的神话,以及民主的、且多元的社会主义的理念"。①

然而,在策科利看来,一切民主的传统只属于资本主义而非社会主义。"民主和多元社会主义理念的价值基础起源于并存在于西方资本主义之中。所有似乎能够扩大官方马克思主义有限视域的新的哲学范畴和社会或政治理论,以及所有似乎能够使谈论当代社会的主要问题成为可能的理念也都出现在所谓的'资产阶级的'意识形态之中"。② 因此,在社会主义内寻求民主,只是一个虚假的幻想。但是,正是卢卡奇哲学为这种幻想提供了理论基础。

换句话说,卢卡奇保留了资产阶级的教育和文化,这一特征一直延续到卢卡奇生命的最后时刻,然而,卢卡奇所追求的社会主义目标却掩盖了这一资本主义特性。因此,策科利明确提出了"不是卢卡奇"(not Lukács)的口号,并且给出了四个具体的理由:

第一,卢卡奇的政治哲学具有布尔什维克的特征。首先,卢卡奇将西方民主政治体系看作是必然衰落和灭亡的、过时的政治形式,这妨碍了他对当代西方社会进行深入的分析,同时也阻碍了青年卢卡奇学者对非布尔什维克模式的社会的想象。其次,卢卡奇哲学甚至没有成功地为民主社会主义理念提供哲学基础。在策科利看来,卢卡奇对西方政治结构的批判太激进、太片面,它固着于共产党的领导权和工人阶级的领导,因此,他并没有真正意识到资产阶级民主理念的现实价值。

第二,卢卡奇的马克思主义哲学是片面的。卢卡奇哲学始终坚持马克思主义哲学与资产阶级哲学的二分。卢卡奇哲学的二分法决定了卢卡奇不仅贬低"资产阶级哲学",而且"排斥西方马克思主义的温和版本。马克思主义的西方版本对于卢卡奇就像对于官方马克思主义一样似乎是不可接受的"。③ 策科利甚至认为,卢卡奇通过呈现一种特殊的、被限制的哲学传统,将其他可能的选择贬低为"低级的"而对匈牙利青

---

①②③　László Székely, *"Why not Lukács?" or: On Non-Bourgeois Bourgeois Being*, *Studies in East European Thought*, 51, 1999, pp. 266, 267, 270.

年知识分子进行哲学的"蛊惑"。

第三,卢卡奇哲学具有方法论的弊端。首先,策科利指责卢卡奇对西方非马克思主义哲学没有进行深入的研究和理解,只是对其进行为其所用的片面解读。其次,卢卡奇哲学具有政治的和社会的还原主义特征。例如,卢卡奇在《历史与阶级意识》中认为一切问题都可以追溯到商品结构,而这被策科利看作是政治—社会还原论的典型表达,因为,在他看来,社会还原论妨碍了对经典哲学问题的内在理解。再次,策科利认为,"尽管与其他受过教育的中产阶级相比,卢卡奇受过最好的教育,但是那仍然只是教育,而不是专业知识"。①最后,策科利认为,尽管卢卡奇哲学为真正的人类生活、为社会正义而进行的理论斗争很精彩,但是,卢卡奇坚信黑格尔—马克思主义哲学所坚持的唯一的人类未来,并由此将其他哲学看作是不成熟的。这种方法论严重贬低了卢卡奇哲学的价值。

"因此,我们可以得出结论,在 70 年代末 80 年代初,卢卡奇哲学没有满足许多年轻的匈牙利社会科学家和哲学教育者的愿望。卢卡奇的方法论以及哲学史的研究方法未能提供能够真正替代官方'辩证唯物主义'或者更普遍意义上的马克思主义的布尔什维克传统的选择"。②

第四,卢卡奇的哲学具有东欧特征。批判资本主义的生活方式及其价值贯穿于卢卡奇哲学的始终,这也是 20 世纪东欧思想的特征之一。但是,策科利认为,卢卡奇哲学只能为他的追随者提供一个非资产阶级的存在模式,却剥夺了他们对西方世界的资产阶级传统及其价值的深入理解。

由此可见,策科利所理解的卢卡奇哲学至少包含着两层含义:其一,卢卡奇哲学代表着匈牙利的马克思主义;其二,卢卡奇哲学追求社会主义目标,坚决批判资本主义社会。所以,否定卢卡奇哲学既是否定匈牙利的马克思主义,也是否定其中所包含的社会主义目标。这两个问题是不可分割的整体。

---

①② László Székely, *"Why not Lukács?"* or: *On Non-Bourgeois Bourgeois Being*, *Studies in East European Thought*, 51, 1999, pp. 274, 276.

二、反思后共产主义社会的马克思主义

当策科利等人迫不及待地抛弃卢卡奇，抛弃马克思主义的时候，还有学者也在认真地思考后共产主义社会的马克思主义的出路问题。

布诺威（Michael Burawoy）将后共产主义的马克思主义归纳为三种类型，即一种类型认为马克思主义已经死亡，这就将苏联的共产主义等同于马克思主义。另一种类型承认马克思主义的遗产。持这种观点的人就像在"马克思主义超市"购物的顾客，他们挑拣自己想要的东西。布诺威认为，新马克思主义是"马克思主义超市"中最严肃的顾客。他们出现于20世纪70年代。到20世纪90年代，这些新马克思主义者成为了后马克思主义者，他们认为，马克思主义的超市已经毁坏了，但是还有一些可以辨认的残片。对后马克思主义者而言，"阶级很重要，但性别和种族同样重要。资本主义不是历史的终结，但共产主义也不是历史的终结。后共产主义者更可能谈论马克思主义之后的共产主义而不是共产主义之后的马克思主义"。①还有一种类型，那就是将马克思主义作为传统的观点。这种观点认为，马克思主义有自己的根基，也有自己的分支。布诺威认为他的"共产主义之后的马克思主义"就是离马克思主义根基最近的一个分支，它不再仅仅是国家的或地域的，而是全球维度的，同时也是很难构造的。

值得强调的是，布诺威所提倡的"共产主义之后的马克思主义"是不再有终极目标的马克思主义。"共产主义之后的马克思主义预示的未来是什么？它必将是没有保证的马克思主义（*Marxism without guarantees*），用斯图亚特·霍尔（Stuart Hall）巧妙的短语来说，就是在统一中具有多样性的马克思主义，它不再保证一个美好的未来"。②而后马克思主义强调性别、种族等多样化主体，既否定资本主义作为终极目标，也否定共产主义作为终极目标，其实与布诺威的观点走到了

---

① ②　Michael Burawoy, *Marxism after Communism*, Theory and Society 29, 2000, pp. 155, 156.

一起。

　　离开终极目标来探讨马克思主义的前途与命运似乎成为苏东剧变后学术界的一个主要趋向。赫勒现在在匈牙利大力宣传其后现代主义的思想,她指出,"后现代人接受在车站上的生活。也就是说,他们接受生活在绝对的现在。他们并不等待快车来带他们到最终目的地……未来是未知的"。①同样是前布达佩斯学派成员的策伦伊(Ivan Szelenyi)则提出"内在批判"的资本主义批判模式,因为"内在的批判描绘一幅替代者的全景,却并不推荐或赞美某一特别的替代者"。②对剧变后的东欧社会有专门研究的肯利迪(Michael D. Kennedy)和格茨(Naomi Galtz)则提出了社会主义"本体论空场(ontologically absent)"③的理论。他们认为,应当将仅仅作为期望的社会主义目标"悬置"起来,以此突出马克思主义作为方法论的意义。相反,如果将社会主义本体论纳入东欧马克思主义的复兴计划之中,只是给东欧马克思主义的复兴造成了障碍。"对社会主义目标的标准化的承诺,以及伴随的对社会主义生存能力的信念,都被置于马克思主义计划的核心,东欧被当作是对这一承诺的挑战。但是,几乎是以拉康的方式,当马克思主义者强调阶级和资本主义的传统问题时,我们的注意力被转移了,将东欧的经历以及社会主义抛在了核心之外"。④肯利迪和格茨认为,当坚持社会主义作为马克思主义的核心时,是无法很好地解释东欧剧变所带来的现实挑战的。

　　由此,肯利迪和格茨指出,社会主义在马克思主义理论中始终都不是被说明的,而是被期望的,而现在正是要抛开这一期望,转向对它的说明的时候了,即东欧社会主义的崩溃促使马克思主义者重新将社会

---

① 阿格尼丝·赫勒:《现代性理论》,商务印书馆2005年版,第20页。

② Gil Eyal, Ivan Szelenyi, Eleanor Townsley, *The Utopia of Postsocialist Theory and the Ironic View of History in Neoclassical Sociology*, *The American Journal of Sociology*, Vol. 106, No. 4,(Jan. , 2001), p. 1128.

③④ Michael D. Kennedy and Naomi Galtz, *From Marxism to Postcommunism: Socialist Desires and East European Rejections*, *Annu. Rev. Sociol.* 1996, 22, pp. 455, 441.

主义放到"本体论空场"的立场上来对待。"毕竟,对东欧人和非马克思主义的社会学家而言,当抛弃了作为毫无希望的幼稚之见的规范的和政治的承诺之时,重获马克思主义的方法论和分析的洞见、再创造它的方法论是可能的"。①

当后共产主义的马克思主义不再坚持社会主义的目标时,他们似乎也如同策科利等人一样,必然将卢卡奇的马克思主义抛到一边。然而,即使苏联模式的社会主义给东欧社会和人民带来了巨大的伤害,但当我们真正面对剧变后的东欧社会时,我们仍然必须承认,没有社会主义目标的意识形态只是资产阶级的意识形态,并不符合工人的利益。将东欧马克思主义的前途和命运交在资产阶级的意识形态手上,只是历史的悖论,也是历史的嘲弄。

三、社会主义:东欧马克思主义复兴不可或缺的维度

比较策科利和布诺威等学者的观点,可以看出,他们都认为"社会主义"的价值理念决定了东欧马克思主义的兴衰成败。主张抛弃马克思主义的学者认为,社会主义理念排斥了资产阶级的有益成分;主张重构马克思主义的学者则认为,社会主义理念成为妨碍马克思主义复兴的障碍。但是,本书却认为,社会主义目标对东欧马克思主义的复兴来说是不可或缺的。

因为,只有社会主义目标才可能真正代表了工人阶级的利益;主张抛弃社会主义目标的观点只是用资本主义美好前景的许诺取代了社会主义的目标,它看似为各个阶层提供了获取富裕生活的机会,但是,事实上只有资产阶级才是真正的获利者。波兰团结工会在后共产主义社会的转变为我们提供了很好的例证。

"2000 年 8 月,波兰政界人士和国外要人在格旦斯克举行纪念活

---

① Michael D. Kennedy and Naomi Galtz, *From Marxism to Postcommunism*: *Socialist Desires and East European Rejections*, Annu. Rev. Sociol. 1996, 22, p. 455.

动,以表彰团结工会在波兰政治变革中的杰出作用,但参加的工人很少。曾参加过 1980 年罢工的格旦斯克船厂工人科尔辛斯基说:'这已不是工人的节日,而是穿着西装系着领带的人的节日。团结工会已名存实亡,我们被出卖和被遗忘了'"。①当团结工会的主旨发生转变时,工人被出卖和遗忘成为历史的必然。

奥斯特(David Ost)指出,面临 1990 年前后波兰的"休克疗法",波兰的工人不确定支持改革是否符合自身的利益,因为,一方面,他们不想要失业和贫穷,另一方面,他们又希望市场化能为他们带来更好的生活。这与波兰产业工人没有形成自己的意识形态有关。1980 年,产业工人独立地创造了团结工会,但是,他们却并没有自己的意识形态,而是借用了自由主义知识反对派的意识形态,即市民社会的意识形态。这一问题在后共产主义的波兰依然存在。"这意味着,团结工会从来都未能阐发自己的无产阶级的意识形态"。②在奥斯特看来,工人要在后共产主义的东欧维护自身的利益,就必须抛弃自由主义的意识形态,但是,由于事实上,自由的普遍主义(liberal universalism)仍然是后共产主义波兰的意识形态基础,因此,团结工会仍然不能明确地与其含混的意识形态作一个了断。

正是在这样的背景下,"1989 年,当团结工会组建政府时,工人作为政府的假定的社会基础,而政府则明确声明了它的意图:破坏传统的工人的利益,使工人的权利从属于创建新的资产阶级的努力"。③创建新的资产阶级成为政府宣传的意识形态,它之所以能够为工人所接受,是因为资产阶级的意识形态为工人许诺了富裕生活的未来情境,但前提是工人要为这一未来阶级的形成作出牺牲。

缺乏意识形态基础的工人充满疑惑和希望地接受了这样的许诺,但是事实上,工人成为了资产阶级的附庸。

团结工会在后共产主义社会的转型向我们揭示了资产阶级终极目

---

① 毛禹权编写:《20 年后的波兰团结工会》,《国外理论动态》2001 年第 8 期。

②③ David Ost, *The Politics of Interest in Post-Communist East Europe*, *Theory and Society*, Vol. 22, No. 4(Aug., 1993), pp. 464, 464.

标的欺骗性。正是源于此,我们肯定社会主义目标在东欧马克思主义中的重要价值。同时,需要强调的是,社会主义目标本身并不是一个僵硬的体系,它明显地不是前苏联社会主义提供的模式。换句话说,社会主义是一个动态目标,其中不变的只有一个原则,那就是坚持代表工人阶级的利益。

四、重提卢卡奇

从团结工会的例子我们可以看出,卢卡奇哲学在后共产主义的匈牙利并没有过时,东欧社会仍然需要马克思主义,需要以社会主义为目标的马克思主义。卢卡奇哲学则是一个现实的榜样。只是,在东欧社会忙碌地建设资本主义社会的现实面前,重提卢卡奇哲学,重提以社会主义为目标的马克思主义更需要勇气和智慧。

从 20 世纪 20 年代到 60 年代,卢卡奇哲学的内在逻辑经历了两个转折点,第一次是 20 世纪 20—30 年代,面对马克思主义的危机,以卢卡奇为代表的西方马克思主义者提出了意识革命的问题;第二次是 20 世纪 50—60 年代,苏共二十大的召开使东欧马克思主义获得了新生,"个性"成为卢卡奇哲学的核心范畴,这反映在他的《关于社会存在的本体论》中。20 世纪末到 21 世纪初,东欧的马克思主义再次面临危机,这同时也是转机。我们相信卢卡奇哲学会获得第三次转折性的发展。匈牙利社会的现实也给我们提供了希望。

正如策科利所承认的,"卢卡奇是 1989—1990 年政治变革之后唯一没有彻底失去其声誉的共产主义者"。①在剧变之后,"卢卡奇的幽灵仍然环绕着今天的匈牙利哲学生活"。②卢卡奇对匈牙利自由主义思想的影响至今仍然存在,并且,其影响不仅是理论上的,而且影响着实际的竞选活动。

匈牙利许多自由主义政治家和理论家在离开卢卡奇之后走向了自

---

①② László Székely, "Why not Lukács?" or: On Non-Bourgeois Bourgeois Being, Studies in East European Thought, 51, 1999, pp. 252, 279.

由主义。匈牙利著名的文化和政治自由主义者是卢卡奇的前学生,尽管他们在 70 年代末与卢卡奇政治哲学分裂了,但是他们的分裂却是既爱又恨的。卢卡奇既是理论家,又是工人阶级事业的实践家,他描绘了唯一的可能真理,而这一真理仍被匈牙利的一些自由主义政治家和理论家看作是西方自由主义观念和价值的唯一真正的代表。其次,卢卡奇的"对具有左倾倾向的国家的想象"①影响着匈牙利的自由主义思想。

除此之外,1992 年,在匈牙利南部城市塞格德(Szeged)的一个私人花园里举行了隆重的卢卡奇雕像的揭幕仪式。参加揭幕仪式的是来自匈牙利人文社会科学以及哲学学科的教授、学者。这些学者都是自发地来参加揭幕仪式的。这说明了剧变后匈牙利学术界对卢卡奇的留恋和尊重。

由此可见,如果说卢卡奇的社会主义世界的想象是盘绕在剧变后的匈牙利上空的幽灵的话,那么也正是这一幽灵让那些渴望彻底拥抱西方资本主义的匈牙利学者感到不安和恼怒。因此,他们必须与之作一彻底的告别。但是,从另一个角度来看,这也正是在匈牙利,以至于在东欧恢复马克思主义传统的契机所在。问题的关键在于,通过卢卡奇哲学恢复的是一个什么样的马克思主义。毫无疑问,这决不是苏俄的马克思主义,而应该是适应当代东欧社会现状的马克思主义。

---

① László Székely, *"Why not Lukács?" or: On Non-Bourgeois Bourgeois Being*, *Studies in East European Thought*, 51, 1999, p. 278.

参考文献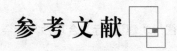

中文部分：

阿格妮丝·赫勒：《日常生活》，重庆出版社 1990 年版。

阿格尼丝·赫勒：《现代性理论》，商务印书馆 2005 年版。

安东尼奥·葛兰西：《狱中札记》，中国社会科学出版社 2000 年版。

Б. Н. 别索诺夫、И. С. 纳尔斯基：《卢卡奇》，黑龙江人民出版社 2003 年版。

贝尔纳：《科学的社会功能》，商务印书馆 1982 年版。

陈嘉映编著：《存在与时间读本》，生活·读书·新知三联书店 1999 年版。

戴维·麦克莱伦：《马克思以后的马克思主义》（第 3 版），中国人民大学出版社 2004 年版。

邓正来：《市民社会理论的研究》，中国政法大学出版社 2002 年版。

杜章智编：《卢卡奇自传》，社会科学文献出版社 1986 年版。

杜娜叶夫斯卡娅：《哲学与革命》，辽宁教育出版社 2000 年版。

恩格斯：《路德维希·费尔巴哈和德国古典哲学的终结》，人民出版社 1997 年版。

F. A. 哈耶克、罗伯特·诺齐克等：《知识分子为什么反对市场》，吉林人民出版社 2003 年版。

G. H. R. 帕金森：《格奥尔格·卢卡奇》，上海人民出版社 1999 年版。

盖欧尔格·里希特海姆：《卢卡奇》，中国社会科学出版社 1989 年版。

高全喜：《自我意识论》，学林出版社 1990 年版。

宫敬才:《睿智圣殿的后裔:捷尔吉·卢卡奇》,河北大学出版社1998年版。

哈贝马斯:《交往行为理论:行为合理性与社会合理化》,上海人民出版社2004年版。

海德格尔:《海德格尔选集》(上册),生活·读书·新知三联书店1996年版。

黑格尔:《精神现象学》(上、下卷),商务印书馆1979年版。

黑格尔:《美学》(第一卷),商务印书馆1976年版。

霍克海默:《霍克海默集》,上海远东出版社1997年版。

何萍:《马克思主义哲学与文化哲学》,武汉大学出版社2002年版。

何萍:《生存与评价》,东方出版社1998年版。

何萍、李维武:《马克思主义中国化探论》,人民出版社2002年版。

洪谦主编:《逻辑经验主义》(上卷),商务印书馆1982年版。

胡塞尔:《欧洲科学危机和超验现象学》,上海译文出版社1988年版。

胡塞尔:《欧洲科学的危机与超越论的现象学》,商务印书馆2001年版。

I. 梅扎罗斯:《超越资本——关于一种过渡理论》(上、下册),中国人民大学出版社2003年版。

J. G. 赫尔德:《论语言的起源》,商务印书馆1999年版。

科耶夫:《黑格尔导读》,译林出版社2005年版。

卢卡奇:《青年黑格尔(选译)》,商务印书馆1963年版。

卢卡奇:《列宁——关于列宁思想统一性的研究》,台北远流出版公司1991年版。

卢卡奇:《历史与阶级意识》,商务印书馆1992年版。

卢卡奇:《关于社会存在的本体论》(上、下卷),重庆出版社1993年版。

卢卡奇:《理性的毁灭》,山东人民出版社1997年版。

卢卡奇:《卢卡奇早期文选》,南京大学出版社2004年版。

卢卡契:《卢卡契文学论文集》(一),中国社会科学出版社1980

年版。

卢卡契:《审美特性》(第一卷),中国社会科学出版社 1986 年版。

卢卡契:《审美特性》(第二卷),中国社会科学出版社 1991 年版。

卢森堡:《资本积累论》,生活·读书·新知三联书店 1959 年版。

卢森堡:《社会改良还是社会革命?》,生活·读书·新知三联书店 1958 年版。

列宁:《哲学笔记》,人民出版社 1993 年版。

李秀林等主编:《辩证唯物主义和历史唯物主义原理》,中国人民大学出版社 1982 年版。

利昂·庞帕:《维柯著作选》,商务印书馆 1997 年版。

马克思:《1844 年经济学哲学手稿》,人民出版社 2000 年版。

马克思、恩格斯:《德意志意识形态节选本》,人民出版社 2003 年版。

马克斯·韦伯:《经济·社会·宗教——马克斯·韦伯文选》,上海社会科学院出版社 1997 年版。

马驰:《卢卡奇美学思想论纲》,东北师范大学出版社 1997 年版。

佩里·安德森:《西方马克思主义探讨》,人民出版社 1981 年版。

苏珊·朗格:《艺术问题》,中国社会科学出版社 1983 年版。

苏霍金:《艺术与科学》,三联书店 1986 年版。

孙伯鍨:《卢卡奇与马克思》,南京大学出版社 1999 年版。

陶东风:《社会转型与当代知识分子》,上海三联书店 1999 年版。

童庆炳主编:《文化与诗学》,上海人民出版社 2003 年版。

威廉·冯·洪堡特:《洪堡特语言哲学文集》,湖南教育出版社 2001 年版。

威廉·冯·洪堡特:《论人类语言结构的差异及其对人类精神发展的影响》,商务印书馆 1999 年版。

维柯:《新科学》(上、下册),商务印书馆 1989 年版。

武汉大学马克思主义哲学研究所主办:《马克思主义哲学研究》,武汉大学出版社 2001 年版。

西美尔:《生命直观:先验论四章》,生活·读书·新知三联书店

2003 年版。

徐崇温:《"西方马克思主义"论丛》,重庆出版社 1989 年版。

亚里士多德:《政治学》,商务印书馆 1983 年版。

俞吾金、陈学明:《国外马克思主义哲学流派新编·西方马克思主义卷》(上、下册),复旦大学出版社 2002 年版。

衣俊卿:《人道主义批判理论》,中国人民大学出版社 2005 年版。

衣俊卿等:《20 世纪的新马克思主义》,中央编译出版社 2001 年版。

《马克思恩格斯选集》(第 1、2、4 卷),人民出版社 1995 年版。

《马克思恩格斯全集》(第 1 卷),人民出版社 1956 年版。

《卢森堡文选》(上卷),人民出版社 1984 年版。

《卢森堡文选》(下卷),人民出版社 1990 年版。

张康之:《总体性与乌托邦》,中国人民大学出版社 1998 年版。

张西平:《历史哲学的重建——卢卡奇与当代西方社会思潮》,生活·读书·新知三联书店 1997 年版。

张西平:《卢卡奇》,湖南教育出版社 1999 年版。

张伯霖等编译:《关于卢卡契哲学、美学思想论文选译》,中国社会科学出版社 1985 年版。

外文部分:

Ben Highmore, *Everyday Life and Cultural Theory*, Routledge, 2002.

Ernest Joós, *Lukács's Last Autocriticism*, *the Ontology*, Humanities Press, 1983.

Ernst Bloch, *The Principle of Hope*, MIT Press, 1996.

François Lapointe, *Georg Lukács and His Critics*, Greenwood Press, 1983.

Fariborz Shafai, *The Ontology of Georg Lukács*, Avebury, 1996.

Georg Lukács, *Labour*, London: Merlin Press, 1980.

Georg Lukács, *Marx's Basic Ontological Principles*, London: Merlin Press, 1978.

Georg Lukács, *Hegel's False And His Genuine Ontology*, London: Merlin Press, 1978.

Georg Lukács, *The Young Hegel*, Cambridge, Mass. : The MIT Press, 1976.

Georg Lukács, *The Process of Democratization*, State University of New York Press, 1991.

H. Lefebvre, *Everyday Life in the Modern World*, The Athlone Press, 2000.

H. Lefebvre, *Critique of Everyday Life*, Volume I, Verso, 1991.

Keuin Anderson, *Lenin, Hegel, and Western Marxism*, University of I'linois press, 1995.

Martin Jay, *Marxism and Totality*, University of California Press, 1984.

Meszaros, Istvan, *Lukács' Concept of Dialectic*, The Merlin Press Ltd. , 1972.

Michael E. Gardiner, *Critiques of Everyday Life*, Routledge, 2002.

图书在版编目(CIP)数据

中介与日常生活批判:卢卡奇文化哲学研究/赵司空著.
—上海:上海社会科学院出版社,2010
ISBN 978-7-80745-693-3

Ⅰ.①中… Ⅱ.①赵… Ⅲ.①卢卡奇,G.(1885～
1971)-文化哲学-哲学思想-研究 Ⅳ.①B515

中国版本图书馆 CIP 数据核字(2010)第 102756 号

中介与日常生活批判——卢卡奇文化哲学研究

著 者:赵司空
责任编辑:董汉玲
封面设计:闵 敏
出版发行:上海社会科学院出版社
　　　　　上海淮海中路 622 弄 7 号　电话 63875741　邮编 200020
　　　　　http://www.sassp.com　E-mail:sassp@sass.org.cn
经 销:新华书店
印 刷:上海新文印刷厂
开 本:890×1240 毫米　1/32 开
印 张:7.25
插 页:2
字 数:220 千字
版 次:2010 年 8 月第 1 版　2010 年 8 月第 1 次印刷

ISBN 978-7-80745-693-3/B·043　　　　　　定价:20.00 元